U0810658

诺奖得主人文译丛

自然物语

NATURE STORY

Maurice Maeterlinck
[比]莫里斯·梅特林克◎著
周 旭 齐 玉◎译

Nature Story

北京时代华文书局

目　录

花的智慧

它们都竭尽全力去完成自己的使命，锲而不舍地繁衍它们代表的那个物种，雄心勃勃地蔓延、征服地球表面。

All exert themselves to accomplish their work, all have the magnificent ambition to overrun and conquer the surface of the globe by endlessly multiplying that form of existence which they represent.

一

在此，我只是想重申每一个植物学家都熟谙的事实。我并没有新的发现，只是对一些基本的观察略尽绵薄之力。无须赘言，我无意逐一去论证植物赋予我们智慧的所有证据。这些证据如满天星斗，层出不穷。特别是花卉，它们身上就集中体现了植物向光和渴望被理解的努力。

虽然有些植物和花卉笨拙愚钝或遭遇不幸，但是任何植物和花卉并非全无智慧和灵性，它们都竭尽全力去完成自己的使命，锲而不舍地繁衍它们代表的那个物种，雄心勃勃地蔓延、征服地球表面。自然规律将它们束缚在土地上，因此，为了达到这个目的，在繁衍后代方面，它们必须克服比动物更大的困难。它们大多数都借助于某种组合、某种机制或者某些陷阱。在机械、发射学、航空学以及昆虫观察等方面，植物往往早于人类的发明和成就。

二

至于花卉受精的重要系统，我想无须再详加描述：诸如雌蕊从黑暗之根到衔华佩实的黎明之花，这期间所积攒的生死不渝的信念力量，本身就是一种无与伦比的奇观。

And the energy of its fixed idea, mounting from the darkness of the roots to become organised and full-blown in the flower, is anincomparable spectacle.

和雄蕊的结合、香气的魅力、和谐绚丽色彩的诱惑以及花蜜的酿造。对于花朵来说，花蜜其实百无一用，它只是用来引诱和留住那些外来的自由者和爱的信使——蜜蜂、大黄蜂、苍蝇、蝴蝶以及飞蛾——它们给花朵带来静止于远方而无法相见的情人的热吻……

在我们看来，植物世界好像如此平淡无奇，如此顺从天命。所有的一切看起来都默然而从、静寂无声、依从规则而又沉思不语。但恰恰相反，在这个世界里，那种热切的期盼以及对命运的反抗才是最为激烈和顽强的。植物的基本器官抑或是营养器官——它的根部，和土壤融为一体。如果说很难从束缚我们的那些金规铁律中，找出一条最为沉重的，那么毋庸置疑，对于植物来说，最沉重的规则就是决定其终生不能移动的自然法则。因此，相较于我们，植物对于应该反抗什么心知肚明，而我们却心绪恍惚，本末倒置。从黑暗之根到衔华佩实的黎明之花，这期间所积攒的生死不渝的信念力量，本身就是一种无与伦比的奇观。它们齐心戮力地去完成独一无二的目标：在地上发展以摆脱地下的宿命，逃避和反叛沉重严峻的自然法则，逍遥物外，打破狭小的生存空间，创造或求助于某种庇护，尽可能地逃离、冲破命运给它限定的空间，到达另一个王国，进入只要有微风轻拂，它就会像香炉一般摇曳，以一副播种者的姿态，将种子逐一播散到空中。

It sways like a censer at the least breath of wind and literally sows the seeds in space, with the very action employed by the sower.

一个充满活力、生机勃勃的世界……它们最终如愿以偿。这就如同我们超然自得地生活在受另一种命运支配的时代之外，或者我们成功地进入到摆脱了最为繁重的物质法则的世界一样，难道不让人拍案惊奇吗？我们应该知道，花卉为人类树立了一个垂范百世的榜样——百折不挠，勇敢无畏，锲而不舍且足智多谋。花园中任何一朵小花都展示出非同寻常的力量，倘若我们能对其中一半的力量运用自如，去应付生活中注定出现的种种经历——诸如痛苦、衰老、死亡等等，我们完全有理由相信，我们的命运会和现状迥然不同。

三

大多数植物对运动的需要和对空间的渴求，都可以在花朵和果实那里得到印证，这种需求也可以轻而易举地在果实那里获得诠释，或者无论如何，也会显露出一丝并不复杂的经验和预见。和动物世界所发生的一切截然相反，由于存在着“绝对不能移动”这一让人望而却步的自然法则，种子最主要也是最可怕的敌人，正是它的家系。我们生活在一个怪诞不经的世界里：父母岿然不动，却对它们只能忍受后代被饿死或者窒息的宿命了若指掌。每一粒落在大树或者植物根部的种子，要么消失于无形，要么就是在风刀霜剑中萌芽。这就要求它们咬紧牙关去摆脱束缚、争取空间；因此，我们才得以在森林和平原的每一个角落，欣赏到它们在空中那匪夷所思的散播、弥漫和推进方式。我顺便提一下其中几个特别奇特的例子：槭树[①]的“空中旋转桨”或者翅果[②]，椴树[③]的苞片[④]，菊科蓟属植物、蒲公英以及婆罗门参[⑤]的飞行器，大戟科植物的“起爆式弹簧”，喷瓜[⑥]独特的“喷射器”绵状毛叶植物的挂钩，还有其他无数出人意料和叹为观止的机制，可以说，单颗种子无不创造了一种独出心裁的完美方式来摆脱母体的庇护。

实际上，如果一个人对于植物学方面的实践一窍不通，那么他也就不可能相信，在这些赏心悦目的青葱草木上，的确蕴含着想象和智慧。请细想一下，举例来说，海绿[⑦]迷人的种子锅，

---

① 槭树是槭树科树种的泛称，其中一些种俗称为枫树，槭属植物中，有很多是世界闻名的观赏树种。
② 闭果的一种，子房壁向两侧发育成具有薄翅状附属物的果皮的果实，由风散播的风播果实。
③ 落叶乔木，花具有蜜腺。
④ 位于正常叶和花之间的单片或数片变态叶，也称苞叶，有保护花芽或果实的作用。
⑤ 婆罗门参，别名西洋牛蒡，为菊科婆罗门参属。
⑥ 多年生匍匐草本，无卷须；花黄色，原产地中海地区，形似大黄瓜
⑦ 报春花科，一年或两年生草本。

凤仙花的五片瓣膜，天竺葵五片爆裂的孢蒴[①]。不要忘记，必要的时候也可以观察一下，在任何药剂师那里都能找到的、普通的罂粟花[②]的叶球，这个优良的大叶球蕴藏着值得大加赞赏的谨小慎微和深谋远虑。众所周知，它含有数以累计的黑色小种子，它的目标就是尽可能快地散播这些种子，并且把它们尽可能地送往远方。如果盛放种子的孢蒴断裂、掉落或者底部开裂，这些弥足珍贵的黑色小颗粒就会在茎的底部变成一堆废弃物。然而，种子唯一的出口恰恰位于孢蒴顶端的缝隙处。一旦孢蒴成熟，它就会垂落在花梗上，只要有微风轻拂，它就会像香炉一般摇曳，以一副播种者的姿态，将种子逐一播散到空中。

我能否谈谈那些依靠鸟儿传播，为了引诱鸟儿而潜藏在芬芳的果皮里面的种子呢？例如槲寄生[③]、杜松以及花楸树的种子。正如我们所见，它们显示出如此坚忍不拔且富有理性的意志，对于终极目标有着如此深刻的领悟力，以至于我们几乎不敢深思这个主题，因为生怕重犯贝尔纳丁·德·圣彼埃尔那种弄巧成拙的错误，但是除此之外，这些事实却无从解释。芬芳的果

① 孢子囊，孢子体顶端产生孢子的膨大部分，一般呈球形、卵形或圆柱形。
② 罂粟科二年生草本植物，夏季开花，抱茎而生。
③ 寄生灌木，在西方常常装饰圣诞树。

皮对于种子来说没有别的用处，就像是花蜜对于花朵来说，只是为了吸引蜜蜂。鸟儿吞食果实仅仅是因为果实甜蜜，但同时鸟儿也吞下了食而不化的种子。鸟儿飞走，不久后它将种子原封不动地吐出，只是去除了它的种皮，从而使种子不用马上面对险象环生的出生地，准备发芽生长。

四

让我们回过头来，看一下花卉简单一点的智谋吧。从路边看到的第一簇草中随便采撷一片草叶，你就能从中觉察出一种傲世独立、坚持不懈甚至是匪夷所思的小智慧在发挥作用。举例来说，这里有两种谦卑的蔓生植物，当漫步乡间时，你已经见过无数次了，因为它们俯拾皆是，从让人深恶痛绝的角落到只有一抔黄土堆积的地方，都可以看到它们的身影。它们就是两种野生苜蓿[①]，说得难听点就是“莠草”：一种开略带红色的花，另一种则开豌豆大小的黄色小花球。看着它们在高傲自大的草丛中蔓延隐藏，你可能永远不会想到，早在锡拉库扎[②]那位闻名

① 苜蓿属植物，多年生，一般用做牧草。
② 意大利西西里岛的城市，阿基米德出生地。

遐迩的几何学家兼物理学家之前，它们就发现了阿基米德螺旋线，并且殚思极虑想要把它运用到飞行艺术中，而不是用于扬水。它们在种子上镶嵌了三四道细致入微的螺旋线，如此精妙的设计延迟了种子的降落，从而在风的助力下，延长了在空中飞行的距离。其中，黄色的苜蓿还通过在螺旋线的边缘安装两排尖状物来改进红色苜蓿的装备。它的意图昭然若揭，就是为了在飞行的过程中钩住行人的衣服或动物的皮毛。显然，它希望在风媒（依靠风来散播种子）之外还得享叶上有绒毛这个优势，也就是说可以通过绵羊、山羊和兔子等动物进行传播。

让人扼腕叹息的是，它们倾注巨大的心血，最后却徒劳无功。命途多舛的红苜蓿和黄苜蓿这次举措失当，那些出色的螺旋对它们来说一无是处。只有种子从一定高度落下的时候，那些螺旋才会行之有效——比如说，从拔地参天的树木或从挺秀的禾本科植物[①]上落下来的时候。但是苜蓿的高度却只能和小草比肩，因而它们旋转了不到四分之一圈就落地了。在那些自然界的探索、实验和小失误中，我们这里只是举了一个独特的例子。只有那些虽然研究过自然却浅尝辄止的人才会断言，自然百无一失。

① 种子植物中最有经济价值的大科，多年生、一年生或越年生草本。

我们顺便看一下其他几种没有利用这种飞行装置，保持着原始传播方式的苜蓿（且不说三叶草[①]，它是另一种蝶形豆科植物，和我们现在所说的苜蓿毫无二致）。其中有一种香橙亚科苜蓿，对于它从螺旋形荚果到螺旋体或螺旋的转变，我们一目了然。还有一种紫花苜蓿（蜗牛苜蓿），则将螺旋变成了球状。由此看来，我们也许正在见证一个振奋人心的场景：这是一项发明工作，一个命数未定的家族正在全力以赴地寻找一条能够确保它们未来的最佳途径。在探寻过程中，黄苜蓿已经意识到选择螺旋线并非明智之举，所以它又增加了尖状物和钩子。它自行揣测，当然这也不无道理，它的叶子引诱了羊儿，因此羊儿就不可避免并且理所当然地承担起照顾它后代的义务，这难道是痴心妄想吗？最后，开黄花的苜蓿比开红花的同类更为茁壮、散播更广，难道不是多亏了这种自强不息的努力和别具一格的想法吗？

五

如果我们肯俯身片刻，我们就会发现，不仅是种子和花朵，

---

① 优质豆科牧草，又名车轴草，多年生草本植物。

整株植物——叶子、茎秆和根部，都流露出诸多精明谨慎和剖决如流的智慧。细想一下，被折断的树枝如何为了获得阳光而进行可歌可泣的斗争，或者激流勇进的树木如何无所畏惧地搏斗。至于我自己，永远都不会忘记那个空前绝后的英雄主义的典范：有一天在普罗旺斯，我在弥漫着紫罗兰香气、荒无人烟而又赏心悦目的罗普峡谷中看到的一棵年逾百岁的大月桂树。不费吹灰之力，你就可以从它扭曲，甚至可以说是盘根错节的树干中领悟到它那出饱经风霜而又不屈不挠的人生戏剧。命运的主宰者——一只小鸟或者一阵微风，将种子带到峭壁悬崖的侧面，这棵树就扎根于暗礁险滩上方 200 码[①] 的地方，在滚烫而贫瘠的乱石中，不可触及、傲然独立。起初，树根经过成年累月艰苦卓绝的探寻，去寻找行踪不定的水源和土壤，但这还仅仅是对南方干旱气候习以为常的树种世代相袭的忧虑而已。稚嫩的树干则需要负重致远，解决深不可测的难题：因为它是在垂直的平面上生长，所以它的顶端无法伸向天空，只能俯冲面向山涧。由于树干愈来愈重，因此它必须一再调整它最初的方向，顽强地将它凌乱的树干弯曲成肘状，使之更加贴近岩石。好似

① 欧美长度单位，一码等于 0.9144 米。

一个游泳时头部后仰的人，它凭借坚忍不拔的意志、张力和收缩，独力支撑起笨重的树冠，直冲云霄。

自此以后，这株植物心无旁骛，它所有的精力、所有能量、所有自由和自觉的天赋，都集中到这个举足轻重的树瘤上。这个畸形的、过度膨胀的肘状物逐渐显示出一种思想上的深谋远虑——它懂得如何从暴风疾雨的警示中渔利。年复一年，枝叶繁茂的穹顶越来越重，它心无旁骛，只想将自己伸展出去获得光和热。但与此同时，一种藏形匿影的溃疡却在深入腐蚀支撑它的树干，这个树干直冲云霄，弥漫着悲剧色彩。于是，两条结实的树根犹如两条坚韧的电缆，依循着某种我一无所知的本能规则，从树肘上面两尺多高的树干上长出，将树干维系在冷若冰霜岩壁上。难道是树木的困境迫使它们另辟蹊径？或者它们从一开始就颇具远见卓识，等待着这一生死攸关的时刻？然而，又有多少人能够亲眼看见，这些对于我们朝露溘至的人生而言过于冗长的沉默剧呢？①

① 我们把它和另一个根的智慧做个比较，布兰迪斯曾记述了它的丰功伟绩。在扎入土壤的过程中，它触碰到一个旧靴底，显然，在同类中，它在前进途中是最先遇到这个障碍，为了克服这个障碍，它把自己细分为若干部分，就像是订书针在靴底留下了很多洞。障碍被克服后，它们重新聚拢，将所有的小根组合成单一的同质的主根。

六

在最能显著展示植物智慧和不落窠臼的例证中，那些可以称得上是“生机勃勃”或者“多愁善感”的植物值得仔细探究。我只是想描述一下某种敏感植物那楚楚可怜、神经过敏的恐惧神态——这就是我们大家都熟知的含羞草。还有一些人们不太熟悉的草本植物，也具备这种自发的活动，尤其是岩黄耆族[①]，其中的跳舞草[②]或者说是“运动植物”就表现得活泼好动和惊世绝俗。这种娇小玲珑的豆科植物原产于孟加拉国，现在常常栽培在我们的温室里。它穷年累月都在表演一种错综复杂的舞蹈来向阳光致敬。它的叶子分为 3 小片，其中一片较宽且为顶生，另外两片较窄且生长在第一片叶子的底部。每片叶子都各司其职，生机勃勃。它们总是在一种富有节奏、几乎可以精确计时的持续摇动中。它们对阳光极为敏锐，当它们注意到天空中一个角落乌云密布或碧空万里，它们的舞蹈也会随之加快或放慢。正如我们所看到的，这才是名副其实的测光仪，远远早于克鲁

① 草本，灌木和小灌木，主要分布于干旱高寒区。

② 该草属多年生蝶形花科木本豆科植物，将要绝迹，又名情人草、多情草。

克斯[1]发现的天然耳镜。

七

但这些植物（还应该加上茅膏菜属[2]、捕蝇草属[3]以及其他的一些植物）都属于敏感植物。它们多少已经超越了将动植物区别开来的那条神秘莫测、假想出的分水岭。也许并不需要拔高到这种程度，在我们正在这个世界苦思冥想，但在这个世界的另一端，在植物和土壤以及乱石浑然一体的洼地上，我们可以寻找到毫无二致的智慧和几乎显而易见的自发性。在此，我们所说的就是隐花植物[4]，这种植物只能在显微镜下才能观察到。由于这类植物不便观察，我们暂且不提。尽管菌类、蕨类和马尾[5]的芽孢活动在敏感性和独创性上是不可比拟的，但是在水生植物（原始沼泽和淤泥的栖居者）中，我们可以看到不那么

---

① 克鲁克斯（1832–1919）英国化学家兼物理学家，发现化学元素铊，发明了克鲁克斯管。
② 食草植物之一，分布于热带和温带地区。
③ 原产于美国的卡罗来纳州，生于沼泽或沼泽中，有较多栽培变种。
④ 指不产种子而以孢子繁殖的植物，与种子植物相对。
⑤ 木贼属植物，属于楔叶蕨纲，是最原始的陆生植物。它们和蕨类植物以及石松，都是地球上的第一批植物。

隐秘的奇迹正在上演。因为花朵的受精无法在水下完成，它们便另辟蹊径，使花粉在干燥的环境下进行传播。因此，大叶藻属[①]——一种屡见不鲜的海草，经常被我们用来做床垫——小心翼翼地将它们的花儿密封在一个规则的“潜水钟[②]”里；睡莲则用它那能无限延伸的茎秆支撑并且供养着它的花蕾，它的茎可以随着水面的升高而升高，使之能够在池塘的水面上绽放。假睡莲[③]没有可以伸长的茎，只好由它的花蕾放任自流，花蕾到达水面之后开出泡泡一样的花朵。芰[④]，或者说是菱角，用一个膨胀的瘤状物给花蕾供给养分，花蕾迅速生长并且开花，当受精完成之后，瘤状物里面的空气就被一种比水还重的黏液取代，整个装置又沉回到淤泥里，在那里果熟蒂落。

狸藻[⑤]的体系甚至更为错综复杂，亨利·伯克基伦曾在他的《植物的生命》一书中这样描述：

---

① 分布于两半球的海中，可做肥料。

② 一种钟形的潜水装备。潜水员在钟内，可吊放至水下，然后出钟在一定的范围内作业，而后可随钟吊至水面。这里是比喻的说法。

③ 形似睡莲，开黄花，种子为淡绿色，带有紫色斑点。

④ 一年生草本水生植物，属种子植物，生长在湖里。

⑤ 狸藻属中最具代表性的水草。植物体翠绿或黄绿色，双子叶植物，捕食水中的微生物。

这些植物生长于池塘、水沟、水池以及泥炭[1]沼泽的水洼里，人们对此司空见惯。冬天它们则隐迹潜踪，沉入淤泥中，所以你看不到它们。它那亭亭玉立、瓜葛相连的茎上长满了网状花丝似的叶子。在已经变形的叶片底部，我们可以看到一个梨形的囊状物，这个囊状物顶端突出的部分有一个小孔，小孔有一个只能从外向内而开的阀门；小孔的边缘长满了网状丝状物，囊内则覆盖着其他具有分泌作用的小丝状物，看起来像天鹅绒一般。开花时，这个底部的囊状物里就充满了空气，空气越想跑出去，阀门就关得越紧。结果它给植物提供了足够的浮力使它能够浮出水面。直到这时，这些迷魂摄魄的小黄花才开始绽放，像极了有趣的小嘴儿，嘴唇多少有点浮肿，上颚则夹杂着橘黄色和赤褐色的条纹。在6、7、8月间，它们在污浊的水面上优雅地盛开，呈现出绚丽的色彩，使周围腐烂的植物相形失色。但当受精完成，瓜熟蒂落之后，所有的角色就要发生转变：周围的水就会逼进胞囊的阀门，进入到胞囊里面，植株变重，再次沉回淤泥里。

---

① 沼泽地植物残体，在长期淹水条件下，积累形成的一种较为稳定的有机物堆积层。

它们刻意经营，挣断生命之线，从花梗上挣脱，凭借无与伦比的一跃，在跳跃的水花中，花瓣升腾而起，跃出水面。虽然会伤痛而死，但却光芒四射。

They tear themselves from their peduncle and, with an incomparable flight, amid bubbles of gladness, their petals dart up and break the surface of the water. Wounded to death, but radiant.

看到这些人类近代富有成效的发明，诸如插头和阀门的作用、液压和气压、人类研究和利用的阿基米德原理，都集中到一个小巧玲珑的古老装置上，难道不是一件很有趣的事吗？正如我们刚才引用的那位作者所观察到的一样，“第一个将漂流设备安装到沉船上的工程师，出乎他意料的是，类似的方法已经运用了几千年了。”我们起初认为，在一个蒙昧无知、缺乏智慧的世界里，即使微乎其微的思想也能创造出别出新意组合和关系。但当我们研精殚思时，可能就会发现，其实我们什么都创造不了。对于这个世界，我们姗姗来迟，不过是发现了早已存在的事物，像个懵懂的孩子一样行走在其他生命早已走过的路上。说到底，这种理所当然的事情入情入理，很令人欣慰。不过，这一点我们以后再论述。

八

在结束对水生植物的探讨之前，我们不能不对水生植物中最浪漫的情节做一个言简意赅的介绍：苦草[①]，一种水鳖科植

① 多年生无茎沉水草本，有匍匐枝。白色，光滑花期8月，果期9月。

物[1]，谱写了所有花朵爱情史上最悲壮的篇章。苦草其貌不扬，睡莲或者某些绿色水生植物独有千秋的优雅，和它漠不相关。不过看起来，自然却似乎乐于赋予它奥妙无穷的思想。它在水下一直处于半睡眠状态，直到它望穿秋水的新生活到来，即婚礼时刻的到来为止。雌株缓缓地展开花梗上细长的螺旋线，浮升至池塘的水面，风姿绰约、随风摇曳、含苞待放。附近的雄株，透过波光粼粼的池水望见了它，于是满怀希望地升腾起来，向正在随风摇曳、虚位以待、召唤它进入一个更加美丽世界的雌株靠拢。但是行到半路，它们好像突然感到被什么东西阻拦。它们生命的源泉——花梗实在是太短了，对它们来说，那个阳光明媚的地方永远都不可企及。然而只有在那里，雌蕊和雄蕊的结合才能完成。

自然中还有比这更冷酷无情的疏忽和考验吗？设想一下，那种期待是多么惨不忍睹——近在咫尺却又远在天边。不言而喻，这就是宿命。一种无形的障碍酿成了这种触目惊心的场景。如果不是一些出乎意料的因素掺杂进来的话，也许永远都悬而未决，就像是我们在人世间的悲剧一样。雌株是否早已预见到

① 多年生沉水或浮水植物，主要分布于热带和亚热带。

自己必须承受这种理想的幻灭，我们不得而知。有一件事情确定无疑，它们的心底憋着一口气，如同我们灵魂深处有一种想要拼死解脱的念头一样。雄花好像也在迟疑观望，但是随后，为了获得幸福，它们付出了悲壮的努力。在所有昆虫和花草中，这是我见过的最匪夷所思、至善至美的场景。它们刻意经营，挣断生命之线，从花梗上挣脱，凭借无与伦比的一跃，在跳跃的水花中，花瓣升腾而起，跃出水面。虽然会伤痛而死，但却光芒四射。它们从容不迫地在麻痹大意的新娘旁边漂流一会儿，如此一来便完成了结合。这些牺牲者顺流而下，渐行渐远，枯萎逝去。与此同时，那位妻子已经升任为母亲，闭合了它那奄奄一息的花冠，卷起它的螺旋线，沉到池塘深处——英勇之吻将在那里结出成熟的果实。

从积极一面来看，这绝对是一幅准确无误的迷人画面，但是从消极的角度来看，情况就截然相反了。我们必须要大煞风景吗？为什么不呢？有时候，消极一面的真实情况和积极一面的状况同样有趣。只有我们考虑到物种的智慧和意愿时，这出令人动容的悲剧才尽善尽美。但当我们具体考察到个体时，就会发现它们通常计尽力穷：用错误的方法来实施无与伦比的计划。在某个时间段，雄花可以上升到水面，但此时周围恰恰没它的灵心慧性使它不受欺骗，对于任何不投其所好供养，它都拒之于千里之外。

Its perspicacity is not to be deceived; it will refuse any support that does not please.

有雌花；在另一个时间段，水面下降，它们本来能易如反掌地完成交配，但它们却墨守成规，徒劳无益地挣断花梗。我们再次证明了这样一个事实：所有天赋都存在于物种、生命和自然之中，而个体则愚不可及。只有人类之中才确实存在着两种智慧之间的真正竞争，存在着一种越来越精确、越来越活跃的争取均衡的趋势，而这种趋势正是我们未来的奥秘所在。

九

寄生植物同样也代表着一种工于心计、稀奇古怪的现象。谈到惊世绝俗，莫过于俗称为金丝草的菟丝子[①]了。一旦茎的生长超出了它能承受的范围，它就会弃它的根于不顾，以便能一心一意缠绕住它选中的目标，再插入吸根[②]。从此之后，它就以捕食的猎物为唯一的生计，它的灵心慧性使它不受欺骗，对于任何不投其所好供养，它都拒之于千里之外。倘若有必要，它还会不远千里去搜寻符合它脾性和口味的大麻、啤酒花藤[③]、苜

① 菟丝子是一种生理构造特别的寄生植物，被子植物门，双子叶植物纲。
② 菟丝子的根寄生在别的植物上之后，茎上就会长出吸根，盗取寄主的养分。
③ 一年生桑科草本植物，散发香味，用来酿造啤酒。

蓿以及亚麻[①]的茎。

菟丝子很自然地激发了我们对匍匐植物的兴趣，匍匐植物习性有其独到之处，值得一观。在我们当中，只要稍有一点乡下生活的经验，也会对它的这种本能赞不绝口。这是一种有目共睹的力量：五叶地锦[②]或旋花[③]的卷须伸向倚靠着墙壁的耙子或铲子的把柄，如果把耙子移开，第二天，你就会发现卷须完全转换方向，再次找到耙子。叔本华在他的专著《自然界中的意志》一书中，用一个章节不厌其详地论述了植物的生理机制。如果逐一叙述这一点和其他几点所做的大量观察和实验，会占用过多的篇幅。因此，我烦请读者去查阅这一章，在这里，你会发现许多为你标注出来的原始资料和参考书目。在过去的六七十年里，这些原始资料有增无已，题材几乎也无穷无尽，这就无须我再多说了吧？

花卉的独得之见、神机妙算和预防措施不计其数，举例来

---

① 亚麻是人类最早使用的天然植物纤维，一年生，亚麻属，叶互生，无叶柄。

② 又名五叶爬山虎，葡萄科爬山虎属。花小，黄绿色。浆果呈球形，蓝黑色。花期 6 月，果期 10 月。

③ 多年生蔓草，茎细长，缠络他物之上；叶互生、戟形、有长柄，夏天开漏斗状合瓣花，色淡红，又名鼓子草。单叶互生，生于山坡、平原、荒地。

说，满天星的菊苣[①]，或稻槎菜[②]就很有远见卓识。这种植物开黄色的小花，和蒲公英极为相似，在里维埃拉[③]的墙壁上比比皆是。为了保证种属的传播和稳定，它在体内孕育了两类不同的种子。第一类不费吹灰之力就能和母体分离，并且有双翼的助力，它得以在风中进行传播。第二类没有翅膀且在花序的股掌之上，只有当花序腐烂时，它才能无拘无束地散播。

刺苍耳[④]（苍耳属），可以向我们展示这类传播体系是何等的构思巧妙且卓有成效。这种植物是一种长满粗陋尖刺的野草，人们对它深恶痛绝。不久以前，它还在西欧籍籍无名，更没有人想着有一天要引种它。它的传播完全靠蒴果上密密麻麻的尖刺，这使它能钩住动物的皮毛。作为俄罗斯的原住民，它随着从俄罗斯大草原的腹地上进口的几捆羊毛来到我们这里。你不妨在地图上追寻一下这个吞并了一个新世界的伟大移民历经的各个阶段。

---

① 菊科多年生草本植物。根肉质、短粗。茎直立，有棱，中空，多分枝。叶互生，长倒披针形，头状花序，花冠舌状，花色青蓝。该植物耐寒，耐旱，喜生于阳光充足的田边、山坡等地。

② 一年或二年生细弱草本，有少许细毛。叶多在根部丛生，有柄，羽状分裂，一名田荠，断之有白色乳汁。

③ 地中海沿岸区域，包括意大利以及法国的一些地区，为旅游胜地。

④ 一年生草本，常生于路边、荒地和旱地。果实具钩刺，常随人和动物传播，或混在作物种子中散布。花期8月至9月，果期9月至10月。

石竹科的蝇子草属（意大利的捕虫草）[1]，它的花是一种朴实无华的小白花，在橄榄树下触目皆是，它们用逆向思维来思考问题。表面上，它们低眉垂眼、多情善感；然而，为了躲避讨厌粗俗的昆虫到访，它的茎分泌出腺状的茸毛，茸毛则分泌出一种黏液，这种黏液能行之有效地捕获寄生虫。鉴于此，南部许多农夫都将它们圈养在家中当捕蝇器使用。此外，还有好几种捕蝇草匠心独运地以简驭繁，改进了捕虫系统。由于对蚂蚁望而生畏，为了防止蚂蚁爬上来，它们发现只消在茎的节点下面涂上一层较宽的黏液环就可以了。这恰好和我们的园丁为了防止毛毛虫爬上苹果树，在树干上涂一层焦油的做法如出一辙。

这就引导我们对植物所采取的防御措施进行研究。在一本杰出的普及性刊物《古怪的植物》中，亨利·库平先生曾仔细审视其中一些离奇有趣且惊世震俗的武器，对于那些希望找到更为丰富细节的读者，我建议你们去查阅。此处我有一个关于荆棘的津津乐道的话题，我们不妨先来探讨一下。这涉及巴黎大学的学生罗特利埃先生曾经做过的一系列奥妙无穷的实验，实验得出结论：阴暗和湿气倾向于抑制植物多刺部分的生长。另一方面，如果生

① 多年生草本，会用香甜的分泌液引诱昆虫将其捕获。

长的环境炎热干燥，植物就会竖起它的尖刺且增多尖刺的数量。它仿佛感觉到自己是乱石或热沙当中唯一的幸存者，它的敌人在捕食时别无选择，因此它不得不精弹力竭来防卫这些饥不择食的敌人。此外还有一个值得注意的事实：大多数人为培育的多刺植物都会逐渐舍弃它们的武器，将保护它们安全的职责交给那个超自然的保护者，由他把它们种植在围有栅栏的庭院里。[①]

其他种类的植物，例如，紫草[②]，以非常坚硬的刺毛取代了荆棘；荨麻[③]在刺毛中加入了毒液；而天竺葵[④]、芸香[⑤]、薄荷则发出浓烈的气味将动物拒之门外。其中最诡诞不经的是那些机械自卫的植物，在这里我仅提及马尾草：它用一种结实的盔甲来

---

① 在那些停止自卫的植物中，莴苣是最为典型的例子。我上文中提到的作者说到，在它处于野生状态时，如果我们撕开它的茎或叶子，就会看到有白色的液体冒出来。这种乳液由不同的成分构成，积极地保卫着植物，使之免受蛞蝓的袭击。另一方面，培植的莴苣，从野生莴苣发展而来，但是乳液基本上消失了。因为这个原因，莴苣失去了防卫能力只能等蛞蝓来吃了。这一点，连园丁都束手无策。需要补充的是，除了幼年时期，这种乳液是很少匮乏的。相反，当莴苣开始卷心或者成熟接种的时候，它还异常丰富。但是初生时期或者是嫩叶萌生的时期，莴苣特别需要自我保护。人们就会想，培植的莴苣有点没脑子，也就是说，它完全不知道自己的处境了。

② 紫草科紫草属植物，属被子植物门、双子叶植物纲、菊亚纲、唇形目。

③ 多年生草本植物，叶对生，雌雄同株或异株。其茎叶上的蜇毛有毒性。喜阴植物，生命旺盛，生长迅速，对土壤要求不严，喜温喜湿。

④ 别名洋绣球，原产南非，是多年生的草本花卉。叶掌状有长柄，叶缘多锯齿，叶面有较深的环状斑纹。花冠通常五瓣，花序伞状。

⑤ 多年生木质草本植物，花黄色，具浓香，复叶具有苦味，可入药。

但时光流逝，花朵的韶华已逝，花瓣凋零，最后，连高贵典雅的王后那最后的骄傲也只能屈服于生活的重压。

Its brilliancy fades, its petals fall and the pride of the great queens seems at last to bend under the weight of life.

保卫自己，这种盔甲由一种硅质物组成，在显微镜下才可以观察到。此外，为了防止饕口馋舌的蛞蝓[①]和蜗牛，几乎所有的禾本科植物都在自己的组织里添加了石灰成分。

十

异体受精有一套必不可少的机制，在探讨这种机制的复杂形式之前，我们首先聊聊一些平淡无奇的花朵的奇思妙想。每天，花园里都会举行不胜枚举的结婚典礼，在这些典礼中，植株的雌花和雄花都在同一个花冠上萌芽、结合、死亡。这种典型的机制众所周知：弱不禁风但触目皆是的雄蕊或雄性器官通常都聚集在强壮、坚韧的雌蕊周围。然而这些器官的排列、形状以及生活习性因花卉而异。自然好像并无固定的思维模式，或者拥有一种以永不重复自己为傲的想象力。通常情况下，当花粉成熟时，它就会自然而然地从雄蕊的顶部落到雌蕊上，可更为普遍的情况是，雌蕊和雄蕊的高度分毫不爽，或者两者参差不齐，抑或是雌蕊反倒比雄蕊长一倍。随之而来的就是锲而

① 又称水蜒蚰，俗称鼻涕虫，是一种软体动物，与部分蜗牛组成有肺目。雌雄同体，外表看起来像没壳的蜗牛，体表湿润有黏液。

不舍地争取成功交配的努力。有时，荨麻的雄蕊蜷缩在位于花冠底部的茎上，授粉时，茎秆就会像弹簧一样直立起来，茎秆顶端的花粉块在柱头撒下大量的花粉。有时，伏牛花授粉只能在晴空白日时才能完成。远离雌蕊的雄蕊在潮湿腺体的重量下，贴向花的边缘。旭日东升，水分随风而逝，摇摇欲坠的雄蕊便一头扎向柱头。在别处，情况又迥然不同。例如，迎春花的雌蕊不是比雄蕊长就是比雄蕊短；百合、郁金香以及其他花朵过于纤细的雌蕊，不得不尽心竭力地去收集和固定花粉。但是最为新颖离奇的，莫过于芸香的方法。它属于臭名昭著的通经一族，是一种恶臭熏天的药草。安详恭敬、谦恭温顺的雄蕊在短小精悍、风姿绰约的雌蕊周围形成一个圈，在黄色的花冠中翘足引领、虚位以待。待到婚礼时刻到来，雌蕊仿佛在呼喊雄蕊的名字，雄蕊则遥相应和，其中一根雄蕊慢慢靠近并且接触到雌蕊的柱头，然后依次是第三根、第五根、第七根、第九根，直到所有的奇数雄蕊都与雌蕊结合为止。接下来就轮到偶数的雄蕊，依次是第二根、第四根、第六根，以此类推。毋庸置疑，此处存在着包办式的爱情。在我看来，这种花会数数简直太匪夷所思了，以至于一开始，我连植物学家的话也将信将疑。我曾屡次三番下定决心，在我接受这个观点之前，要对芸香的数字概念进行验证，结果我确定无疑：它几乎百无一失。

这些例子无须赘述。当你漫步在山林或田野中时，就能对这一方面做数以千计的考察，每次都像植物学家叙述的那样离奇古怪，无一例外。但是，在结束这一章之前，我还要再描述一种花卉。不是因为它非同寻常的想象力，而是它在爱情运动中所表现出来的赏心悦目和通俗易懂的高贵典雅。我想说的就是黑种草[①]，它的别称颇为可爱迷人，如“迷雾情人”、“丛林魔女”、“轻佻少妇”，颇受欢迎的诗作也曾以欢快、动人的笔触描写过这娇小可人的花朵。这种花朵在南方的路边和橄榄树下，比比皆是，在北方老式的花园中也培育着这种小花儿。它的花朵呈淡蓝色，宛若早期画作中的小花那样朴实无华。在法国，“维纳斯的青丝”、“蓬乱的头发”都是这个“轻佻少妇”的别称，意指它姿态轻盈、薄如蝉翼、纷乱如麻的叶子，这些叶子围绕着一簇朦胧碧绿的花冠。花的根部是五根细长的雌蕊，它们紧紧围绕在天蓝色花冠的中央，像五个身披绿衣的王后，冷艳高傲。在它们的周围则聚集着数以累计大失所望的倾慕者，这些雄蕊甚至连它们的膝盖都不可企及。现在，青绿色和天蓝色交

① 是一种一年生植物，原产于地中海地区，长着带花边的鲜绿色叶子，开白色或者蓝色的花，花朵被线状的叶子包围着。黑种草主要被种植在北美洲的花园里。

相辉映的宫殿中心，在朗朗夏日的万里碧空中，上演了一出没有某些人期待的甜言蜜语或激烈冲突、唯有苍白无力、孤立无援、心如止水的等待的戏剧。但时光流逝，花朵的韶华已逝，花瓣凋零，最后，连高贵典雅的王后那最后的骄傲也只能屈服于生活的重压。在某个特定的时间，爱情认为考验的时间已经足够久了，王后们仿佛在响应神秘莫测、不可抗拒的爱情的召唤，以协调匀称的动作，好似五股喷射的水流，营造出协调的抛物线，它们集体后仰，优雅地在卑微的爱慕者的嘴唇上，采集新婚之吻的金色粉末。

十一

正如我们所见，这个植物王国中处处充满惊喜。就像诺曼尼斯[①]那部关于动物智慧的大部头著作一样，我们也可以撰写一本关于植物智慧的著作。但这本拙作绝不敢奢望成为那种指南性的读物。我只是想提醒大家关注那些发生在我们身边的趣事。这些趣事就发生在我们的世界里，在这个世界里，我们妄自尊

① 诺曼尼斯（1848–1894），英国博物学家，著有《动物的智慧》等。

大地享有特权。这些事情并没有人刻意为之，而是在客观环境和观察过程中自然而然出现的结果，并以实例的方式展现出来。我想在这本短小精悍的笔记中倾注全力来关注花卉，因为花卉展现出了光彩耀目的奇迹之光。我暂且把食虫花、茅膏菜属植物、忘忧草[①]，还有其他同类植物放在一边（这些植物接近动物世界，且需要专门深入的研究），以便自己专心致志地研究真正的花卉。确切地说，所谓真正的花卉，就是我们通常所说的纹丝不动、冷漠无情、与世无争、单调沉闷的花卉。

为了将事实和理论区分开来，谈论花卉时，我们假设它们所实现的一切都能以人类的方式加以预见和解读。我们随后会认识到我们要为它保留什么，将从它的身上学到什么。此时，它像一位光彩夺目、拥有理性、弘毅宽厚的公主，我们暂且将她独自留在舞台上。毋庸置疑，它兼具这两种品质，无论要剥夺其中的任何一种，我们都需要诉诸艰深晦涩的臆测。而此刻，它正气静神闲地长在花梗上，在光芒四射的帐篷里庇护着植物的生殖器。不言而喻，它想让雌蕊和雄蕊在这个弥漫着爱情氛围的帐篷里完成神秘莫测的结合，并且许多花卉都默许这种繁

① 是一种多年生草本植物的花蕾，味鲜质嫩，营养丰富。

即便是金碧辉煌的大理石宫殿里，专为国王而设的露台，也不比我的阳台更富丽堂皇、更怡情悦性、更芬芳馥郁、更熠熠生辉。

The balconies of the great marble palaces that await the kings were never more luxuriously, more happily, more fragrantly adorned.

衍的方式。但对于其他花卉来说，它们面临着非同小可、骇人听闻的威胁，在正常的情况下，它们对异体受精的难题无能为力。数以千计的古老实验之后，它们是否注意到自体受精（柱头通过位于同一花冠的花药上落下来的花粉完成受精）会导致物种的急剧退化？结果我们发现，它们对这一事实置若罔闻，也没有吸取任何经验教训。反而是自然的力量一劳永逸地把那些因自体受精而退化的植物及其后代逐一淘汰掉了。很快，只有那些异化的植物幸存了下来，比如，雌蕊极长，因不能靠近花药，而不能完成同体受精。这些幸存下来的特例，只有经过无数次彻底的改变，最终将偶然的成果以世袭的方式确定了下来，然而，正常的物种却不复存在了。

十二

不久以后，我们就会意识到以上诠释所揭示的意义。对花卉天赋的深入研究总能引发两三种稀奇古怪的发明。我们在花园或田野中随意漫步，以便研精苦思这些发明。我们根本无须远离那所蜜蜂经常光顾的房子，也能在馥郁芬芳的花簇中发现，那里居住着一名技术炉火纯青的机械师。即便对乡村生活寡闻少见的人，也不会对鼠尾草属植物[1]——这种唇形亚目科的植物——闻所未闻。它的花朵朴实无华，像嗷嗷待哺的嘴唇一样，追随阳光的方向，怒放着生命。它包括很多品种，但并不是所有的品种都采用了我们所研究的、同一个完美的受精体系。这是一个百思莫解的细节。但是在这里，我考察的仅仅是屡见不鲜的鼠尾草属植物，此时此刻，仿佛是为了庆祝春之旅途，它们用紫色的帷幔覆盖了我的橄榄树露台的所有屏障。我向你们保证，即便是金碧辉煌的大理石宫殿里，专为国王而设的露台，也不比我的阳台更富丽堂皇、更怡情悦性、更芬芳馥郁、更熠熠生辉。烈日当空、正午到来之际，你仿佛沁浸在阳光的香气中……

我们谈论一下细节吧。花的柱头和雌性器官位于风帽状的上唇，里面还囊括两根雄蕊或是雄性器官。为了防止雄蕊和栖息在同一婚房内的柱头结合，柱头比雄蕊长出一倍之多，它们之间的接触因此变得毫无希望。此外，为了防止意外的发生，花卉还使雄蕊比雌蕊早熟。这意味着当雌蕊适合交配的时候，雄蕊早就凋谢了。这就需要一个外力介入，将外来的花粉带到

① 唇形目，唇形科的一属，逾900种，草本或木本，根入药，含丹参酮，对治疗冠心病有良好效果，可供观赏。

被抛弃的柱头上，从而完成交配。相当数量的花卉，例如风媒花，就是依托风的关照。但鼠尾草的这种情况更为司空见惯。它是虫媒花，也就是说，它们喜爱昆虫并且只依靠昆虫进行授粉。它们领悟到很多事情，意识到自己生活在一个无法奢望求得任何恻隐之情、任何慷慨援助的世界里。因此它们从不蹉跎年华，徒劳无益地乞求蜜蜂的恩惠。在这个世界里，所有的生物都和死亡做困兽之争；和它们一样，蜜蜂只为自己、自己的族群而生，它无意回报花朵的顾复之恩。那么，怎样才能迫使蜜蜂负责任地、至少是在不知不觉中担负起花卉婚姻方面的职责呢？观察一下鼠尾草设计的妙不可言的爱情陷阱吧：它在紫色丝绸帐篷的正后方分泌出几滴花蜜作为诱饵，然而，有两根好似荷兰吊桥的支柱——平行的花茎——阻碍着甜液的流入。每根花茎的正上方是一个巨大的麻布袋，即装满花粉的花药。底端长着两个较小的麻袋，好似砝码，发挥着平衡的作用。当蜜蜂在花中栖息时，它的头必须顶开这两个小麻袋才能获得它所需要的花蜜。如此一来，围绕着中轴线的两根花茎立刻倾倒，上面的花药倾落下来，触碰到蜜蜂躯体两侧，花粉就会粘满蜜蜂全身。一旦蜜蜂离开，这两根有弹力的枢轴又在顷刻之间以迅雷不及掩耳之势弹回，使得这个机械装置依旧如故，等待下次蜜蜂造访时，重复以上的工作。

然而，这仅仅是这出戏的前半场，后半场则在另一个场景中上演：相邻花朵的雄蕊刚刚凋谢，此时，等待花粉的雌蕊就隆重登场了。它缓慢地从风帽中冒出来，舒展、俯身、弯曲、随后形成叉状，挡在帐篷的入口处。蜜蜂采蜜时，脑袋在悬挂的叉状物下通行无阻。但成叉状的雌蕊轻抚过的背部和两翼，恰好是雄蕊接触过的地方。二瓣裂的柱头贪婪地吮吸银色的花粉，完成整个受精过程。由此推论，如果使用一根吸管或一截木棍，你也可以易如反掌地使整个装置灵动起来，仔细观察，可以看到它各个动作之间不同寻常、匪夷所思的结合及精准度。

鼠尾草属植物的种类五花八门，大概有500种，恕我不逐一列举它们那些不堪入耳的学名了。仅举几例：早熟鼠尾草、山茱萸（花园里种植的鼠尾草）、红顶鼠尾草、野丹参、地黄、快乐鼠尾草、锥脚杯、天青、一串红（花篮里赏心悦目的鼠尾草）等等。也许，上述这些鼠尾草，无一在细节上改进了我们前面所述的装置。有一些鼠尾草，雌蕊的长度增加了一倍或两倍，从而使它不仅能从风帽中冒出来，而且还能在花朵的入口处，像羽毛一样极度弯曲。当然，这样的改进还有待商榷。它们不过是避免了可能发生的危险——位于同一风帽中的花药和柱头受精，因为从另一方面，倘若雄蕊早熟的情况出现一差半错，那么，昆虫在离开花朵时，很有可能花药里的花粉留在柱头上，因为花药和雄蕊位于同一风帽内。另外一些鼠尾草，在杠杆作用下，拉大花药彼此之间的距离，以便能够不差毫厘地接触到昆虫躯体的侧面。最后，我发现还有一些鼠尾草，在筹划和调试装置的每一部分时铩羽而归。比如说，有一株夹竹桃[①]，离我那株紫色鼠尾草只有咫尺之遥，与水井为邻；在这株夹竹桃下，有一簇透着淡紫色的白花，从这些花中，我看不出有任何借助杠杆原理的迹象或痕迹。雄蕊和柱头位于花冠的中央，杂七杂八地混杂一气，仿佛一切都听天由命，毫无秩序可言。

唇形亚目科植物的种类不胜枚举，对于广泛收集它们的人来说，从我眼皮底下朴实无华、杂乱无章的白色鼠尾草，到早熟鼠尾草的最新发展，重建整个过程，循序渐进地追踪创新的每个阶段，无疑是可行的。但是我们能得出什么结论呢？在芬芳类植物中，这个系统是否尚处于试验阶段？它是否像红豆科[②]植物的“阿基米德螺旋线”一样，还处于试验和“试航”的阶

---

① 夹竹桃，原产印度、伊朗和阿富汗。性喜充足的光照，温暖和湿润的气候条件；有红色和白色两种；广植于热带及亚热带地区。

② 豆科红豆属，深耕型牧草，属优质牧草，有牧草皇后之称。

段？难道自动杠杆的优势还没有获得一致认可？那世间的一切难道是固定不变、命中注定的吗？我们自认为命中注定、有规律性的世界，不是依然有人在进行探讨和试验吗？[①]

十三

不管实际情况怎么样，大多数鼠尾草花为了解决异体受精这个大难题，都另辟蹊径，提出了令人瞩目的解决方案。如同在人类中间，新的发明也会被一群微不足道，却孜孜不倦的探寻者用其所长、删繁就简、并加以改进一样。由此可见，我们脑海中可能刻板的花之世界里，鼠尾草的专利却经过了深思熟虑，在许多细节上都臻于完美。在小树林或者荒野的成荫处，你一定会留意到一种比比皆是却尽态极妍、隶属常见的马先蒿[②]属植物的玄

① 有将近四年的时间，我参与了鼠尾草杂交的实验，对植物机制已经接近完美的品种和花粉非常落后的一个品种进行人工授精（一开始就已经采取了非常措施来防范风或者昆虫的侵扰）。我的观察还不足以让我在这里透漏什么细节或者得出任何结论。但是好像已经出现了一个普遍的规则，那就是落后的品种总是乐于接受比它先进得多的品种的长处。不过，后者却并不乐意接受前者的瑕疵。这就向我们展示了自然在它最茁壮的时候，它的运作模式、习性、偏好以及趣味的侧面状况。这些实验不可能在短时间内完成，因为在品种的收集、取得无数的例证和反证会耗费大量的时间。因此哪怕从中得出最小的一个结论，也是不成熟的。
② 双子叶植物中大属之一，多年生、一年生草本，通常为半寄生。

参[①]。这种植物就采用了一些别出新意的革新。花冠的形状和鼠尾草几乎毫无二致，柱头和两个花药都隐匿在上面的风帽中。只有雌蕊湿润的小末梢从风帽探出来，花药却被包得密不透风。因此，雌蕊和雄蕊在丝绸般的帐篷里比肩而立，甚至彼此相依。幸亏它和鼠尾草的装置迥然不同，这种植物即便是想自体受精，那也是痴人说梦。事实上，花药形成了两只装满花粉的小布袋，每只布袋都只有独一无二的开口，开口并置，如此一来，就造成了它们的开合一致，相互堵塞。花药长在弯弯曲曲且弹力十足的花梗上，被叶齿堵在风帽里面。栖落花朵的蜜蜂，在采蜜之前，首先要推开这些叶齿，一旦它们飞走，花药便出入无间，无拘无束地从风帽中冒出，使得散落的花粉粘在昆虫背上。

不过花朵的天赋和深谋远虑绝不止于此。赫尔曼·马勒是第一个对马先蒿属植物无与伦比的机制穷幽极微的人，他认为：（引自一个摘要）

如果雄蕊在保持自身相对位置的前提下，再去接触昆虫，那么它身上不会落下一粒花粉，因为它们的孔口是互相堵塞

① 多年生草本，根长圆柱形或纺锤形。花期7月至8月，果期8月至9月。

的。但是，一个简洁明了、匠心独运的发明轻而易举地解决了这一难题。花冠的下唇瓣并不是对称的、水平的，而是不规则的、倾斜的，一边比另一边高出几毫米。栖息在上面的蜜蜂也必须倾斜身体，这样它的头就能翻来覆去地接触花冠的不同凸起，而雄蕊也相继活跃起来，接二连三地打开孔口，接触到昆虫，把花粉散播到昆虫身上。

当蜜蜂飞过另一朵花的时候，它就责无旁贷地为这朵花授粉。因为它的头钻进花冠时，首先接触的是柱头（我故意省掉了这个细节），柱头擦过它的地方恰好是雄蕊接触过它的地方，确切地说，是它最后离开时的那些花的雄蕊碰触到的地方。

十四

这样的例子不胜枚举，每一朵花都有自己的慧心巧思、锦囊妙计以及后天大获裨益的经验。当我们细致入微地观察它们的小发明以及形形色色的方法时，我们就会联想到那些扣人心弦、充分展示了人类机械方面天赋的机器制造博览会。但是，比起花卉那已经运行了成千上万年的机械装置，人类在机械方面的才能不过才初露锋芒。当花卉出现在地球上时，没有先例可以模仿，它们不得不自力更生。当我们还在使用棍棒、弓箭和连枷[1]的年代，抑或是我们后来还在设计和使用纺车、滑轮、滑车、夯锤时，甚至可以说，就在去年，我们的得意之作也不过是抛射器、钟表和织布机时，鼠尾草已经设计出了体大思精的杠杆支柱和平衡器。马先蒿属植物的花药闭合，就像是在做一次科学实验，周而复始地伸展它的弹簧，拼合斜面。谁会在100年前就想到螺旋线的性能呢？而枫树和椴树早在萌芽时，就能对这个性能驾轻就熟了。蒲公英设计出精密轻盈、精妙绝伦和计出万全的降落伞或飞行器，就这方面而言，我们何时才能与之相提并论呢？我们何时才能发现在薄如蝉翼的丝绸上进行剪裁的秘诀呢？宛若金雀花灌木[2]凭借弹簧，能够不费吹灰之力，就将金色的花粉抛向空中，我们何时才能发现这样的弹簧呢？至于我在本书一开始就提到的喷瓜，它展示出匪夷所思的力量，谁又能告诉我这种力量的奥秘呢？你知道喷瓜吗？这是一种葫芦科植物，在地中海沿岸家喻户晓。果实多刺，像极

① 农具，也作连枷。由一个长柄和一组平排的竹条或木条构成，用来拍打谷物、小麦、豆子、芝麻等，使籽粒掉下来。

② 被子植物，豆科金雀花为豆科锦鸡儿属落叶灌木，高数尺，丛生，枝条细长垂软；托叶常为三叉，有柔刺；花生叶腋，4月至5月开花，瓣端稍尖，旁分两瓣，势如飞雀，色金黄，故名“金雀花”。

了小黄瓜，天生具有令人难以置信的生机和活力。瓜熟蒂落时，你碰它一下，它就会突然抽搐般地收缩，从花梗上脱落；脱落时，自然而然会产生裂口，从裂口处喷射出混杂着大量种子的黏液，释放出来的力量足以将种子送往四五码远的地方。打个恰到好处的比方，就好像我们能通过一个简捷了当的痉挛动作，成功地掏空自己，使我们的器官、内脏、血液猛冲到离我们的皮肤和骨骼半公里远的地方，这简直就是无法想象的。

此外，还有大量种子具有射击功能，能够利用一些莫名其妙的能量，对于这些能量源于何处，我们还不得而知。举例来说，请想一想菜籽和石楠植物[①]迸发出来的爆破力吧。说到植物中的炮兵，首屈一指的莫过于大戟树了。它是一种本地土生土长的大戟科植物，是一种颇为挺拔秀美，相当具有观赏价值的“野草”，通常有一人多高。此刻，我桌上就摆放着一株浸在水中的大戟树。它长有淡绿色的三裂状浆果，浆果中装满了种子。时不时就会有浆果爆裂，发出响亮的噼啪声。种子获得了令人瞠目结舌的初速度，四处击打家具和墙壁。倘若你不幸中招，就会感觉是被虫子蜇了一下。这些针头大小的种子竟有如此不

① 木本植物，常绿乔木类，喜温暖湿润的气候，抗寒力不强，蔷薇科、石楠属，常绿灌木类，花期4月至5月，果期10月。

同寻常的穿透力。即便是细致地观察浆果，寻找赋予它生机与活力的源泉，你可能依旧对这种力量的奥秘一无所知。因为它和我们的神经一样，都是无影无形的。

金雀花灌木（鹰爪豆[①]），不仅有豆荚，还会绽放弹簧般的花朵。或许，你留意过这种玄妙莫测的植物。它是庞大的金雀花属植物中最典型的代表：热爱生命、卑以自牧、处事不惊、不屈不挠，在任何土壤中都能生存，能够忍受任何磨难。它在南方山区的小路旁成长为高大丛生的灌木群。有时候高达三码，五六月间，枝头就会开满金色的花朵，香气弥漫，还混合着它的老友金银花[②]的香气。它们在烈日下尽情怒放，除了去想象天堂的甘露、极乐世界的泉水，清爽的溪流、蔚蓝幽谷观察到的满眼通透的星光之外，你简直无法描述这种场景。

这种金雀花属植物的花朵，形似所有蝶形豆科的花朵，和我们花园里培育的豌豆花十分相像。下面的花瓣形似大帆船的铁嘴，将雌蕊和雄蕊密封在里面，只要是花朵尚未成熟，前来拜访它的蜜蜂就会发现，想要栖落花丛，那简直是痴心妄想。

① 豆科鹰爪豆属，落叶小乔木或灌木，花金黄色芳香；喜温暖湿润气候，怕寒冻，怕炎热，忌水湿。
② 又名忍冬，为忍冬科多年生半常绿缠绕木质藤本植物，可入药。

正是这些错综复杂、奇形怪状的花朵，展现了植物天赋超群绝伦的水平，并以非凡的热情打破了动植物之间的藩篱。

In these writhing and eccentric flowers, the genius of the plant touches its extreme point and with an unusual fire pierces the wall that separates the kingdoms.

然而，一旦雌蕊和雄蕊的青春期按捺不住、翩翩而至之时，铁嘴就会因栖息其上的昆虫的重量而弯曲，金色的花粉室妖媚地爆裂开，竭尽全力将花粉散落到远处的造访者以及附近的花卉上，激起一片金光闪闪的迷雾。此时，形如遮棚的宽大花瓣轻盈地俯身，落在将要受精的柱头上。

十五

让我们把种子放在一边，回到花卉上来。如我所说，一个人可以无限增加他创造性的发明。我建议那些想深入探讨这些问题的人去查阅克里斯蒂安·康拉德·斯普伦格尔的著作，早在1793年的鸿篇巨制《自然中发现的奥秘》中，他就首次分析了兰花各个不同器官的作用。接下来不妨参阅查尔斯·达尔文、利普斯塔特的赫尔曼·穆勒博士、希尔德·布兰德，意大利的戴尔比诺、威廉·胡克先生、罗伯特·布朗以及其他人的许多著作。

我们可以在兰科植物中，找到植物智慧尽善尽美、协调一致的体现。正是这些错综复杂、奇形怪状的花朵，展现了植物天赋超群绝伦的水平，并以非凡的热情打破了动植物之间的藩篱。因此，“兰花”二字不应让我们误解，或使我们相信：在这里探讨的只是视同拱璧的花朵，是似乎只要金匠关注、而无须园丁照料的温室女王。我们当地的野生植物群几乎囊括了所有朴实无华的杂草，只兰科植物就超过二十五种，而其中就有秀外慧中、极其复杂的品种。查尔斯·达尔文在他的《论昆虫授粉兰科植物的各种创造性才能》一书中也曾探讨过这些兰科植物，该书记述了花魂可歌可泣的恢宏史诗。在此仅用寥寥数字来概括这出纷繁复杂、犹如仙境般灵妙的传记是天方夜谭。不过既然我们探讨的是花的智慧，那么我们就有必要谈谈兰花的思想方法和精神习惯——兰花按照预定好的方式和时间精确地吸引蜜蜂和蝴蝶，并让它们按照自己的所思所想行事，在这方面的艺术，兰花已经达到了无与伦比的程度。

十六

不使用图解来阐述兰花扑朔迷离的机制难乎其难，但我会尽力而为，借助类似于比较的方法，给大家一个充分的说明。同时，我也会尽量避免使用专业术语，例如着粉腺[①]、唇瓣[②]、蕊

① 着粉腺是由着粉腺细胞或着粉腺细胞群组成的、专门执行分泌功能的结构。
② 左右对称的花之花冠呈唇形者称唇形花冠，其中占花冠主体的唇状部称为唇瓣。

花粉成功的机会不应该在一次冒险中就被消耗殆尽，而是要增加到绝无仅有的程度，这点至关重要。

It is important that the chances of the pollen should not be exhausted in a single venture, but rather that they should be multiplied to the greatest possible extent.

喙[①]等，因为，对于那些对生物学略知一二的人来说，这些专业术语并不能在他们的脑海中形成准确的印象。

半点红门兰是一种兰科植物，在我们地区随处可见，也可以称之为宽叶红门兰。因为它个头较大，观察起来也轻而易举。沼泽兰，俗称“草地火箭”，是一种多年生的植物，能够长到一英寸甚至更高，在湿润的草地和森林中屡见不鲜。五六月间，粉红色的小花儿迎着烈日绚烂绽放，花朵长有聚伞圆锥花序，是兰科植物中典型的花儿，酷似中国龙龇开的大嘴，形态荒诞怪异。它的下唇瓣很长，好似锯齿状或齿状的裙摆，供昆虫栖息；上唇瓣长成风帽状，庇护主要器官。在花的背面、花梗的一侧，垂坠着花距，或说是一种长长的尖角，用来盛放花蜜。大多数花卉的柱头或雌性器官，多少都带有黏性，形似一簇毛绒束，这些毛绒束位于弱不禁风的花茎顶端，耐心等待着姗姗来迟的花粉。但是在兰科植物中，这种传统的装置却变得无从辨识。口腔深处、喉部小舌所在之处是两个彼此相邻的柱头，上面竖着第三个柱头，这真是一个令人称奇道绝的器官。柱头的顶端长有一个小袋，更确切地说是酒杯，也就是所谓的“蕊喙”。酒杯里满载黏液，里面

① 蕊喙，又称“小喙”，是兰科植物的蕊柱前面舌状突起的部分。

浸泡着两个小球，小球上长出两根短茎，在短茎的上半部，压着一个严丝合缝的小包，其中装满了花粉颗粒。我们来观察一下，昆虫飞进花朵的时候发生了什么：下唇瓣迎风舒展，迫不及待地等待着蜜蜂的光临。此时，蜜蜂栖落其上，被花蜜的芬芳吸引，试图接近恰好位于底部的小尖角，里面装有花蜜。但通道却从中作梗，设计得非常狭窄，昆虫前行时，它的头不可避免地触碰到酒杯。随后，对轻微撞击都异常敏感的酒杯不失时机地沿着一条适宜的路线裂开，露出浸渍在黏液里的两个小球，它们见机而作，直接和拜访者的脑壳发生接触，并且紧紧粘住。这样，昆虫飞走的时候，就把这两个小球、小球上长出的两根短茎，连同顶端包着花粉的小袋子一起带走了。乍一看，昆虫就像是戴着两根直立的、瓶状的小角。这只蜜蜂不经意间就承担了一项艰巨任务，它马不停蹄地飞到另一朵花儿上。如果这两只角依旧坚挺，那么它们就会用自己的花粉块去撞击浸透在谨小慎微的酒杯中的其他花粉块，花粉混合在一起本不会有丝毫意外，然而就在此时，兰花的天赋、经验以及远见适时地展现出来。它精确地计算出昆虫吮食花蜜后前往另一朵花儿的时间，它断定这平均需要 30 秒。我们已经看到，装满花粉的小包是由两根短茎携带的，这两个短茎插入黏性小球中。如今，在每根短茎下端的插入点上，有一个膜状的小圆盘，它唯一的功能就是：快到30秒时，收缩并且向前抛掷短茎，使短茎弯曲，呈现出90度的弧度。这是计研心算的结果，但不是计算时间，而是计算空间。月下老人的两个花粉角，现在处于水平状态，且指向脑袋的前方，因此，当昆虫栖落在另一朵花上时，这两只角就会击中垂坠酒杯下黏在一起的两个柱头。

对于花卉的天赋，以上的描述并没有曲尽其妙。天资聪颖的兰花还没有将它的洞察力和盘托出。受到花粉包撞击的柱头，披上了黏性的外衣，倘若这层外衣的黏性和酒杯里黏液的黏性丝毫不差的话，那么短茎断裂后，花粉块就会和它粘在一起，并且固定为一个整体，它们的命运也就戛然而止了。可事情绝对不能按照此番情形发展，花粉成功的机会不应该在一次冒险中就被消耗殆尽，而是要增加到绝无仅有的程度，这点至关重要。兰花不仅能精确计算时间、测量路线，它还是一位技术精湛的化学家，能够提炼出两种树胶：其中一种黏性极强，一遇到空气就会凝固，将盛有花粉的角粘在昆虫的头上；另一种黏性不能与之相提并论，只适用于柱头。后者的黏性拿捏得恰到好处，刚好能轻微地松动那系着花粉颗粒的、纤细灵巧的丝线。一些颗粒就粘在胶上面，但是花粉块并没有毁坏；当昆虫拜访其他花朵的时候，它会继续受精工作，这毋庸置疑。

我把兰花的所有奇迹都展现出来了吗？没有。我还要提醒大家关注许多被忽略的细节，提一下其中小酒杯的活动：当它的膜状物破裂露出黏性小球时，它会立刻抬起下唇瓣，好让没被昆虫带走的花粉包在黏液中保持良好的状态。我们还应注意到，昆虫脑袋上带着花粉的短茎，它们通过非同寻常的协作完成分化，这和所有植物普遍运用的化学性防范措施一样。加斯顿·伯尼埃先生最近做的实验表明：每一朵花为保证自身种属丝毫无损，都能分泌出一种足以摧毁外来花粉的毒素。大体上，这就是我们亲眼看见的一切。当然，和所有的情形相似，实际上，真正的奇迹发生在我们目力所及之外。

十七

刚才，我发现了一枝羊臭兰，它生长在橄榄园中一个荒废的角落里，正在如火如荼地绽放。我不知道为什么达尔文对它置若罔闻，也许是因为它在英国比较少见。但这肯定是我们当地兰科植物中迥然不群、怪诞诡异、惊心摄魄的品种。如果它的个头可以和美国兰花相媲美的话，你几乎就可以断言，世上再没有比这更称奇道绝的植物了。想一想聚伞圆锥花序吧，它酷似风信子[1]，唯一的不同是，它比风信子高出一倍。花序上点缀着其貌不扬的三角花，彼此对称分布。花色淡绿，透着几点淡紫色。下花瓣的底部生有古铜色的种阜[2]、大胡须以及不堪入目的淡紫色淋巴结。这些花漫无止境地肆意蔓生，过于冗长，让人产生一种如梦如幻的感觉。它们形如螺旋状的丝带，颜色却犹如浸泡在河中一个月之久的溺尸。若从整体来看，你的脑海中浮现出来的，肯定是惊心动魄的糜烂场景，好似在某个充满讥讽的梦魇和幻术的空旷地带，它尽情绽放。它散发出如同山羊身上的恶臭，臭气熏天，以证明自己诡异的存在。在此，我之所以指出并且描绘这种丑态毕露的兰花，是因为它在法国俯拾皆是，根据其高度和特殊的器官，你可以轻而易举地辨认出它。如果有人想做实验，它也是不错的选择。实际上，我们只要将火柴挑入花中，小心翼翼地接触到蜜腺的底部，就能用肉眼观察到受精过程中，发生的细枝末节的变化。小袋（蕊喙）因为火柴的碰触而垂落，露出支撑两根花粉茎的黏性小圆盘（羊臭兰只有一个这样的小圆盘），只要这个小圆盘紧紧地抓住火柴

---

① 风信子科风信子属中的多年生草本植物，具鳞茎，原产于南欧地中海东部沿岸及小亚细亚半岛一带。

② 一般是指种子发芽孔附近的小突起，严格地说只限来自胚珠珠孔附近的珠被细胞的突起。

的一端，盛有花粉球的两只花粉囊就会纵向打开。撤出火柴时，火柴顶端就会牢牢戴上两个分叉的、僵硬的小角，每只角的末端还有两个金色的小球。不幸的是，和对阔叶兰的实验一样，我们没能欣赏到这两只小角精确而逐渐倾斜的精彩表演。它们为什么不下垂呢？我们只消将带着小角的火柴探入旁边的蜜腺，就会证实这样的举动徒劳无益。这花朵要比阔叶兰或宽叶兔儿风[①]的花朵大一些，当带着花粉块的昆虫进入精心设计的花蜜角时，它们恰好够到柱头的高度，使之受孕。

需要再说一下的是，选择一朵真正成熟的花对于实验的成功至关重要。花朵何时成熟，我们不得而知，但昆虫和花朵自己明白，因为只有当花朵所有的装置都准备就绪时，它才会用花蜜来款待它需要的客人。

十八

上述授粉方式是本地兰花采用的基本方式，但是每一个种属、每一个科都会根据自己特殊的经验、心理以及利益，在细

① 多年生草本，被子植物，菊科，常有闭花受孕的现象。

节上有所变化和完善。例如，红门兰[①]（倒距兰）在它的下唇瓣上增加了两个隆脊，引诱昆虫的喙接近花蜜，迫使它不差毫厘地完成自己希望它做的事。达尔文恰到好处地把这个别出心裁的附件，比作将丝线引入细小针眼的小巧玲珑的工具。还有一个奇妙无穷的改进，那就是一个马鞍状的黏性圆盘，取代了浸泡在酒杯里、携带花粉茎的两个小球。如果我们沿着昆虫的嘴行进的路线，将针尖或者刷子毛探入花中，我们就会对这个简单明了、注重实效的装置的优越性一目了然。刷子毛刚碰到酒杯，酒杯就会沿着一条对称线裂开，露出马鞍状的圆盘，圆盘立刻和刷子毛粘在一起。一旦迅速抽出刷子毛，你就可以不慌不忙地观察圆盘卓越多姿的动作：它端坐在针尖或者刷子毛上，将它的两个皮瓣向里卷起，以便抱紧支撑它的物体。这个动作的目的，就是增强圆盘的黏合力，其中迫在眉睫的事情，是确保它的分叉比阔叶兰的花粉茎上必不可少的分叉更为精确。一旦圆盘卷住刷子毛，长在上面的花粉茎就会因圆盘的收缩而分离，并且被迫分叉。花粉茎随即开始了第二个动作：它们俯身弯向刷子毛的一端，这种方式和我们上面探讨的兰科植物大体

① 兰科植物蒙古红门兰的多年生草本，穗状花序顶生，紧密，多花。

花朵的思维方式真的和我们大同小异，一样是在茫茫黑夜中探索，遇到同样的艰难险阻、同样的深仇重怨以及同样未知的场景。

It would really seem as though ideas came to the flowers in the same way as to us. The flowers grope in the same darkness, encounter the same obstacles, the same ill-will, in the same unknown.

一致。以上两个动作的组合会在 30 秒到 34 秒内完成。

十九

人类的发明，不正是通过循序渐进地、一点一滴地仔细修正和改进，而取得进步的吗？最近一段时间，机械行业取得了一些革新，虽然细若秋毫但从未停滞。如内燃机的点火发动、燃料汽化、离合器以及传动装置等。看起来，花朵的思维方式真的和我们大同小异，一样是在茫茫黑夜中探索，遇到同样的艰难险阻、同样的深仇重怨以及同样未知的场景。它们拥有同样的法则、同样的觉悟、同样步履维艰的胜利。它们似乎和我们一样，拥有相同的耐心、恒心和自爱，饱含同样多姿多彩的智慧，怀有同样的希望和理想。和我们一样，它们也同无数冷酷无情的力量做斗争，而这些力量对于它们自己也大有裨益。它们那开天辟地的想象力，不仅追求同样谨小慎微的方法，而且还独辟蹊径——纵使那是让人精疲力倦、蜿蜒狭窄的征途。此外，它们同样有不可预料的跳跃式发展，突然间，将某种不确定的发现明确下来。兰科植物中一个由一大群发明家组成的家族就是如此。珍贵奇特的美洲种属——卡塔塞蒂兰，出于某种强烈的灵感，突然改变了一系列对它来说无疑显得过于原始的习惯。首先，两性的分水岭太过于绝对，每个性别都有其特定的花朵。其次，花粉块或者花粉囊不再把茎浸泡在装满黏液的酒杯中，不再守株待兔般地坐等良机——被固定在昆虫脑袋上的偶然事件，而是在子房室里向后弯曲，依靠在一根强有力的弹簧上。没有什么东西能够吸引昆虫特地来到这个子房室。像其他所有的兰花一样，志骄意满的卡塔塞蒂兰也没有指望昆虫做出这样或那样的动作。如果你愿意，大可认为这样的动作是精确的、因势利导的，但它毕竟是偶然发生的动作。不，昆虫进入的不再是一个有着超群绝伦的机智的花朵，而是进入了充满活力、简直是感觉敏锐的花朵中。当昆虫碰触古铜色丝绸的华丽外庭之后，那无法避开的、纤长敏感的触角就会对整个大厦发出警报。子房室立刻裂成碎片，花粉块分成两个花粉包，被固定在向后弯曲的花粉茎上，而花粉茎由一个巨大的黏性圆盘支撑。由于突然被释放，花粉茎似弹簧一样矗立起来，随之拖走的两个花粉包和黏性圆盘被猛烈地弹射到外面。经过缜密的弹道计算，圆盘总是先飞起来去撞击昆虫，粘在昆虫身上。昆虫受到惊吓，这时它只有一个念头：全速逃离这个故意挑衅的花冠，去附近的花朵上避难，而所有这些都正中美国兰花的下怀。

无论如何，这个难题需要专门的研究。同样的，还有一些杓兰的专利发明，其功用我们当下还无法领会。

In any case, this problem would demand a special study. In the same way, there are patents whose usefulness we do not grasp at once.

二十

我还能否提及一个引进的兰科植物杓兰①呢？它将神秘莫测而行之有效的简化引入了整个系统当中。让我们再回想一下人类发明的曲折历程吧，这里有一个有趣的反证。有一天，一个装配工在机房里，或者，一个配药师抑或是学生在实验室里对他的主管说：

"如果我们试着将实验过程倒置会怎么样？如果我们倒过来操作会怎么样？如果我们颠倒液体混合的顺序会怎么样？"实验被重新做了一次，突然，意料之外的结果就在未知世界中从天而降了。

或许你轻而易举地就会相信，杓兰之间都进行着相似的交流。我们都知道杓兰（也就是贵妇的便鞋）长着靴形的大下巴，浑身透着一股暴躁恶毒的气息。这是我们温室当中最具特色的花卉了，看上去是最典型的兰科植物。杓兰勇敢地废除了所有复杂精巧的装置，如具有弹性的花粉块、分叉的花茎、黏性圆盘、巧妙黏液等等。一个木屐状的下巴和死气沉沉的花药挡在入口

① 兰科杓兰亚科杓兰属，为多年生草本植物，地上部茎叶可入药，具祛风、解毒、活血之功效。分布于北温带至喜马拉雅地区，被称为"女神之花"。

处，迫使昆虫的嘴接触那两小堆花粉，这并不是重点。真正出乎意料和非同寻常的现象是：与我们在其他兰科植物种属中观察到的情形截然相反，作为雌性器官的柱头不再具有黏性，有黏性的是花粉本身；花粉也不再是粉状的，而是一根披着黏性外衣、可以被拉长的细线。这个新装置的优缺点是什么呢？一方面，我们担心，被昆虫运载的花粉没有粘住柱头而是粘住了其他东西；另一方面，柱头不用再分泌旨在消解外来花粉的液体了。无论如何，这个难题需要专门的研究。同样的，还有一些杓兰的专利发明，其功用我们当下还无法领会。

二十一

在结束对兰科植物（Orchids）的讨论之前，我们还得聊一聊附加性的器官，我指的是蜜腺，它使得整个体系灵动起来。正因如此，它才成为物种展现自我才能、进行探索、尝试和实验的目标，这样的目标与改变基本器官构造的行为一样，都是丰富多彩且充满智慧的。

正如我们所见，蜜腺大致上是一种类似花距的器官，形如长长的尖角，敞开在花朵的正下方，靠近花梗，或多或少地对花冠起着平衡作用。蜜腺里面装有甜液，也就是花蜜。作为蝴蝶、甲壳虫和其他昆虫的食物，还被蜜蜂酿成蜂蜜。因此，它的职责就是吸引那些不可或缺的访客。它必须迎合昆虫的身材、习惯和口味。它经常用如下方式来安排此事：只有昆虫持续严谨地按照花卉的有机法则规定的那样行事，才能插入或抽出它们的嘴。

我们对兰科植物非凡的特性和想象力已经深入了解了，由此可以预见，它们的独创能力，实践、善于观察和探索的精神赋予了它们自由拓展的空间——我们在何时何地都可以做出这种判断：更柔韧的器官可以使植物更易于适应环境。其中，有一种叫万代兰[①]的，可能想合成一种更快硬化黏液，使花粉块能够尽快粘在昆虫的头上。可惜它的努力却功败垂成，便只得尽量拖延昆虫的嘴在通往花蜜的狭长通道上耽搁的时间，以克服这种困难。它设计的路线如此繁杂，以至于达尔文那位娴熟的制图员——鲍尔也不得不认输，放弃了重现这个路线的努力。

有些花卉从“简化就是提升”这一绝妙原则出发，当机立断，抑制了花蜜角的生长，代之以奇特丰满、明显多汁的赘生

① 万代兰是对兰科万代兰属的植物统称，多年生草本，花期为秋季至冬季。

在风和日丽的日子，它们会倾巢而出，只要热吻般的香气在花朵的开口处颤动，就会引诱一大群蜜蜂来婚房里赴宴。

They come out by thousands in the sunny hours, that a perfume has but to quiver like a kiss on the threshold of an opening flower for them to hasten in a crowd to the banquet prepared under the nuptial tent.

物，以供昆虫食用。昆虫想要享用这些赘生物，就不得不启动所有的花粉装置，这一点还需要再补充说明吗？

二十二

我们不要再围绕那些名目繁多、形形色色的小技巧冥思苦想了，不妨最后来研究一下大帽花兰的诱饵，然后就结束这神话般的故事吧。事实上，我们已经弄不清楚自己到底在和什么样的生命打交道了，令人咋舌的兰花如此蓄意安排：下唇瓣设计成桶状，用来盛放位于上方的两只角分泌的液体，这种液体源源不断，看起来和纯净水相差无几。当桶到一半满时，水就沿着一侧的喷头或者排水槽流出，整个水力装置本身非常引人注目。但这个装置的组合却令人忧心忡忡，我甚至认为是糟糕的。由角分泌并且聚集在凹陷处的液体不是花蜜，根本也无意去吸引昆虫，它具有更加微妙的功能——这才是这个奇形怪状的花朵的真正图谋。我上面所提到的多汁赘生物，散发出甜蜜的芬芳，引诱天真的昆虫落入陷阱。赘生物长在下唇瓣的上方，形如房间，两边有开口作为入口。前来造访的大黄蜂伏在可口的种阜上大快朵颐——这种体型庞大的花卉好像单单地引诱最笨重的膜翅目昆虫，而其他的昆虫似乎都羞于进入它如此高大华丽的会馆。如果大黄蜂独自前来，在酒足饭饱之后静静地飞走，并不会触碰到那桶水，也不会接触柱头和花粉，那兰花所期望发生的事自然都不会发生。可聪明的兰花注意到了周围翩翩起舞的昆虫。蜜蜂是一个人多势众、贪得无厌、食不暇饱的族群，在风和日丽的日子，它们会倾巢而出，只要热吻般的香气在花朵的开口处颤动，就会引诱一大群蜜蜂来婚房里赴宴。对于这些，兰花都心知肚明。因此，芬芳的房间里就有两三只迫不及待前来采蜜的蜜蜂，空间逼仄，墙壁摇晃，造访者不顾礼节地乱作一团，争抢美食，最后总有一只落入这场鸿门宴中的水桶中。它一直静候着它们自投罗网。不小心跌落的蜜蜂意外地发现自己沐浴了一下，打湿了自己晶莹剔透的翅膀，即使再努力，也断不能再飞翔了。这就是那个诡计多端的花朵为招待它而设下的圈套。这只魔幻水桶只有一个出口允许它逃生，那就是充当排水管的喷口，喷口的宽度恰好允许昆虫经过。它的背部首先接触到柱头黏性的表面，此时，花粉块的黏性腺体正沿着拱顶等它呢。于是，它就带着粘在身上的花粉逃脱了，随后栖落在另一朵花儿上。接着，宴会、推挤、跌落、沐浴、逃跑的悲剧桥段又会重新上演，必定会使携带进来的花粉和贪婪的柱头接触。

这就是我们看到的、对昆虫热情了然于胸并善加利用的一种花卉，我们能不能假装，把它诠释得多少有点浪漫色彩呢？这万万不可！上述事实是从准确无误的科学观察中得出的，用别的方式来解释花卉不同器官之间的作用和分类行不通。我们应当接受这既定的事实。这个不可思议、行之有效的手法其实更让人惊叹不已，因为它无意满足直接和急迫的进餐需要——这种需要会使最愚钝的脑袋也变得敏锐起来。它只有一个远大的理想，那就是繁衍物种。

我们兴许会质疑，为什么这些不可思议的复杂装置只会增加风险的概率呢？我们并不急于做出判断和答复。我们对这种植物的理性一无所知。我们了解植物在逻辑和简化方面所遇到的障碍吗？哪怕是一条关于它生存和生长的组织法则，我们能完全理解吗？当我们尽力征服太空的时候，也许有人在金星或者火星上注视着我们，他们也许会反过来问：

“如果你们想飞，只需要简单地模仿小鸟，在双臂安上一双翅膀即可，何需那些奇形怪状、丑陋怪诞的机器——诸如热气球、飞船和降落伞呢？”

在风和日丽的南方，它们又得以恢复祖先在热带的生活方式，这一点并不罕见，而在南方更是比比皆是。

It is not uncommon, especially in the South, during exceptionally mild summers, to find them reverting to the tropical manners of their ancestors.

二十三

对于这些花卉智慧的证据，出于些许幼稚的虚荣心作祟，人类通常会用传统的观点来反驳它：是的，它们创造了奇迹，但是这些奇迹都是亘古不变的。每一个物种，每一个种类都有自己的一套体系，世代相传，看不出有什么改进。的确，从我们开始观察花卉，也就是最近50年以来，我们就没见兰科植物、大花类植物以及卡塔塞蒂兰对它们所设计的陷阱有什么改进。我们能说的也仅限于此，当然这还远远不够。我们是否将全部的基础实验都差不多做完了呢？如果把引诱昆虫洗澡的兰花放在不同的环境中、放在不适于昆虫生存的环境中，我们会知道百年之后，这令人啧啧称奇的花卉后代还会做些什么吗？此外，我们给植物定下的目、种、属的分类最终也会自欺欺人，我们就此创造了我们自认为是固定不变的、凭空臆造的品种。但是它们也许只是一个代表而已，代表着随环境的缓慢变化而逐渐改变自身器官的同一种花卉。

花卉先于昆虫来到地球，于是，当后者出现的时候，花卉不得不以全新的组织体系来适应这些意外造访者的习性。在我们一无所知的事实当中，仅地质学上这个无可争辩的事实，就足以解释进化论了。毕竟，这个意义有些模糊的词，难道不正意味着入乡随俗、达权通变和智力发展的意思吗？

此外，抛开史前的这些事实不说，我们也能搜集到大量证据，证明适应环境和智力发展并非人类独有的事实。我已经在《蜜蜂的生活》里详细描述过这一细节，在此就不重新回顾那些章节了。我只是简单地回想一下其中提到的、和这一主题相关的两三个简单细节。比如说，蜜蜂发明了蜂房。它们还生活在原始野蛮的故土时，都是露天劳作的。也许是由于北方季节变换不定、气候恶劣，它们只好萌发出在空心树或者岩石的洞穴中建巢的想法。这个匠心独运的想法，使得无数围绕着蜂巢以获取必要能量的蜜蜂重新出去采蜜、照顾蜂卵。在风和日丽的南方，它们又得以恢复祖先在热带的生活方式，这一点并不罕见，而在南方更是比比皆是。①

---

① 我写完这些文字的时候，布维耶正在科学院宣读一篇论文（1906 年 5 月 7 日），论文的主题是两个在巴黎观察到的露天营巢。一个在槐树上，一个在栗子树上。后者挂在一个小树枝上，树枝的两个树杈临近，因此在两者中比较突出，因为它明显地、也更聪明地适应了更为恶劣的环境。

帕维尔在 1906 年 5 月 31 日《争鸣日报》科学专栏的一个提纲中写道，这些蜜蜂修筑起稳固的柱子，依靠非凡的保护措施，最终把栗子树的两个树杈变成了稳定的顶棚。一个天才的人也不一定能做的这么好。它们修建了栅栏避雨，加厚了顶棚来遮挡阳光。除非你去观察现在已经在博物馆里的两只营巢的构造，否则，你是不会了解蜜蜂的辛苦劳作的。

另一个事实是，当黑蜜蜂被引入澳大利亚或者加利福尼亚以后，它的生活习性就会发生改变。一两年之后，它会觉察到那里四季如夏，花开不败，于是，每天只采集日常消耗所需的花粉和蜂蜜。通过对周围环境新特点的细致入微的观察，它放弃了世代相袭的经验，不再为冬天的生活做储备。布赫纳提到了一个相差无几的事实，同样可以证明蜜蜂适应环境的能力。这种适应并不是长期、缓慢、无意识和听天由命的，而是迅速、聪慧的。在巴巴多斯，蜜蜂的蜂巢位于精炼厂的中心，它们常年都能找到大量的糖，于是它们完全放弃了造访花卉的习性。

最后，让我们回忆一下，蜜蜂对英国两位博学多识的昆虫学家——波比和斯宾塞提出的有趣反驳，他们说道："向我们展示出哪怕是一个例子，能够指出，在环境的重压之下，蜜蜂灵机一动，想出了用黏土和灰泥取代蜂蜡和蜂胶的办法，我们就乐于承认蜜蜂有理性思考的能力。"

他们刚刚表达了这个有点武断的想法，另一位名叫安德鲁·科奈特的博物学家就将一种由蜂蜡和松脂制成的混合物涂在树皮上，结果他发现，他的蜜蜂全部对蜂胶的采集置之不理，心无旁骛地集中到这种在它们巢穴附近发现的、现成的、虽半生不熟但触目皆是的新物质上。此外，在养蜂实践中，当花粉供不应求时，养蜂人就会拿一点面粉供它们食用，它们立马发现，虽然和花粉的颜色、气味、味道均不相同，但是用面粉可以达到相同的目的，二者的功效大同小异。

我想，我刚才所提到的、在蜜蜂王国里发生的一切，或许只要在细节上稍加修改，同样可以在花卉世界中得到证实。我在上文中阐述过对形形色色、品种纷繁的鼠尾草做的简陋实验，展现出它们为进化所做的艰苦卓绝的努力。巴比内一项关于谷物的妙趣横生的研究告诉我们，有些植物，远离其习以为常的气候之后，它们就会像蜜蜂那样观察并利用新环境。在亚洲、非洲和美洲最热的地区，每年的冬天也不会对谷物造成什么伤害。因此，谷物会像草一样变成常年生长的植物，四季常青，根系发达，再也不长谷穗和谷粒了。如果从它们热带的故土迁移到我们这里的寒冷地带，它们也不得不改变原有的习性，发明出一种新的繁衍方式，正如巴比内所言：

“多亏了这种难以置信的奇迹存在，植物的机制似乎预见到了只有通过种子的形态，才能使它们在严酷的环境中不至于完全灭绝。”

是自然，而不是植物或昆虫具有未卜先知、合纵连横、随俗雅化、推陈出新和多谋善虑的能力。

It is nature and not the plant or the insect that calculates, that combines, that adorns, invents and thinks.

二十四

无论如何，为了驳斥我们前面所提到的异议，已经离题太远了。其实只要提到一个例子，证实人类之外的智力进步就足够了。除了从驳斥那些桀骜自持、因循守旧的观点中获得快感之外，所有提到的关于花卉、昆虫、飞鸟拥有人类智慧的问题是多么微不足道啊！我想，我们也许会说，是自然，而不是植物或昆虫具有未卜先知、合纵连横、随俗雅化、推陈出新和多谋善虑的能力，就像提到的兰科植物和蜜蜂一样。然而我们能从这种自欺欺人的撇清中获得什么好处呢？一个更高深、更值得我们热切关注的问题超越了这些细枝末节。对于一种众所周知智慧，我们要做的是领悟出它的特征、品质、习性或目的——一种引发整个星球上演智慧的行为来源。从这个角度出发，在对这些人类形式之外的生物（蜜蜂、蚂蚁或者其他的生物）的研究中，它们智力的发展和理想得到了显而易见的体现，成为我们所能领悟的奥妙无穷的事物之一。有一点毋庸置疑：从我们所验证的一切来看，在这些倾向以及足智多谋的方法上，兰科植物至少和群居的膜翅目昆虫一样错综复杂、力争上游和超前绝后。此外还有一点，活泼好动的昆虫身上的大量动机和一部分逻辑，因为难以观察而没有引起我们的注意。但是，我们却能够轻而易举地理解静默无言的花朵所表现出来的所有沉默的动机、心思，以及无言的抗争。

二十五

现在，当我们感知到一直在兰花世界中大有作为的那种本性，或说是比比皆是的智慧，抑或是全能之才（如何形容无关紧要）时，我们发现了什么呢？自然包罗万象。在这里，我们至少要走马观花地提一下，因为这个课题将会为漫长的研究提供某些便利。首先，我们得明确，兰花关于美与快乐的想法、诱惑的方法，以及审美的品位和我们不相上下。我们和兰花达成了共识这种说法无疑更为确切。事实上，很难断言我们能否创造出一种独有千秋的美。我们所有关于建筑和音乐的动机，色彩和光线的调和都直接来源于自然。就算一个人对大海、高山、天空，黑夜以及黎明没有丝毫回忆，可他又怎能对——比方说树木之美不置可否呢？我指的不仅仅是森林中的树，我所说的树在地球上是作为一种力量而存在的，可能是我们的直觉、我们对于宇宙印象的直接源泉。我还指树木本身：一棵绝世孤立的树，一棵承载千年风霜但却枝繁叶茂的树。这些印象在不知不觉中形成了幽静的山谷，也许还是承载希望的沃土，成就人生安宁的谷底。难道我们当中有人从未对几棵傲然挺立的树木留下印象吗？当一个人的人生旅途过半，当他韶华已逝，当他几乎尽览众生百态的艺术、天赋和奢华所能提供的所有景象时，在体验和比较了众多事物之后，他内心深处会被唤起最淳朴的回忆。这些淳朴的回忆在纯净的天际勾勒出两三幅天真烂漫、持之以恒且逸态横生的画面。若这些画面能够穿越阴阳之隔，他真想和它们一起长眠于地下。对于我自己来说，无论天堂或者来世的生活多么丰富多彩，我都无法想象。那里可能生长着与环境格格不入的高大橡树、一些柏树、或佛罗伦萨，抑或是我家附近那块摄人心魄的清幽之处的意大利伞松。然而不管是哪种树，都能给行色匆匆的过客提供所有重要行为的楷模：必要的坚毅隐忍、果敢、慷慨激昂的斗志、庄严肃穆、低调隐忍的胜利以及锲而不舍的精神。

二十六

不过我离题太远了：其实我只是想指出，当自然希望自己变得艳色绝世、爽心悦目、神怿气愉，并且证明自己是幸福的时候，田野变成了花的海洋，常年得到补充更新。接踵而至的香气在蔚蓝的岁月中悠然荡漾，仿佛在轮流跳着圆圈舞。

The fields form one great nosegay, which is incessantly renewed, and the perfumes that succeed one another seem to dance their rounds all through the azure year.

它几乎会做和我们相同的事，而且还让我们自行处置它视若珍宝的东西。我知道，我这样说有点像大主教，因为他曾经感叹上帝总是让波澜壮阔的山川流经大城市的附近。然而，不从人类的角度来看待这些事情毕竟是困难的。那么，我们不妨从这个角度出发：如果我们对花卉全然不知的话，我们就会对幸福的种种迹象和表达懵懂无知。为了对花卉之美和欢愉的力量做出更好的判断，你必须生活在花卉主宰、成片蔓延的乡村。比方说，我写下这些文字时正身处普罗旺斯的一个角落，介于西亚涅河和卢普河之间。在这里，花卉的确是山谷和丘陵的独裁者，农民失去了种植谷物的习惯，他们现在似乎满足于成为一种更为细腻雅致之人，靠甜美芬芳的鲜果来维持生活。田野变成了花的海洋，常年得到补充更新。接踵而至的香气在蔚蓝的岁月中悠然荡漾，仿佛在轮流跳着圆圈舞[①]。银葵花、紫罗兰、含羞草、堇菜花、石竹花、水仙花、风信子、长寿花、木樨草、茉莉花的香气日夜弥漫，四季萦绕。但最令人赞叹的还是玫瑰盛放的五月，眼力所及之处——从山坡、平原的低洼处、再到葡萄树和橄榄树之间的堤坝，它们像飘满花瓣的河流，在房屋和树木的点缀下，恣意流淌于天地间。这是青

① 圆圈舞，又叫毕颂舞，是祖传的、用毕颂（直箫）伴奏、不分季节、男女娱乐交际时跳的集体舞蹈。

春的色彩、健康的色彩、欢乐的色彩。这香气热烈而清新，令人心旷神怡。人们不禁会想：这亦真亦幻的香气开启了天堂之光，获得了幸福的直接源泉。不论是宽阔的大路还是幽僻的小径，都仿佛是镶嵌在花朵中的陪衬，被修筑在名副其实的伊甸园里。人们仿佛生平第一次实现了大饱眼福的幸福愿景。

二十七

依旧从人类的角度出发，为了维持我们必要的幻想，让我们为第一条评论再补充点或许没那么危险，但是比较广泛、又对结果意义非凡的建议吧：在生死攸关的斗争中，地球抑或是整个世界的智慧，和人类的行为表现得相差无几。我们利用同样的手段，采用同样的逻辑推理。为达目的，它采取和我们同样的方法：摸索、观望、迟疑，反复自我纠正。它不断地增加、减少、认识、改正自己的错误，如果我们处在它的位置上，也会做出相同的事情。它采取工厂中工程师和工人的方法，竭尽所能、一点点排除困难进行发明创造。和我们一样，在生存的过程中，它也要和大量沉重、巨大、晦涩的东西做斗争。无论如何，它都不可能比我们更清楚前进的方向，然而它不断地探索、找寻自己。它有理想——尽管若隐若现，人们还是可以从中找到那条通往更加热情洋溢、错综复杂、强健有力和富于精神性的生存方式的道路。在物质上，它掌握着无穷无尽的资源，了然于心地支配着惊人力量的奥秘，而我们对此却一无所知。不过在理智上，严格来说，它似乎只想占有我们的星球。我们至今都无法证明，它已经超越了自身的局限。如果它并没有心怀叵测，想从我们的星球之外攫取任何好处的话，这是否可以说明我们的星球之外并不存在生命呢？这是否意味着人类的思维方式是唯一可能的呢？这是否意味着人类没有误入歧途呢？这能否证明人类既不是异族，也不是怪物，而是地球上的万物之灵，彰显着宇宙间最百折不挠的意志、重于泰山的愿望呢？

二十八

意识的检验标准姗姗来迟、勉为其难。也许柏拉图那有名的比喻并不能满足人们的需要：我指的是陌生人和物体的影子，通过墙壁上的洞孔投射到下面的洞穴里。不过，如果我们试图用焕然一新、精准的形象来取代它的话，人们或许并不会感到更加宽慰。试想一下，柏拉图笔下的洞穴变大，永远不会有一束光落到那里。没有光和火，它被小心翼翼地赋予人类文明所允许的一切，而我们则终其一生被困于此。他们不会怀念光明，因为他们终其一生都没见过光明，他们的眼睛没有失明，不会成为盲人，却没有东西可看，最终，眼睛可能会变成最敏感的触觉器官。

为了从他们的行为中辨识我们自己，让我们描绘一下这些生活在茫茫黑暗中，被大量未知事物包围的可怜人吧。那些离奇有趣的错误、难以置信的偏差以及触目惊心的误解，偏偏就发生了。他们创造了并非用于黑暗的东西，而它们对于这些东西的利用又是多么卓有天分和令人动容啊！他们猜对的概率是多少？他们曾竭尽全力设计出一系列的装置和设备，来适应黑暗的无常，结果在白天到来之际，却突然发现这些装置和设备的原本性质和目的，他们该会多瞠目结舌？

然而，与我们相比，他们的处境似乎更为纯一不杂、简单明了，他们前进当中的谜团是有限的。他们只是被自然剥夺了一种感觉，而我们缺失的东西却不可估量；他们犯错的原因只有一个，而我们却不计其数。

既然我们也生活在这样的洞穴里，那么，证实一下使我们置身洞穴的力量经常在发挥作用，甚至在一些生死攸关的问题上和我们的表现别无二致，这难道不是一件很奥妙无穷的事我们和这个伟大世界的灵魂遵循着相同的路线，有同样的理想、同样的期待，进行着同样的尝试，有着同样的感受，这的确堪以告慰，尽管这不利于我们的公平无私、慈悲为本的具体理想。

It is much more consoling to observe that we follow the same road as the soul of this great world, that we have the same ideas, the same hopes, the same trials and -- were it not for our specific dream of justice and pity -- the same feelings.

吗？如此看来，射入洞穴的一缕微光，证明我们并没有将找到的每件物品的用处张冠李戴。还有就是，这其中一些微光，就是昆虫和花卉赐予我们的。

二十九

很长一段时间里，我们都怀有一种愚不可及的骄傲，桀骜自持地认为自己是不可思议、前所未有的、极为偶然的生命存在。我们可能来自于其他世界，和其他的生命没有任何必然联系。无论如何，我们被赋予不同寻常的、举世无双的、挥斥八极的力量。但还是少一些这般特立独行才好，因为我们知道，在自然的正常演化中，奇迹往往转瞬即逝。我们发现，我们和这个伟大世界的灵魂遵循着相同的路线，有同样的理想、同样的期待，进行着同样的尝试，有着同样的感受，这的确堪以告慰，尽管这不利于我们的公平无私、慈悲为本的具体理想。我们应该平心静气地向自己保证，要对这种力量、机遇和物质规则加以利用，使其更利于我们。在开发、征服、控制尚未开垦、不成形的蛮荒之地上，我们采用的方法和它们大同小异。其实也别无选择，我们就生活在这样的事实当中，处于一个由未知事物组成的宇宙中的恰当位置上，这也是我们的安身立命之所。但是这个宇宙的思想并非百思莫解，也并非怀有敌意，而是和我们的思想相差无几、环环相扣。

如果自然无所不知，如果它从来不犯错，如果它一开始就在任何地点、任何事情上表现得完美无瑕、无可指摘和绝对可靠，如果在所有的事情上，它展示的智慧都令我们望尘莫及，这将会是一件多么触目惊心和孤立无援的事儿。我们会觉得自己是一种超自然力量的牺牲品和猎物，想对这种力量心领神会、揣合逢迎简直是痴人说梦。我们最好还是相信，至少从智力的角度来看，这种力量和我们的力量如出一辙。我们的智力和自然的智力一样，都是在利用同样的储备资源。我们同属一个世界，平起平坐。我们不是在和荒诞不经的神灵打交道，而是在和一种潜踪蹑迹、但与人为善的意志力打交道，偶然间找到并且指导这种意志力正是我们的职责所在。

三十

有人持这样的观点，认为世界上并不存在绝顶聪明或愚不可及的生物，而是存在一种分散的、普遍的智慧。它像宇宙间的一股洪流，根据它所遇到的生物悟性的高低，以不同方式深入有机体。我认为这种说法并不是耸人听闻。迄今为止，地球上对这股洪流（也就是宗教所谓的神）阻力最小的是人类，如此说来，人类可能代表着地球上所有生物的生活方式。我们的神经也许是传导这股更为微妙的电流的线路。我们大脑的脑回以一定的方式组成感性线圈，电流的力量会成倍增加。但是，这种电流不可能具备其他特性，也不可能有其他来源，而是经过石头、星星、花卉或者动物的电流。

然而，我们并不拥有对答案旁收博采的器官，这些疑问就成了秘密，在某种程度上对问题的解决于事无补。这种智慧在我们之外有若干表现，就让我们对这些表现所做的观察感到心满意足吧。我们在自身观察到的一切很值得商榷：我们既是法官又是起诉人，我们太热衷于让我们的世界充满幻想和希望。我们还是尊重并珍视这外来的、哪怕是最微弱的迹象吧。花卉提供给我们的启发，与山川、海洋、星星相比，或许无足轻重，但是，我们也可以惊叹于它们生命中存在的奥秘。它们使我们更加自信地认为，使万物朝气蓬勃的精神，抑或是它们身上洋溢的那种精神，与激励我们充满朝气的精神在本质上是一致的。如果这种精神彼此相通，如果它拥有的一切我们也同样具备，如果它和我们采用同样的方法，和我们拥有同样的习性、偏见、癖好以及对更美好事物的渴望。既然它几乎也可以渴望获得同样的东西，那么，它希望获得我们本能、固执地期望着的一切是不是都不合逻辑？当我们在生活中发现分布如此广泛、数量如此浩繁的智慧时，生活是否可能不对这种智慧施加影响呢？也就是说，是不是不应该追求幸福、完美以及对于邪恶、死亡、黑暗和湮灭的胜利呢？或许，这种目标只是表面的阴影；或许，只是自我催眠罢了。

蜜蜂的生活

我的这篇随笔和《昆虫记》很少有相互切合的点，因为我们的起点、目标和观念迥然不同。

In this essay of mine we rarely shall meet each other; for our starting point, our aim, and our point of view are all very different.

第一章　蜂房的基本知识

一

我无意撰写一本关于养蜂业的专著，也无意描述实际的养蜂活动。在文明国家中，这类的优秀作品不胜枚举，再做类似的尝试也是徒劳无益。法国就有这样的作家，例如达旦、乔治·德·拉杨、博尼尔、勃兰特、海默特、韦伯、克莱门特以及柯林神父等等；讲英语的国家里，有朗斯特诺斯、贝文、库克、切希尔、科文、鲁特等；德国有德齐尔松、贝尔斯波特、伯尔曼、福格尔以及其他许多人。

此书并不是有关蜜蜂蜂种的专著，亦不是致力于新发现和新研究的合集。对那些连熟知蜜蜂的人都知之甚少的事情，我几乎不会涉及。我有20年的养蜂经验，期间所做的笔记和实验，由于阐述的内容十分专业、涉及的范围又十分狭窄，我会将其留给更加专业的著作。我不希望这本书承载过多的压力。就像一个对某个话题极为喜欢熟悉的人，同一个对此话题一无所知的人聊天一样，我只是想简单地聊聊蜜蜂而已。我无意掩饰真相，在对蜜蜂的研究中，我也不想承担类似于瑞蒙对其前辈的那种指责。瑞蒙指责他们用虚构和仅仅是貌似真实的奇迹，取代了那些惊魂摄魄的事实。蜂房的确包含着许多奇迹，但我们也不能未经允许、无端增加更多奇迹。此外，已经有相当长的时间，我不再在蜜蜂的世界里寻找比事实更为赏心悦目、更为有趣的东西了，至少是不再追寻比人类在追求真理时所做的努力更有价值的东西了。从此之后，除非是我亲自证实或是在教科书中被大众所接受、无须进一步查证的事实，否则我不再对任何事情进行阐述。我所提及的事实将和科学专著以及实验手册中所表述的一样精准无误，但是我将会以更为灵活的形式把这些事实联系起来，更为协调的方式把它们整合起来，更为自由和更为成熟的深思将其串联起来。这是那些科学专著和实验手册所不允许的。此书的读者并不会在此学到如何管理蜂房，但毫无疑问的是，他会或多或少地了解到蜜蜂那令人惊奇、发人深思而又宁静怡人的一面。这样，人们也不必拿有待学习的知识作为代价。虽然许多国家和书本中存在一些仍然构成蜂房传奇的久远的传说，但是我决定对此置之不理。当涉及未知领域时，无论是存在着疑问、分歧还是假设，我都会忠实地加以说明。大家也会发现，在涉及未知领域时，我们通常会停滞不前，除了在蜜蜂的生活中可以感知的事实之外，我们对其他事实一知半解。然而我们获得的知识越是贴近蜜蜂的真实生活，我们对其真实存在的深度的了解就越接近于无知。不过，这种无知总比不自知的自负造成的无知要强得多。

是否存在着论述蜜蜂生活的著作呢？我确信自己拜读过几乎所有有关蜜蜂的著作，但是同类的著作我只知道米歇莱《昆虫记》的最后一章以及路德维希·布赫纳《动物的思维》一书中的随笔。米歇莱仅仅在他的话题边缘徘徊，布赫纳的专著则涉猎广泛，但是却包含了太多危险的表述、太多长久以来已被人摒弃的流言蜚语和小道消息，以至于我怀疑他从没有离开过自己的书房，从没有质疑过他的研究对象。这里有数以百计瑟瑟作响、被翅膀照亮的蜂房，但他从没有打开过其中任何一个。在我们的本能能够窥探到它们的秘密之前，在我们能够感知这些勤劳的处女的精神和氛围、芳香和秘密之前，我们必须要冒犯这些生灵不可。《昆虫记》散发的不是蜜蜂的气息，亦非蜂蜜的芳香，这本书展示出许多博学之作的通病：这些作品的结论通常是事先形成的，其科学素养由大量的奇闻逸事堆砌而成，而这些奇闻逸事来源广泛，值得商榷。但是我的这篇随笔和《昆虫记》很少有相互切合的点，因为我们的起点、目标和观念迥然不同。

二

有关蜜蜂的参考书目不知凡几，我们从这些著作出发，目的是尽快摆脱这些著作，回到真正的源头上来。从一开始，这些奇妙的小生灵就引起了人们的注意，它们生活在复杂的法治社会里、终日在黑暗中辛勤劳作。亚里士多德、卡托、瓦罗、普林尼、克鲁梅拉、帕拉迪乌斯都曾研究过蜜蜂，更不必说阿里斯托马库斯了。据西塞罗说，阿里斯托马库斯曾研究蜜蜂长达 58 年之久。还有菲利斯库斯，他的著作已经失传。但是这些作品仅仅是关于蜜蜂的传奇，事实上，我们能够从中汲取的知识微乎其微；而且我们发现，它们也都浓缩在维吉尔《田园诗》的第四卷中。

真正属于蜜蜂的历史始于 17 世纪，肇端于伟大的荷兰学者斯瓦默当的发现。倘若增添下述的一个鲜为人知的小细节，会更臻于完美：佛兰德的博物学家克拉迪斯曾经发现了一些重大的事实，例如：蜂王是唯一能够产卵的雌性蜂，它兼具两性特征。但是他并没有证实这些结论。克拉迪斯为科学研究的真正方法奠定了基础，他发明了显微镜，提炼出注射剂防止腐败。他还是解剖蜜蜂的第一人，由于发现了卵巢和输卵管，从而明确了迄今为止一直被看作雄性的蜂王的性别。他将蜂房的整个政治体系建立在母性基础上，这使所有人都能从最出人意料的角度来看待蜜蜂。最后，他还创作出尽善尽美的木刻和雕版画，直到今天，它们在许多著作中仍然被用做养蜂示意图。

在克拉迪斯生活的那个时代，阿姆斯特丹动荡不安，他为失去“乡村的甜蜜生活”而备感遗憾，四十三岁时因工作过度劳累英年早逝。他的文风虔诚而正式，字里行间流露出美妙而质朴的信仰，由于害怕背离上帝，他将一切荣耀都归于造物主。他将自己的观察和研究收录在出类拔萃的作品中，一个世纪之后，波尔医生促使人们将它由荷兰语译为拉丁语，确定书名为《自然的圣经》(莱顿，1737)。

接下来，我们来聊聊瑞蒙。在位于查伦顿的花园里，他采用相似的方法进行了大量古怪的实验和研究，且《昆虫史撰稿笔记》用了整整一卷来阐述蜜蜂的研究。至今为止，人们读到这一章时仍会受益良多、乐此不疲。它清晰、直观、真诚，具有一种严正、简练的独特魅力。他特别倾心于纠正原来的谬误，但是自己又炮制出一些新的谬误。他部分地理解了蜂群的形成以及蜂王的政治体制。总而言之，他发现了一些难以发现的事实，并且为更多的新发现开辟了道路。他对蜂房那巧夺天工的构造惊叹不已，只要是他谈论的课题，人人望其项背。多亏有他，我们才有了玻璃蜂房的概念。这个学科自他之后多有完善，我们得以观察这些凶狠昆虫全部的私生活。蜜蜂在骄阳下劳作，却在黑暗中冠冕荣耀。如果要求面面俱到的话，我们还应该提及查尔斯·伯奈特和希拉奇（此人揭示了蜂王卵之谜）稍晚一些的作品和研究，我只是想进行大体的概括。那我们就直接来谈论弗朗索瓦·休伯吧，他可是现代养蜂学的大师和典范。

休伯 1750 年生于日内瓦，少年时代就失明了，瑞蒙的实验激起了他浓厚的兴趣。他致力于求证这些实验，很快便深陷此类研究之中不能自拔。最终，在一个聪慧且忠诚的仆人——弗朗索瓦·伯恩斯的帮助下，休伯为蜜蜂的研究贡献了一生。在人类悲喜交加的历史长河中，没有比这种耐心的协作更感人肺腑的故事了，也没有比这更鼓舞人心的经验了：其中一个人只能用精神之光来观察这个世界，用他的精神引导着另一个拥有真正视力的人的双手和双眼。我们确信，休伯从来没有亲眼观察过蜂巢，虽然暗淡无光的双目被遮上了一层面纱，而使自然笼罩在万物之上的面纱又多了一层，他却能够窥探到造就毫不起眼的蜂巢的、那种深奥的天才之谜。这好像在告诫我们，在任何境遇下都不能放弃对真理的欲望和追求。关于休伯对养蜂业的贡献，我就不在此一一列举了，我想提及的是那些不应归功于休伯的简单任务。他的《蜜蜂的新观察》第一卷写于1789年，是以“致函查尔斯·伯奈特”的形式完成的。第二卷直到二十年后才发表，至今仍经久不衰。对后来的著者来说，《蜜蜂的新观察》一书是一个包罗万象的大宝库。虽然书中不可避免地出现了几处纰漏，还有几处不完整的事实；虽然自他的时代之后，显微相图、养蜂的实践文化以及蜂王的管理等又增添了许多新内容，但是他的主要陈述没有一条被驳或被认为是错误的。而且在我们的实践经验中，这些观察一直是出类拔萃的，甚至我们的实践都是以此为基础发展起来的。

三

在这些发现之后，关于蜜蜂的研究沉寂了好多年，但是很快，德国的教士德齐尔松发现了孤雌生殖，即蜂王处女式的分娩，并且设计出第一个拥有活动蜂巢的蜂房。自此以后，养蜂人可以借此收获蜂蜜，而不至于被迫摧毁他最好的蜜蜂群落，或者使他一年的辛勤劳动付诸东流。这种蜂房并非尽善尽美，在朗斯特罗斯手中才得到了巧妙的改进。他发明了移动框架，名字也恰如其分。这个移动框架在美国试验之后获得了巨大的成功。鲁特、奎恩比、达旦、切希尔、德拉因斯、科万、希东、霍华德等又进行了进一步的精巧改进。之后，梅林无意间想到，由于造蜡和构建卵巢耗费了大量的蜂蜜，蹉跎了蜜蜂最美的年华，如果为蜜蜂提供“蜡基人工蜂巢”，蜜蜂就不用浪费力气去做这些事情。他发现，蜜蜂很乐意接受人工蜂巢，并使它们符合自己的要求。

德鲁奇卡少校发明了蜂蜜提取器，在不破坏蜂巢的前提下，利用离心力将蜂蜜提取出来。这样一来，养蜂业在短短几年间就经历了彻底的变革。蜂房的容量和产能增长到三倍，高产的大型养蜂场在各地如雨后春笋般建造起来，从而终结了对最勤勉的蜂巢居民的摧残，尽管这种摧残是徒劳无益的。同时，这也结束了那些言行不符的可恶选择。人类成为蜜蜂真正的主人，虽然这一切手段是暗中完成，蜜蜂并不知晓。人类不必发号施令便能掌控一切，未获得公认却使蜜蜂臣服，用自己的意志战胜了季节强加的命运。他纠正全年不公正的现象、团结相互敌视的群体、平均分配财富。他控制或提高出生率，掌控蜂王的生育力，罢黜她的王位让别的蜂王取而代之。由于整个族群对哪怕意想不到的干涉稍有怀疑，都会被激怒，人类首先巧妙地获得了一个族群的勉强默许。当人类觉得合适时，他就会以和平的方式亵渎神圣殿堂的机密，修正那个宫殿里精心制订的、错综复杂的政策。人类会在不伤害蜜蜂、不让它们气馁甚至耗尽资源的前提下，三番五次地剥夺它们的劳动成果。他们根据春天在山谷盛开的花朵的数量，按照比例确定自己的储备和蜜蜂住处的谷仓。他们强迫蜜蜂减少情人的数量，以免有太多的蜜蜂等待皇室公主的诞生。一言以蔽之，人类按照自己的意志来处置蜜蜂，按照自己的意志来获取一切，只要是人类的追求契合蜜蜂的法则与美德就可以了。因为在这位支配蜜蜂的陌生神灵的所有欲望之外，蜜蜂数量庞大，无法逐一进行观察，且与人类的想法格格不入，人类也就无法彻底理解蜜蜂的行为。它们的视野比这位陌生神灵要宽广得多，它们唯一的念头就是为了它们种族的神圣职责，做出孜孜不倦的牺牲。

四

现在我们得知，作者们想要在书本中告诉我们一段很古老的历史。先把别人获得的科学知识放在一边，我们来亲自观察一下这些蜜蜂吧。也许，在养蜂场花一个小时的收益并不大，不过，我们观察到的事物肯定更令人兴奋、更加真实。

我至今仍未忘记我所见的第一个养蜂场，正是在那里，我学着去热爱蜜蜂。多年前，在荷兰弗兰德斯一处很大的村庄里——那是芬芳舒适的乡野，人们对绚烂色彩的热爱甚至可以与西兰岛的居民相媲美。这村庄是荷兰的一面凹面镜。乡野风光就像是许多沉思不语的美丽饰品，在我们眼前神怿气愉地延展。小城中那熠熠生辉的山形墙、马车，还有尖塔，碗橱和时钟在走廊的尽头若隐若现。稚嫩的小树在码头和运河岸边排列成行。人们不禁会想，她是不是在等待着某种静谧的慈善仪式？小船和驳艇的船尾镌刻着雕花，城市中花型的门窗、洁净的水坝以及精心制作的多色吊桥无不让人赏心悦目。涂漆的小屋像崭新的陶器一样闪亮，小屋里走出钟形的妇人，通体笼罩着金银的光泽，前往用白色树篱环绕的牧场挤奶，抑或是在鲜花点缀的草坪上晾晒亚麻布。草坪修剪成椭圆形或菱形，那一抹绿色光彩耀目，骇目惊心。

如果生命真有可能变得受限，那么这个地方会比其他任何地方都受限制。有一位老哲学家隐居于此，他和维吉尔诗中的描述颇为类似：

一位和国王平起平坐，无限接近神灵的人。

而拉封丹可能会在此加上一句：

他和神仙一样，心满意足，无欲无求。

这位老哲学家已经在此建造了自己的避世之所，略带倦意，但是还没有达到厌恶的程度，因为圣贤根本不知极大的厌恶是何物。他只是有点厌恶审视人类，因为在涉及自然及其确切法则所提出的、唯一有趣的问题时，人类的答案远不及动植物的答案简洁。他的快乐，就像是塞西亚哲学家的幸福一样，都隐藏在花园之美中。他最为喜爱、也是最频繁拜访的地方就是养蜂场。这个养蜂场由 12 个拱形草棚组成，有一些被他涂成明亮的粉红色，还有一些被他涂成了明黄色，但是大部分都是淡蓝色的。他早在约翰·鲁伯特博士的实证之前就已经注意到，蜜蜂偏爱这种淡蓝色。

这些蜂房都靠墙而立，这座房子拥有荷兰风格的舒适优美的厨房，陶器碗柜闪耀出铜和锡的光泽，透过敞开的房门映射到波澜不惊的运河之上，帷幔般的白杨树在水中倒映出碧影，蜂群的形成和分离，新族群的建立，年轻蜂王的诞生、斗争和婚飞，对雄蜂的大屠杀，最后是进入冬眠。

The formation and departure of the swarm, the foundation of the new city, the birth, combat and nuptial flight of the young queens, the massacre of the males, and finally, the return of the sleep of winter.

将人的视野引向由工厂和草地构成的寂静天际。

这里和其他所有地方一样，蜂房赋予鲜花、寂静、空气的芬芳以及阳光普照以新的意义，人类好像非常贴近自然的节日氛围，满足于在这种光芒四射的十字路口休憩。不同的气流在此汇合分散，作为和谐的乡野的承载者，蜜蜂从黎明到黄昏，马不停蹄地忙碌着，散播香气。花园中仙乐飘飘，它们在最美的时刻，释放愉悦的灵魂，唱出心底的欢畅。人们来到这里，来到蜜蜂的学校，了解全能的自然所专注的事情：三个王国发出的悦耳和弦，生命孜孜不倦的罗织，热情无私的辛劳所取得的经验；还有另外一个具有道德意义的教训，是由这些高尚的劳作者在此传授、并且以它们无数羽翼热烈地扑闪加以强调的。即人类应该欣赏闲暇时光中多少有点朦胧的色彩，享受宇宙中、白玉无瑕的时光里，他们所拥有的、莫可名状的欢愉。仅为自己形成一个纯净的世界，在这个世界里，没有回忆，只有不掺杂质的纯净幸福。

五

为了能够尽可能简洁地追踪蜜蜂全年的生活，我们先抽取它们不再徒劳地抗争，只是心无旁骛地去捍卫自己的未来。

Instead of vainly struggling, therefore, they do what they can to safeguard the future.

一个在春天睁开朦胧双眼、开始紧张工作的蜂巢，接下来我们会按照自然的顺序观察其各个主要阶段：蜂群的形成和分离，新族群的建立，年轻蜂王的诞生、斗争和婚飞，对雄蜂的大屠杀，最后是进入冬眠。每一个阶段都需要一些必要的解释，像是去解释伴随着这一过程出现的一些法则、习惯、特性及事件。这样一来，从4月到9月末，在蜜蜂短暂又忙碌的一年结束之际，我们就能观察到蜜蜂宫殿中上演的所有秘密。在我们揭开它的面纱并简单概括之前，我们只需要知道，蜂房是由一个蜂王——它是所有蜜蜂的母亲，还有无数只工蜂或无性动物——它们是不完全的或不育的雌蜂，最后是数百只雄蜂组成的。其中一只雄蜂将作为蜂王唯一且不幸的配偶，在处于统治地位的蜂王情愿或不情愿地退位之后，由工蜂进行挑选。

六

第一次打开蜂房时，我们心头涌现出一种情绪，这种情绪类似于当我们亵渎某种不为人知的物体时，可能会产生的那种毛骨悚然的感觉，比如说发掘坟墓时。那种恐吓和危险的传奇，梦魇般地缠绕着蜜蜂。被蜜蜂刺伤对人们来说是相当痛苦的回忆，那是一种无可名状的殊痛感，一种毁灭性的干涩，如同沙漠之火蔓延全身，又如同太阳之子凭借其父愤怒的光芒提炼出的剧毒，以便更有效地护卫它们在父亲仁慈的岁月里积攒下的珍宝。

确实存在某些人在不了解蜜蜂习性和特征的情况下，就贸然打开蜂房的情况。此时，蜂房马上就变成了置身火海的荆棘，在充满愤怒和英雄主义烈焰中尽情燃烧，但是如果你想对蜂房措置裕如且免于责罚，其中的小技巧还是很好掌握的。只消释放出一缕青烟，显示出一丝冷静和谦和，这些技术熟练的蜜蜂就会放弃防备，心甘情愿地为你效劳。有些人认为蜜蜂能够辨别出他们的主人，这与事实相左。蜜蜂并不惧怕人类，但当嗅到烟火的味道，看到烟雾笼罩它们的居所，却没有对它们的生存造成威胁时，它们就认定这不是来自敌人的袭击，而是一种强力或自然灾害，防御毫无作用，唯一能做的只能是顺从。

因此，它们不再徒劳地抗争，只是心无旁骛地去捍卫自己的未来。它们颇具远见，一旦出错，就飞往自己的藏蜜之所，将自己浸泡在蜂蜜中，以便在自己体内储备一些蜂蜜。当它们的蜂房被摧毁或它们被迫放弃自己的蜂房时，无论何地，它们都能马上兴建起一座新的蜂房。

它们都曾在姹紫嫣红的花园里享受过无限荣光，现在却不得不回到可怜的、拥挤不堪的家中忍受颜面尽失的悲惨境遇。

They have had their one moment of glory in the midst of their radiant garden, and are now compelled to return to the shameful squalor of their poor overcrowded home.

七

在一个外行面前打开一个观察箱①时，他的第一印象肯定是些许失望。已有的知识告诉他，这个小小的玻璃容器中进行着无与伦比的活动，拥有不计其数的高明律法，一系列扑朔迷离、惊世绝俗的秘密、经验、天赋、心思、科学，其间分工细致，还具备不容置疑的架势和深谋远虑；此外还有聪慧的习性、求知的欲望以及美德。但是映入他眼帘的却是一个略微泛红、闹哄哄的群体，有点类似于炒咖啡豆或玻璃上的一堆葡萄干。它们看起来死气沉沉，没有活力。它们行动迟缓、动作失调、令人费解。曾几何时，他还看到美妙的光点，舞动在无数金色花萼之间，嬉戏在珠光宝石之中。这般持续的闪耀灵动，刚才所见到的能与之相比吗？

它们似乎在黑暗中颤栗、麻痹、窒息，彼此生死相依。人们或许会把它们想象成体弱多病的俘虏、抑或是被罢黜的女王。它们都曾在姹紫嫣红的花园里享受过无限荣光，现在却不得不

① 观察箱是一种玻璃蜂房，配备有黑色的幕帘或百叶窗。最好的一种只有一个蜂巢，两面都可以供人研究。观察箱可以放置在客厅、书房等方便安全的位置。在巴黎，生长在我研究的那个观察箱里的蜜蜂，即便是在那个伟大城市的多石沙漠中，也能够找到生存和繁衍的手段。

回到可怜的、拥挤不堪的家中忍受颜面尽失的悲惨境遇。

和它们共同生活具有深刻的实际意义，它们必须被研究，我们也必须学会研究它们。它们来自于另一个星球，看着尘世中的男女络绎不绝，悄然穿行在大街小巷。在某个时间点又聚集在某处，茫然无知地等待一些不知所谓的东西，浑浑噩噩，潜迹隐踪。它们也许也会得出这样的结论：人类也是懒惰悲惨的，要花费很长时间才能辨别出隐含在这种惯性中的各种活动。

实际上，蜂房中这个几乎一动不动的小团体中的任何成员都宵衣旰食，各尽其事，甚至不眠不休。例如，那些看起来最呆滞的，如同死尸一样悬挂在玻璃上的蜂群，却从事着最神秘、最劳累的工作：分泌和塑造蜂蜡。只有站在它们的立场上，你才能体会到这种平凡活动的细微之处。我们暂时只需要注意到蜜蜂天性中的本质特征，这种特征能够解释姿态万千的蜜蜂为何具备非凡的凝聚力。总体上来说，蜜蜂与蚂蚁相比，在很大程度上，前者更适合群居，它们相濡以沫才能够生存下去。蜂房内拥挤不堪，蜜蜂只有努力摆动头部，才能在四面受限的蜂房中开辟出自己的生存空间。一旦离开了蜂房，它们就放弃了适合自己的生存环境。它会一头扎进繁花深处，就像游泳者一头跃入满是珠宝的大海。在死亡痛苦笼罩的阴霾下，它们理所当然要不时回归群体，感受群体的气息，就像游泳者不时跃出水面呼吸空气一样。如果将它孤立，无论食物多么丰盛，也无论气温多么适宜，它在几天之内必死无疑——不是冻馁而死，而是郁郁寡欢、孤独而终。从群体中，从蜂房里，它能够获得一种无形的补给，这种补给如同蜂蜜一样，对它至关重要。这种需求可以解释蜂房内的法律精神。在蜂房里，个体无足轻重，它们的存在是有条件的。对于它们本身来说，在无关紧要的时刻，它们只是整个种族里一个长翼的器官。它为整个种族的多样性而生，自己只不过是种族繁衍的一个组成部分。可奇怪的是，事情的发展有时也会偏离轨道。直至今日，我们仍能在膜翅目蜜蜂中发现驯养蜜蜂进步文明的各个阶段。在阶级底层，蜜蜂独自卑微地劳作，经常无法照顾它们的后代（叶舌花蜂、分舌花蜂等），有时它们生活在规模有限的群体中，每年繁衍一次（例如大黄蜂）。随后，它们会和其他蜂种形成临时的联系。最终，经过一系列阶段，我们得以见识到今天的蜂房——几乎无懈可击却又冷酷无情。在这个社会中，个体完全隶属于集体，这个集体又不可避免地为未来那个抽象和不朽的蜂房付出所有。

同样不言而喻的是，除非以个体的权利、自由、幸福为代价，否则它无法获得或抗拒这种进化。

No less manifest is her inability, or refusal, to obtain such improvement except at the cost of the liberty, the rights, and the happiness of the individual.

八

我们断不可仅凭这些事实，匆忙得出适用于人类的结论。人类毕竟拥有反抗某些自然法则的力量。而人类道德中最严肃、最晦涩的部分，也正是要了解这种反抗正确与否。揭示自然法则在不同世界中的表现是一件很有趣的事，这种意愿在膜翅目昆虫进化的过程中一目了然。因为在全球的生物中，除了人类，膜翅目昆虫拥有最高的智慧。很显然，自然的目的在于种族的进化。同样不言而喻的是，除非以个体的权利、自由、幸福为代价，否则它无法获得或抗拒这种进化。随着社会组织化程度的不断提高，每一个社会成员的私人空间不断缩小。如果出现了进步，那也是个体向集体利益做出越来越彻底的牺牲的结果。首先，每只蜜蜂都被迫改掉它的恶习，也就是不得单独行动。举例来说，在蜜蜂文明的倒数第二个阶段，我们发现了大黄蜂。它们类似于人类中的食人族，成年黄蜂一刻不停地徘徊于蜂卵周围，随时准备吞食蜂卵。母蜂不得不进行最顽强的抵抗。在摆脱了最危险的恶习之后，每一只黄蜂还被迫获得一定数量的美德，而这些美德却令它们越来越痛苦。举例来说，大黄蜂中的工蜂并不想放弃对爱情的幻想，但是驯养的黄蜂却终其一生保持了它的贞洁。事实上，我们不久就会看到，为了保持蜂房的安全舒适，为了获得建筑、政治和经济上的完美无缺，它们到底放弃了多少。在专门论述膜翅目昆虫的一章，我们将继续关注这个种族的进化。

她并不负责制定规则，而是像麾下最卑微的臣服者一样逆来顺受，服从心照不宣的权力以及统治的智慧。

She issues no orders; she obeys, as meekly as the humblest of her subjects, the masked power, sovereignly wise.

第二章　蜂群

一

为了更加贴近自然，现在我们来考察一下普通蜂房内出现的、蜂群的各个不同阶段。这种蜂房内的蜜蜂是观察箱里蜜蜂数量的 10 倍到 20 倍，却能保持蜜蜂的完全自由，无拘无束。

如今，它们摆脱了冬天的懒散。2 月的头几天里，蜂王就开始产卵了，工蜂都不约而同地造访柳树和坚果树、金雀花和紫罗兰、银莲花和疗肺草。随后，春姑娘用花粉和花蜜来装扮土壤、地窖和溪流，每天都有无数只蜜蜂诞生。过早发育的雄蜂从它们的住处溜出来，在蜂巢内尽情嬉戏。一时间，生机勃勃的蜂房里熙熙攘攘，好不热闹。暮色降临，数以百计的、因采花迟归的工蜂徒劳地在蜂房内寻找自己的栖身之所。最后它们只能通宵在入口处流连，大量的工蜂便因天寒而死。整个蜂巢焦躁不安，老蜂王也被激怒了。她觉察到新的命运已经蓄势待发，她已经虔诚地完成了作为创始人的职责，但在完成职责的过程中，她收获的仅仅是痛苦和悲伤。一股万夫莫挡的力量威胁着她平静的生活，很快，她就会被迫放弃这个她曾经统治过、一个族群在权力和荣耀都登峰造极时，它们却急流勇退，骤然将自己的财富和宫殿、家园和劳动果实都留给后代。

A whole people, who have attained the topmost pinnacle of prosperity and power, suddenly abandoning to the generation to come their wealth and their palaces, their homes and the fruits of their labour.

曾经属于她的蜂房。然而，这个蜂房是专属于她的作品。她是女王，不过这个女王和人类词汇中“女王”的含义相去甚远。她并不负责制定规则，而是像麾下最卑微的臣服者一样逆来顺受，服从心照不宣的权力以及统治的智慧。直至今日，我们想要给这种精神下个定义，将其称之为“蜂房之魂”。但是，她是独一无二的“爱”的器官。她是蜂房之母，白手起家，在动荡中建造了蜂房。她独自支撑门户，使蜂房人丁兴旺。蜂房内的一切——工蜂、雄蜂、幼虫、蜂蛹以及年轻的公主们，都是在她的翼护下诞生并成长起来的。年轻公主的诞生预示着她即将离去，因为其中一位公主将依循“蜂房之魂”的原则，被确定为她的继承人。

二

何为“蜂房之魂”？它源于何处？它不像那种特殊的本能，能够教会鸟儿构筑精心设计的巢穴，迁徙之日来临，它们就另寻一片天空。它亦非种族下意识的习惯或对生命的盲目渴望，否则任何一个扰乱正常现象秩序的突发事件都会使蜜蜂陷入手忙脚乱的危险之中。相反，假如这类突发事件并不是那么失控，“蜂房之魂”还是会像一个谨慎机警的奴仆一样，亦步亦趋地追随着它，这样的奴仆甚至能够从主人最危险的命令中获利。

它无情地支配着这些带翼臣民的财富和幸福、自由和生命，好像是受到了某种伟大责任感的支配，这种支配面面俱到、谨言微行。它日复一日地控制着新生儿的数量，努力使出生率严格契合于蜂房周围盛开的花朵数量；它宣告罢免女王或警告她必须要离开了；它强迫蜂王亲自将自己的敌人带来这个世界，并且以王室的规格来养育它们。它还要护佑它们免遭侵扰，这样的侵扰则多来自于它们的母亲之间那份政治憎恨。同样的，根据花朵盛开与否、春季的长短以及婚飞争斗引发的可能的危险，它将默许或禁止早前出生的公主将尚在襁褓中的小妹妹们杀死，而它们正在唱着蜂王的赞歌。另外一些时候，当花季渐逝，绚丽多彩的日子日益缩短，它就会要求工蜂屠杀所有的王室成员，因为革命时代渐近，工作成为唯一的目标。“蜂房之魂”是聪慧谨慎、勤俭节约的，但这并不意味着它是吝啬的。它似乎意识到，只要涉及“爱”的一切事物，自然法则就会有些放浪不羁、奢靡浪费。在欣欣向荣的盛夏之际，它却要忍受蜂巢内的尴尬场景：即将诞生的蜂王要从三四百只雄蜂中挑选它的白马王子。

这些备选“驸马”简直愚不可及、笨手笨脚、一无是处、聒噪不堪，除去这些不说，还是一帮自命不凡、贪得无厌、肮脏下流的家伙。它们穷凶极恶，终日无所事事，着实让人深恶痛绝。

然而，待到蜂王受精，当花朵加速凋谢、开花时间愈来愈短时，“蜂房之魂”就会在某一个清晨无情地宣布，同时屠杀全体雄蜂。它控制雄蜂的数量，掌控对它们生杀予夺的权柄。它把任务分派给照顾蜂蛹和幼虫的护理人员，这些受到敬重的女士只为蜂王效劳，从不让她离开自己的视线。那些蜂巢内的工蜂，则挥动它们的翅膀，保持巢内空气的流通、清新和舒适，或为巢穴提供热量；同时，它们还要负责加速蒸发那些含水量过大的蜂蜜。那些建筑工、泥瓦匠、打蜡匠和雕刻匠在建造蜂房的过程中流水作业，工蜂们倾巢而出，找寻酿蜜的甘露；或寻找花粉，让蜂蛹和幼虫得享美食；或寻求蜂胶，黏合和加固蜂房；或寻觅年轻一辈所需的水源和盐分。蜂王的命令传达到“化学家”那里：它们让一滴甲酸从尖刺的尾端流出，以确保能够保存蜂蜜；传达到“胶囊制造者”那里：它们严阵以待，等时机成熟便把巢室密封；传达到“清洁工”那里：它们会保持公共场所和街道清洁得无可挑剔；传达到“搬运工”那里：它们的职责是运送尸体；又传递到彪悍的“门卫”那里：它们日夜看守着入口，来往的蜜蜂都要接受它们的盘问；它们能辨认出第一次出行归来的新手、恐吓流浪者和漂泊者；它们驱逐入侵者，集体出动、袭击可怕的敌人；如果需要，它们还会在入口处架设路障。

最后，“蜂房之魂”为这个族群的天才们安排了贡献年祭的伟大时刻：这个时刻属于整个蜂群。当我们发现一个族群在权力和荣耀都登峰造极时，它们却急流勇退，骤然将自己的财富和宫殿、家园和劳动果实都留给后代。自己呢，却心甘情愿地飞向远方，承担建造新家园的艰难困苦和风险。这种行为，无论出于有意还是无意，无疑都超越了人类道德的极限。有时，它们就是要面临一无所有的后果，贫穷也会常伴左右。

现在，那个温馨幸福的蜂巢杂乱不堪，遵循着一种凌驾于自己幸福之上的法则。我们很快发现，这个法则绝不是我们所想的那么盲目，那么必然。那么，这个法则源于何处？内容为何？何人修订？其中的知识和道德范式为何？所有蜜蜂都必须服从这个法则吗？这个法则本身也臣服于一种崇高的职责，一种坚定不移、着眼于未来的智慧吗？

这类事情发生在蜜蜂身上，也发生在尘世中绝大多数事物身上。我们不过是注意到它们的一些习性：它如此行事；它这样那样的工作方式；蜂王如此出生；工蜂持守它们的贞操；它们会在特定的时间形成蜂群。之后，我们便自以为很了解它们，故步自封，不愿再做任何进一步的探索。我们观察到，蜜蜂在花丛中穿行，蜂房也经常处于躁动的状态。在我们看来，它们的生活波澜不惊，和所有的生命一样，都活在如何繁衍和维持生计的本能焦虑之中。不过倘若我们贴近它，仔细研究一番，立刻就会发现，原本最简单的事物也可以变得异常繁杂。我们面对的是智力、命运、意志、目标、手段以及原因等种种谜团；我们面对的是不可思议的组织形式，它包含于生命最微不足道的行为中。

三

然后，整个蜂房整装待发，要准备迎接“人头攒动”的景象了。蜜蜂们甘之若饴地向自己族群中严苛的神仙们贡献出大量的祭品。依照“蜂房之魂”所指定的规则，全部的八九万只蜜蜂中，有六七万只在预定的时间离弃了它们出生的家园。这种规则在我们看来简直不可理喻，因为它完全背离了我们人类的本能和情感。蜜蜂们并不是因为绝望离开，也不是在仓促之间慌乱地决定要遗弃因战争、饥荒和疾病而荒废的家园。不，这样的遗弃是早前精心设计的，而且一直在静候良机。蜂房资源匮乏，蜂房遭遇到掠夺或风暴的侵袭，抑或是皇室成员发生了不幸，这些都不会让蜜蜂背离蜂巢。它们只在一种情况下才会离开，即它们在这里取得了无与伦比的成功。经过春天辛勤的劳动，由蜂蜡铸成的蜂房里已有120000个精心装潢的蜂巢，宛若富丽堂皇的宫殿。蜂巢内充满了新鲜的蜂蜜和色彩斑斓的花粉，我们称之为“蜜蜂的面包”，蜂蛹和幼虫就在这个“面包”上进食。

在这个蜜蜂们要英勇遗弃自己家园的前夜，蜂房是最美丽动人的。这是一个前所未有的盛况：蜂房丰腴富庶，到处欢歌笑语，却因为明显的兴奋和狂热而显得格外宁静。

我们努力为自己描绘这幅画面，但描绘出来的并不是蜜蜂眼中的情境。蜜蜂的侧眼和眉毛上的三重巨石眼，能够看到六七千个切面，事物会以何种魔幻和可怕的形式映射出来，这在我们根本无法想象。我们只能假定，站在它的角度，事情会是什么情形。我们从一个穹顶开始：这个穹顶的规模比罗马圣彼得教堂还要大，蜂蜡式的墙壁向下延伸到地面，在空旷和阴郁的环境中保持着平衡。如果从相对的精准度、胆识和规模上来讲，人类的建筑没有一处能与这个规模巨大、形式多样、以垂直和平行为几何构造的建筑相媲美。构成穹顶墙壁的材料洁白无瑕，馥郁芬芳，通体散发出清幽纯洁的新鲜感。墙体内有成千上万个蜂巢，储藏的食物足以供整个族群享用好几个星期。储存在透明蜂巢内的是花粉，它是花朵爱的结晶，代表着它们在春天里的浓情蜜意。绚丽的花粉呈斑点状，点缀着红、黄、黑、紫四种颜色。附近两万多个仓库中封存着四月份就酿造好的蜂蜜，只有饥寒交迫时，才能打开这些仓库。那是一种最清澈、最芬芳的蜜，周围包裹着大量华丽的金色饰物，仓库之间的界限精确而严格。次一等的蜂蜜是五月份成熟的花粉酿造的。蜂蜜被盛放在敞开的大桶里，桶边是小心谨慎的蜜蜂，维持此处的空气流通。在中央远离阳光的地方，光线透过唯一的入口照射进来，反射出闪耀着钻石般的光芒。蜂巢最温暖的地方，就是未来的居所，它们在此休憩，在此苏醒。这是育雏室中的皇家领地，专属于蜂王及其侍从。蜂卵在大约 10000 个蜂巢内休息，有 15000 到 16000 个蜂巢供幼虫生活，而 40000 个蜂巢中居住着白色的蜂蛹，成千上万的护理人员在此待命。最后，在蜂巢最神圣的地方，还有三处、四处、六处或十二处密封的宫殿，较于别处，这些宫殿规模庞大。尚未成年的公主就住在里面，它们包裹着一层覆盖物，面色苍白，静如处子，在黑暗中进食，默默等待着属于自己的韶华。

四

随后，根据“蜂房之魂”预定好的时间，依循某种坚定不移、冷酷无情的法则，一部分蜜蜂就会启程出发。前途虽不明朗，但它们渴望获得新的希望。在那个沉睡的蜜蜂王国里，会有一些雄蜂被挑选，作为皇室的情人。照料育雏室的小蜜蜂以及数以千计的工蜂，则需要继续外出觅食，保卫积攒下来的财富，维系蜂房的道德传统。每一个蜂房都有专属的道德准则，有些蜂房道德高尚，有一些却行为沦丧。一个不负责任的养蜂人会使他的族群堕落，使它们不尊重其他族群的财产，煽动它们去劫掠，引诱它们形成要么征服、要么懒散的习性，使它们成为毗邻蜂房的危险之源。这些都源于蜜蜂自己的发现：遥远花朵上必须有数百只蜜蜂造访才有可能形成一滴蜂蜜。由此可见，这并不是积累财富的唯一或快速的方法。如果略施小计，攻击疏于防守的蜂巢，或强行进入无法自卫的弱小蜂巢往往更加容易。对于堕落到如此地步的蜂房，要使其重新回到职责之在水晶般珍贵的时光里，蜂房周围回荡着劳动者的节日颂歌，这可能是怒放的花朵欢唱的圣歌，那是它们喜悦的赞歌和沁入花香的回声。

The festival song of labour that rises and falls around the hive in the crystal of the hour, and might almost be the chant of the eager flowers, hymn of their gladness and echo of their soft fragrance.

道也绝非易事。

五

诸般事实皆显示：掌控蜂群命运的不是蜂王，而是“蜂房之魂”。我们提及的这位蜂王，和人类中的许多君主相似，表面上它好像在发号施令，威风凛凛，而实际上，它本身也服从某种命令——这种命令比它传达给其下属的命令更为神秘、更为费解。时间一旦确定，“蜂房之魂”会在破晓时分公布它的决定，或在前夜布告天下，不过的确很少在两三天前就向大家走漏风声的。太阳还没来得及啜饮几滴朝露，嘈杂的蜂巢内部和四周就出现了极不寻常的一阵骚动，养蜂人很少能够了解其中的含义。有时候，人们也许会觉察到一丝争吵、犹豫和畏缩的迹象。在这个透明的金黄色蜂群中，仿佛日复一日地涌现出一种莫可名状的诡异情绪，随之又会消失。难道是蜜蜂一直在注视的一朵乌云悄悄略过天际，而我们却对此浑然不觉吗？还是它们中的智者正在和新的懊悔做斗争？抑或是这个带翅膀的“议会”正在商讨离开的必要性？对于这些，我们一无所知，正如我们完全不了解“蜂房之魂”晓谕众生的方式。然而，有一点是确定无疑的，即蜜蜂彼此之间能够交流，但我们不知道这种交流能否以人类的方式加以解读。甚至存在着这样一种可能：它们演唱的副歌连它们自己都听不清。满载蜜之芬芳的轻声细语飘进我们耳中，朗朗夏日传来沁人心脾的窃窃私语，为养蜂人所挚爱。在水晶般珍贵的时光里，蜂房周围回荡着劳动者的节日颂歌，这可能是怒放的花朵欢唱的圣歌，那是它们喜悦的赞歌和沁入花香的回声，那是洁白的康乃馨、马郁兰、百里香吐露的心声。然而，它们发出的所有音阶中，我们能够识别一大部分，从发自内心的喜悦到恐吓、悲痛以及愤怒。其中有它们对蜂王的赞歌，有歌颂丰收的欢歌，有悲伤的圣歌。最后，还有冗长神秘的战争呐喊，这是未成年的公主在婚飞斗争之前发生的大屠杀和争斗期间发出的号召。这难道只是一段意外之声，没能使它们获得内心的平静？无论如何，它们都不是我们在蜂房附近听到的最让人烦扰的声音。但是，它们也许会认为这并不是从它们那个世界里发出的声音，它们对此也全无兴趣。还有一种可能是，我们从自己的角度出发，只是听到了蜜蜂发出的一部分声音，它们发出的许多悦耳之声我们并没有倾听到。不久，我们就会发觉，它们彼此理解并采取协调措施的速度是那样惊人。比如巨型的斯芬克斯式的阿特洛波斯——背上扛着死神头颀的邪恶的蝴蝶，也就是蜜蜂大盗，当它穿透蜂房时，发出一种诡异的声调，就像是一种无法抵挡的咒语。这则消息迅速在蜂群中散播，从入口处的守卫到位于蜂巢最偏远角落的工蜂，整个族群都会为之一颤。

六

长久以来，我们一直相信，蜜蜂是聪慧的。一般来说，它们精明谨慎，深谋远虑，讲究经济效益。当它们放弃王国中的珍宝，挥动着翅膀、纵身探寻生命中的不确定时，我们确信，它们是屈服于一种不可抗拒的蠢行、一股无意识的冲动、一个物种的法则——自然的法则，抑或是屈服于隐藏在时光流转中、能够制约所有生物的力量。无论是蜜蜂的王国，还是我们的世界，我们都习惯于把我们未知的事物归于天命。但是现在，蜂房向我们展示了两三个重要的秘密。我们发现，此类大规模的迁徙既不是出于本能，亦非不可避免。很明显，这并不是盲目的迁徙，而是经过深思熟虑的牺牲——用这一代的牺牲来换取下一代的幸福。养蜂人只需要消灭蛰伏在蜂房内、死气沉沉的小蜂王。同时，如果蜂蛹和幼虫数量充足的话，只需要扩大族群的储藏室和空间，就会立刻平息这种无利可图的骚乱，恢复正常的工作，蜜蜂们会重新去采蜜。现在，那个老蜂王又成为不可或缺的人物了，它后继无人。或许是因为恐惧，一年之中，它放弃了对阳光的奢望。然而，对于快要焕发活力的未来生活，它充满信心，因此会悄悄地继续繁衍下一代：每天都会产下两三千只蜂卵，以螺旋式的系统，从一个蜂巢播种到另一个蜂巢，无一遗漏，夜以继日，孜孜不倦。

它们只不过是今天热爱这个族群，明天热爱另一个族群，除此之外，天命何在？这种天命也存在于人类之中，但其范围和力量似乎要小得多。人类不会像蜜蜂一样，做出如此惨烈、如此一致、如此彻底的牺牲。如果我们遵循的天命不同，那么，我们遵循的又是哪种高瞻远瞩的天命呢？这一点我们不得而知。就像我们观察着蜜蜂一样，我们也不清楚什么人会在背后审视着我们。

七

但是，我们选择的这个蜂房，它在历史上并没有受过人类的侵扰。当美好的时光迈着光芒四射和静谧的脚步从树下悄然

当美好的时光迈着光芒四射和静谧的脚步从树下悄然溜走时，它那仍沐浴在晨露中的热情，使得约定的时间姗姗来迟。

As the beautiful day advances with radiant and tranquil steps beneath the trees, its ardour, still bathed in dew, makes the appointed hour seem laggard.

溜走时，它那仍沐浴在晨露中的热情，使得约定的时间姗姗来迟。金色的走廊隔开平行的墙壁，在走廊的全部表面，工蜂正在忙碌地准备远行。每一只蜜蜂都要自备蜂蜜，这些蜂蜜足够五六天之用。它们体内储备的蜂蜜，经过特殊化学过程提炼出蜂蜡——这种化学过程至今仍无法解释——蜂蜡是它们马上建构蜂房必需的材料。此外，它们还要携带一定数量的蜂胶，这种蜂胶由树脂组成，用来弥合新居所的裂缝、加固不结实的地方、粉饰墙壁、遮挡阳光。因为蜜蜂喜欢在完全幽暗的环境中工作，以它那多面的眼睛为引导，或者仅仅是凭借一种直觉——这好像是一种无可言说的感觉——蜜蜂可以在黑暗中进行探索和测量。

八

在它们生命中最危险的时刻，它们对于即将降临到自己头上的灾难并非全然不知。它们被这种烦恼所困扰，忧心于这次大规模冒险行动中蕴含的巨大风险，因而，现在它们没有时间去造访那些迷人的花园和草地了。明天、后天、未来的日子，也许细雨霏霏，也许狂风大作；它们的翅膀或许被冻结，花儿

明天、后天、未来的日子，也许细雨霏霏，也许狂风大作；它们的翅膀或许被冻结，花儿或许不再盛开。

Tomorrow, and after tomorrow, it may happen that rain may fall, or there may be wind; that their wings may be frozen or the flowers refuse to open.

或许不再盛开。如果它们没有深谋远虑，那么，在未来路途上等待它们的，只能是饥馑和死亡了。没有人帮助它们，它们也不会向任何人寻求帮助。因为不同的蜂群之间互不来往，它们之间也不会互相提供帮助。虽然养蜂人会负责安置蜂房，在这个蜂房里为老蜂王和它的侍者聚集成群的蜜蜂——就是刚刚才离弃这里的蜜蜂——但如今，如果不是大难临头，它们好像全然忘记了自己在此度过的幸福安宁的时光，忘记了曾经属于它们的无尽财宝和安全感。它们将在不幸的蜂王周围，一个接一个地死于饥寒交迫的窘境，直至灭绝，而不是返回自己的出生地。在那里，即便是它们处于危难之中，也会拥有连绵不断的甜美气息，还有过去勤勉劳动产生的馥郁芬芳向它们传递。

九

有人会说，人类绝不会去做这样的事情，这证明了蜜蜂虽然拥有叹为观止的组织能力，但它们还是缺乏智慧和真正的意识能力。事实果真如此吗？当然了，其他的生物可能拥有迥异于我们的智慧，由此产生的结果也会大为不同，但是这并不表明别的生物比我们卑微。另外，就算是我们居住在这个小教区里，这难道就能说明我们是精神领域绝对可靠的判官？我们偶然间看到关闭的窗户后面有两三个蜂群在翩翩起舞、窃窃私语，在它们的话没有传到我们耳朵之前，我们能轻易地预测出那掌控它们的思想吗？或者，我们不妨想象一下，金星或火星上的居民在高山之巅审视我们，它们看到的我们不过是几个小黑点，在街道或城市的广场上穿行。仅仅观察到我们的活动、我们的建筑、我们的机器以及我们的运河，就能向他们传达有关我们的道德、智慧、思维方式、爱和希望的正确观点吗？一言以蔽之，他们能够真正和透彻地了解我们吗？他们能做的和我们观察蜂房时所做的一样，仅仅是把一些看起来惊心夺目的事实记录下来。他们能根据这些事实得出一些结论，而这些结论和我们针对蜜蜂所得出的结论相比，在谬误性和不确定性上不相上下。

至少可以确定的一点是，我们形成的“小黑点”并没有揭示出广袤无边的道德方向或者完美无缺的组合方式，但是这一切却在蜂房内展露无遗。经过几年或几百年细致的观察，它们也许会有此疑问：“他们想去哪里？他们在做什么？他们生活的目标或中心何在？他们皈依于某个上帝吗？我看不出有任何东西在支配着他们的行动。某天，好像他们在收集和建造一些小玩意儿，第二天，他们就把它们毁坏和丢弃了。他们往来穿梭、时聚时散，但是没有人知道他们在追求什么。他们展现出来的无数惊艳的场景百思莫解。例如，他们有些人几乎在原地静止不动，唯一的区别是他们身上更为光鲜亮丽的外套，有时也要靠较为庞大的身形来区分他们。他们住在比普通的民房大十倍到二十倍的豪宅里，看起来也更富有、更时髦、更有才华。他们每天都要花费好几个小时进餐，有时饭局还会持续到深夜。他们好像受到周围人的格外敬重，他们的邻居带着粮食、甚至是偏远乡村的人也来拜访他们，礼品浩如烟海。人们只能推断，这些人一定是该种族德高望重之人，其他人向他们提供基本的服务，尽管根据目前的研究方法，我们还不能确定这些服务的准确性质。还有另外一些人，他们夜以继日地从事着乏味的劳动：有的在大棚屋里劳作，里面是转动不止的车轮；有的在船舶附近的码头劳作；有的在昏暗的小屋工作；还有的日出而作，日落而息，孜孜不倦地钻研和挖掘他那一小片土地。我们不得不相信，这样的劳作可能是因为他们触犯了法律，是带有惩罚性质的。因为从事这些职业的人都生活在肮脏破旧的小屋里，衣不蔽体，只披着没有色彩的皮革。他们的职业可以说是有害的，或者至少是徒劳的，但他们却对此充满了高昂的热情，甚至达我们经常追求的理想，是否和宇宙意志更为契合，是否得到了广泛的证实，是否更加公正和崇高呢？

Have we often encountered an ideal more conformable to the desires of the universe, more widely manifest, more disinterested or sublime?

到了废寝忘食的程度。他们在数量上是别的物种的一千倍。在如此恶劣的环境下，这个物种竟能幸存并且发展到今天，实在是出乎意料。值得注意的是，撇开他们为其乏味的工作做出的特殊贡献不说，他们看起来很温顺，从不冒犯任何人，对于如果不是种族的救世主、起码也是守护者丢弃过来的残羹冷炙，他们也心满意足。”

十

我们从另一个世界的高度，对其予以肤浅观察的蜂房，对于我们试探性的问询，却给出了一个如此确切和透彻的答案，这难道不骇人听闻吗？难道我们不应该赞叹这种方式吗？蜜蜂信仰的思想或崇拜的神灵就是以这样的方式体现在它们建筑中的。它们的建筑在惊人的坚定信念中，遵照它们的习俗和法律、它们的政治和经济组织形式、它们的美德、甚至是残忍而建造起来的。无论如何，虽然蜜蜂崇拜的神灵是目前为止我们唯一没有认真尊拜过的神灵，但它应该是我们能够接受的最合理、最正统的神灵。蜜蜂崇拜的神灵就是未来。对人类历史进行研究时，我们努力地制定一个标准，用来衡量一个民族或种族的道德力量和伟大之处。其实我们衡量的标准只有一个，即理想的崇高和持久，以及在追求理想时的自我牺牲。我们经常追求的理想，是否和宇宙意志更为契合，是否得到了广泛的证实，是否更加公正和崇高呢？我们是否能经常领悟到更为完善、更有英雄气概的自我牺牲呢？

十一

这个小小的族群多么奇怪啊！尽管它思维缜密、庄严肃穆，拥有成熟的信念和审慎的态度，但还是成了一个梦想的受害者。这个梦想极为深邃，极为危险。谁能告诉我们，这个小小的族群，如此的深邃诚挚，你们吸收自然的光和热，自然用最纯净的乳汁养育了你们；你们是姹紫嫣红的灵魂所在，曾经，一切似乎只是一丝莞尔，现在却要付出最热切的努力去追求美丽与幸福？谁能告诉我们，你们解决了什么难题，而这些难题如今仍困扰着我们？你们获得了什么确定无疑的东西，而我们现在仍需征服？如果你们真的是凭借盲目原始的冲动、而非智慧解决了那些难题，也获得了那些确定无疑的东西，那么，是什么样的不解之谜，你们不再敦促人类去破解？这个充满信念、希望和神秘色彩的小小族群啊，为何你成群结队的圣女去做连人类的奴隶都不屑一顾的任务，却甘之若饴呢？即使它们不再那么浪费自己的体力，不再那么充满激情地忘我工作，另一个春天还是属于它们，另一个夏天也归它们所有。但是当花朵呼唤它们的庄严时刻华丽地到来时，它们仿佛又陷入了致命的工作狂喜中，在不到五周的时间里，它们会劳累而死——翅膀被折断，身体干枯，伤痕累累。

十二

它们为什么要不眠不休，为什么要放弃蜂蜜和爱情带来的欢愉，为什么不能像其他有翅膀的同类——例如蝴蝶——那样高雅悠闲地生活？为什么它们的生活要和别的昆虫不同？它们辛勤劳作并不是生活所迫，两三朵花就能满足它们的营养需求。但它们会在一个小时之内，穿梭往来于两三百朵花中，目的是采集它们永远不会品尝的甘露。为什么要如此辛劳，如此痛苦？它们如此强烈的自信从何而来？你们能否确信，新一代值得你们做出为之奉献自己生命的牺牲吗？新一代会更漂亮、更幸福，会尝试做一些你们未曾经历的事情吗？在我们看来，你们的目标很明确，比我们的目标要明朗得多。你们渴望能与世长存，能生活在未来的世界中，但是，你们怎样才能实现这个伟大的目标呢？这种生存的使命怎样才能得到持续的更新呢？

然而，如果这些问题并非全无意义，如果向你们提出这些问题的人，也不仅仅是一些被谬误和疑虑所困扰的、幼稚的梦想家呢？甚至，如果经过持续的进化，你们已无所不能，前所未有地幸福；如果你平步青云，征服了最后的制高点，那时你们终于可以支配自然法则；不仅如此，如果你们成为永世不朽的女神，我们还是要问你，你们的欲望是什么？你们进步的理念为何？我们还想知道，你们将长眠于何处？在什么情况下，你们会宣布自己的一切梦想都成真了？我们被塑造成贪得无厌的形象，因而无法理解一件事物拥有孑然而立的目标，仅仅是单纯地存在，而没有超越其存在的思想。迄今为止，人们已经构想出盈千累万的神灵，从最粗俗的到最深沉的，其中有没有任何一位，是人类没有要求它必须保持积极主动和精神焕发的？没有要求它创造出不计其数的生命和事物的？没有要求它在自身之外还有众多其他目的的？会不会存在这样一个时刻：我们平静地从这个世界退出数小时，以便能描绘这个世界上物质活动的一种有趣的形式；数小时之后，我们再顺理成章，毫无遗它们是暗香浮动的翅膀，永不倦怠；它们是炫目光线的向导，是无精打采、萎靡不振的空气中传来的一曲高歌。

They are the untiring wing on which delicate perfumes float; the guide of the quivering light-ray, the song of the slumberous, languid air.

憾地去呈现其他形式，即无意识的、未知的、蛰伏的和亘古不变的世界中存在的物质形式？

十三

然而，我们已经遗忘了那个蜂房，在那个蜂房里，聚集起来的蜂群开始失去了耐心。黑色又战栗的波束正在沸腾洋溢，此时的蜂房如同骄阳下的青铜杯一般。正午时分，烈日炎炎，错落有致的树木几乎想缩回它们的叶子，就像一个人面对棘手的重大事情时会屏住呼吸一样。蜜蜂将蜂蜜和清香四溢的蜂蜡供奉给养蜂人，不过，蜜蜂们送给养蜂人更为珍贵的礼物，是它们引导养蜂人留意到6月的喜悦，观察到这个美妙月份的欢愉。因为一年之中，蜜蜂的活动只有在碧空如洗时才能进行，只有在繁花满园的迷人良辰才能进行。它们是仲夏的精灵，是记录众多时刻的钟表；它们是暗香浮动的翅膀，永不倦怠；它们是炫目光线的向导，是无精打采、萎靡不振的空气中传来的一曲高歌。它们的飞行象征着确切优美的旋律，萦绕于众多转瞬即逝的欢愉中。这种欢愉生于酷暑，流连于骄阳之下。它们教导我们要磨炼自己的听觉，倾听属于美好而自然的时光那最轻柔、最私密的耳语。对于了解和爱护它们的人来说，一个没有蜜蜂的夏天会是一个悲伤并空虚的夏天，就宛若失去了袭人花香、婉转鸟语的点缀，而变得了无生气的长夏一般。

十四

熙熙攘攘的蜂房里聚集了大批的蜜蜂，一个从没有目睹过此类场景的人，一定会带着某种恐惧和忧虑的情绪凝视如此放荡不羁的混乱景象。他甚至有点害怕靠近蜂房，甚至还会怀疑，这些就是一直与他形影相随，所谓诚挚认真、爱好和平、辛勤工作的蜜蜂吗？就在不久之前，他还看到蜜蜂从乡野的四面八方蜂拥而至，看起来和小巧可人的家庭主妇一样全神贯注，除了家务事之外，心无旁骛。他看到它们纷至沓来，静悄悄地进入蜂房，几乎无人觉察到，其实它们已经气喘如牛、疲惫焦急，全体都不动声色地骚动着。他也观察到，当它们经过的时候，门口女战士的触须轻微颤动，向它们行礼致敬。接着，它们到达内庭，迫不及待地将自己收获的蜂蜜交给常驻其中的少年女门房。在交接过程中，彼此可能只需要讲两三句非说不可的话，或许是它们着急去大仓库——这些大仓库围绕在孵卵室的周围——把垂挂在它们大腿上的两大篮沉重的花粉卸载下来。之后又匆匆开始了新的征程，根本不去想皇宫、工作室或蜂蛹安睡的寝室里正在发生什么事情。天气十分炎热的时候，清洁工们都习惯在门口嘈杂的公共场所聚集和闲聊，但是工蜂们却一刻也不会停留，也不会加入到它们的谈话中。

十五

时至今日，世事变迁。的确，大量的工蜂就像什么都没有发生一样，安静从容地飞向田野。它们还会归巢，打扫蜂房，照料孵卵室里的主人，并且远离众人的狂喜，保持着冷静。还有一些不用陪伴在君王之侧的工蜂，它们负责护卫原来的巢穴，养育 9000 到 10000 只蜂卵、18000 只幼虫、36000 只蜂蛹，和七八名皇室公主。然而今天，一切都将物是人非。为什么单单要挑选它们来从事这种艰苦的工作？凭借的是哪条律法，依仗的又是哪个人物，这一切都不是我们能够妄加揣测的。它们一直坚定不移、默默无闻地忠实于自己的使命。虽然我曾多次想要做一个实验，把一种色素喷洒到其中一只逆来顺受的灰姑娘身上，从而能够在兴高采烈的蜂群中，通过它们严肃认真、甚蜜蜂们把烦恼和忧虑抛在脑后，不再多管闲事，不再混混沌沌，不再盛气凌人，不再疑虑重重，不再野性难驯，不再暴跳如雷。

They have left trouble behind, and care. They no longer are meddling and fierce, aggressive, suspicious, untamable, angry.

至有些笨重的步伐，更加轻易地区分它们。但是，我的确很少在欣喜若狂的蜂群中发现其中任何一个的踪影。

十六

然而，这种吸引肯定是难以抗拒的。这也许是一种无意识牺牲的狂喜，而这种牺牲是神灵早已安排好的。这是甜蜜的庆祝，是种族的凯旋，是未来的胜利。这是快乐的一天，是纵情遗忘的一天，是虚度光阴的一天，是蜜蜂的安息日。这好像也是孤独的一天。蜜蜂们享用饕餮盛宴，尽情狂欢，随心所欲。它们积攒了大量的珍宝，沉浸在收获的快乐之中。它们好像是一批刚刚获得自由的囚徒，突然被带到一个广阔无垠、应有尽有、充盈着新鲜感的乐土。它们欢欣鼓舞，无法掩饰内心的狂喜。相比之前每一个动作都有明确和实用的目的，如今，它们却漫无目的地游荡。它们在空中盘桓，焦灼不安，时不时地看看蜂王是否准备妥当，和它的姐妹互相开开玩笑，消磨等待时冗长无趣的时光。这时，蜜蜂要飞到比平时高很多的地方，周围的树木高大挺秀，叶子随风轻摆，似乎在与它们互动。蜜蜂们把烦恼和忧虑抛在脑后，不再多管闲事，不再混混沌沌，不哪怕是朗朗夏日的朵朵鲜花在它们面前尽情绽放，短时间内，可怜的居民也会因痛苦和失望而亡。

The wretched inhabitants soon will perish of distress and despair, though every flower of summer burst into bloom before them.

再盛气凌人，不再疑虑重重，不再野性难驯，不再暴跳如雷。人类虽是蜜蜂私下的主人，但是蜜蜂从不受人类的影响；人类也能征服蜜蜂，但是必须服从它们的每一个法则，适应它们的劳动习惯，亦步亦趋地追随它们的道路。而这样一条道路，经由一种智慧或精神在它们生活中得以体现。那是一种任何事物都不能挫败的智慧，也没有任何事物能改变这种智慧的初衷——为了使明天更加美好。只有在更美好的明天，蜜蜂在优美的旋律中翩翩起舞，编织成金光闪闪的帷幔，人类才能接近它们，享受到这般美景。他可以将蜜蜂捧在手心，将它们聚集起来，就像拿着一串葡萄一样。

今天，它们高兴并不是因为拥有了什么东西，完全是出于对未来充满信心。只要不让它们离开蜂王，它们就会向一切屈服示好，不会伤害任何人。而蜂王此时正在脑海中酝酿着未来。

十七

然而，真正的信号尚未发出，蜂房内就出现了难以言表的混乱场景，这种混乱的意义究竟何在却难以捉摸。若是平时，蜜蜂返巢之后，好像忘记了自己拥有翅膀，几乎不再移动，只是在原地辛勤地工作，在专属于它的岗位上尽职尽责。然而，如今它们像着了魔似的：成群的蜜蜂围着光滑的墙壁一圈又一圈地飞，如同一整块冻胶被一只看不见的手搅动。蜂房内气温迅速上升，温度之高令人咂舌，有时建筑蜂房的蜂蜡都开始松动变形了。平时，蜂王会端坐在蜂巢的正中央，很少移动。然而如今，它却横冲直撞，激动得呼吸急促；它麾下的蜂群也躁动不安，自顾自地打转乱飞。它是在敦促它们启程，还是在试图拖延它们的行程？它是在发号施令，还是在苦苦哀求？它是蜂房内躁动情绪的始作俑者，还是它也是受害者？根据我们掌握的有关蜜蜂普通心理学的知识，我们持有这样的观点：蜂群经常反抗蜂王的意志。确实，这些任劳任怨的工蜂，它们的后代首先将蜂王看做爱之器官，是不可或缺的、确定无疑的、庄严神圣的，不过这一点它们自己都浑然不知，处于懵懂状态。在蜂王迟暮之年，它们像对待母亲一样照顾她。它们对她的敬重和体贴至高无上，际地蟠天。那些最纯净的蜂蜜、经过蒸馏的蜂蜜，以及几乎可以直接消化的蜂蜜，都留给她专用。她有一个护卫队，昼夜轮流守护着她，协助她完成母亲的职责，还要把即将产卵的小屋准备妥当。她的护理人员十分忠诚，它们溺爱她，关心她，养育她，为她梳洗，甚至吸纳她的粪便。哪怕她发生一点小意外，消息也会迅速传遍整个族群，全体蜜蜂会在惊天动地的哀号中穿梭往来，奔走相告。捕获她，囚禁她，把她驱逐出蜂房。但是此时，蜜蜂们并没有机会填补空缺，也许是因为她离开时没有指定继承人，也许是因为蜂房内没有小于3天的幼虫（一种特殊的营养品能够将这些幼虫转化为正统的蜂蛹，这是蜂房内重要的民主原则，是对母性特权的一种制约，这就是她的宿命）。一旦她失势的消息众人皆知，偌大的蜂房会在 2 到 3 个小时内全部停止工作。年幼者得不到呵护，一部分蜜蜂四处逃窜，寻找自己的母亲，其他的蜜蜂也陆续从蜂房内逃出。此时，修造蜂巢的工蜂就如同一盘散沙，作鸟兽散，四散奔逃。负责采集花粉的蜜蜂不再造访花朵，入口处的守卫也会玩忽职守。那些以蜂蜜为生的寄生虫——对蜂蜜垂涎欲滴的外来掠夺者们，时刻准备着掠夺蜂蜜。此时它们如愿以偿，在蜂巢内来去自如，却没有一只蜜蜂想要保卫这些千辛万苦得来的珍宝。不久之后，蜂房会逐步陷入穷困，人口锐减。哪怕是朗朗夏日的朵朵鲜花在它们面前尽情绽放，短时间内，可怜的居民也会因痛苦和失望而亡。

然而，在蜂王失势成为既定事实、不可挽回之前，在蜂群士气低落、妄自菲薄之前，让蜂王恢复一下元气吧。在这一点上，蜜蜂和人类如出一辙：持续的痛苦和不幸会令它们思维混乱，意志消沉。蜂王在几个小时之后恢复元气，蜜蜂会以非同寻常、感伤的方式迎接她归巢。它们热情地围绕在她周围，为了能瞻仰蜂王的仪容，情绪激昂的蜜蜂会挤成一团，在彼此身上焦急地攀爬。当蜂王经过时，蜜蜂会用纤长的触须爱抚她，它们的触须里有很多器官，至今仍无法解释。它们向她供奉蜂蜜，争先恐后地护送她回到皇宫。秩序在顷刻间恢复正常，工作也如常进行，从孵卵室的中心蜂巢到蜂房边缘，储藏多余蜂蜜的附加建筑，莫不如此。负责采集花蜜的蜜蜂排成长长的黑色纵队，浩浩荡荡地出发筹粮，有时不到 3 分钟即行返巢，满载着花蜜和花粉。街道被清扫干净，寄生虫或抢劫者也被杀死或驱逐。蜂房内立即回响起奇怪的欢喜赞歌，那旋律温和单调，好像是一种只有皇室成员出席才会演奏的旋律。

十八

工蜂向它们的女王展示了绝无仅有的依恋和忠诚，这样的例子屡见不鲜。倘若这个小小的蜂房大难临头，倘若蜂房或蜂巢倾覆，倘若人类证实自己的残忍无知，倘若它们遭受饥馑、冻馁或疾病的侵袭，成千上万只蜜蜂因此死亡，无一幸免，我们仍旧会发现，忠贞不渝的蜜蜂会用它们的累累白骨，保护蜂王的安全。蜂王依旧神采奕奕，因为工蜂会护她周全，助她虎口逃生，它们用身体形成墙壁和避难所，为她提供最有益于健康的食物，甚至连最后一滴蜂蜜都留给她。只要是蜂王尚在，蜂房即便大难临头，蜂房内的居民也不会丧失信心。你可以接连 20 次捣毁它们的巢穴，可以接连 20 次掠夺它们的食物、侵扰它们的后代，但是，仍然不会动摇它们对未来的信心。尽管它们正在忍受饥馑，尽管它们的数量屈指可数，甚至无法保护它们的母亲免受敌人的觊觎，它们也会着手重组这个群落的法则，解决迫在眉睫的难题。在这个大难临头的时刻，它们会根据新的需要，重新分配任务。在此基础之上，它们凭借一种自然中极大的热情、耐心、坚毅和智慧，马上重新开始自己的工作。坦诚地说，大部分蜜蜂比人类展示了更多的自信和勇敢。

然而，它们的爱到底要持续下去，还是气馁而亡，蜂王的存在与否并非必不可少。在离开或弥留之际，只要存在它们后继有人的一丝希望就足够了。现代养蜂业的创始者之一朗斯特诺斯说："我们见证了一个族群，它们甚至没有足够的人手去修筑一个面积仅为 3 平方英尺的蜂房，但是它们仍殚精竭虑地去当到达目的地时，工蜂几乎全部以身殉职。甚至有一次，它们因饥馑而全军覆没，遭受灭顶之灾。

When the box arrived, that nearly every one of the workers was dead. On one occasion, indeed, they had all perished of hunger.

供养一只蜂王。整整两个星期，它们一直心怀这样的希望。最后，当它们的数量锐减到一半时，它们的女王终于诞生了，可是她的翅膀发育不全，无法飞翔。尽管她羸弱不堪，蜜蜂们对她却仍不敢怠慢。一个星期之后，剩下的蜜蜂不足十几只。几天之后，蜂王消失，只剩下几只卑微可怜、伤心欲绝的蜜蜂留在蜂巢内。”

十九

另外还有一个例子，它最为清晰地展示了子女对父母的爱和忠诚，而且这种展示基本上属于终极姿态。最近，我们粗暴地侵扰了这些时运不济、不屈不挠的巾帼英雄，这个例子就在其中一个突如其来的磨难中应运而生。和所有业余养蜂人一样，我曾多次得到从意大利运送来的受孕蜂王，因为意大利的品种比我们本地的品种繁殖力更强、更健硕、更有活力、更优雅。我们习惯把它们放在打有小孔的盒子里，然后运送到其他地方。人们在盒子里备好食物，把蜂王和一定数量的工蜂放进去，在选择时，尽量挑选那些蜂房内年迈的工蜂。（根据蜜蜂的体型，我们很容易就能判断出它的年龄。随着年龄的增长，蜜蜂会愈加优雅，愈加晶莹剔透，头部也愈加有光泽。由于艰苦的工作需要频繁使用和磨损翅膀，因此，我们还可以根据翅膀进行详细区分。）在旅途中，养育蜂王、照顾蜂王、保护蜂王是它们的职责所在。我时常发现，当到达目的地时，工蜂几乎全部以身殉职。甚至有一次，它们因饥馑而全军覆没，遭受灭顶之灾。但是上述所有例子中，蜂王都得以幸存，而且毫发无伤，生气勃勃。也许，在把自己液囊里最后一滴蜂蜜献给蜂王之后，最后一个工蜂才光荣牺牲。因为在它眼里，蜂王是生命的象征，远比自己的生命宝贵，意义也更为深远。

二十

蜜蜂是这种坚若磐石的感情的发轫者，这种感情抑或是它与生俱来的本性。人们留意到这种感情，就把它转化为自身的优势。比如说令人赞叹的政治理念、对工作热情洋溢、坚忍不拔、虚怀若谷以及奉献未来的精神。这些昆虫本来野性难驯，但是这些品德使得人们在昆虫毫不知情的情况下，在一定程度上驯化了它们。因为蜜蜂从不屈服于任何外来的强力，即便是在无意识的奴役状态下，它们也只是遵循它们自身适应的法则。

如果愿意，人类可以选择相信，只要将蜂王招致麾下，蜂房的命运和灵魂就掌握在他的手中。依照他处置或玩弄蜜蜂的方式，他可以增加或限制蜂群的数量，敦促或推迟蜂群起飞；他可以使蜂群风雨同舟，亦可使蜂群离心离德，甚至可以操纵整个王国的迁徙。但同样的事实是，蜂王本质上是生命的象征。和其他所有的象征一样，它仅代表着一种深藏不露、引申触类的原则。如果养蜂人不想腹背受敌，遭受意想不到的挫折的话，他就必须仔细斟酌这一原则。因为蜜蜂并不会因此而受迷惑，即便是蜂王在场，它们也不会盲目地相信，真正掌控它们的精神也同样存在。[①] 这种精神是虚无缥缈、持久存在的，这就是它们与生俱来的观念。为什么一定要问，这种观念是有意还是无意的呢？是蜜蜂后天具备，还是自然赋予的呢？我们是否应该崇拜蜜蜂呢？只有当我们急于确定这些问题时，这种疑问才有价值。无论这种观念存于尚未可知的粗犷躯体里，还是眼力所及的娇小躯壳下，它都值得我们深切关注。我们发现，我们习惯将质疑置于偶然事件之下，这些事件都发生于初始阶段或适当时机，对于那些尘世中对我们助益最大的事物，我们往往失去由衷赞赏的机会。

---

① 译者注：蜂王是蜂房之魂的代表，这是掌控蜂房的精神，但是蜂王在场，并不意味着蜂房之魂也存在。

所有的一切，无论是轻于鸿毛，还是重于泰山；无论是了如指掌，还是一无所知；无论是近在咫尺，还是远在天边，都会在一夜之间消失殆尽。我们曾认为蜜蜂无知，然而面对如此深邃的黑夜，我们的无知与之相较也不分轩轾。

All, the pettiest and the most sublime, the best known and the most inexplicable, the nearest and the most distant, come to pass in a night so profound that our blindness may well be almost as great as that we suppose in the bee.

那么，这样的发现应该不能说是不合时宜的吧？

二十一

这样一些推测可能被认为太过武断，或太过人性化。人类竭力主张，无论从哪个角度讲，蜜蜂都不可能具备这样的观念。它们对未来的忧虑，对族群的关爱，还有其他一些的感情，都是我们一厢情愿赋予它们的。说到底，这些只不过是一种表现形式罢了，所展示的无非是蜜蜂对生命的需求，对苦难和死亡的畏惧以及对快乐的沉迷。就算是这样吧，就把这一切看作一种比喻吧，其实，我并不重视这件事情。这件事和其他所有事情都可以确定的一点是，在特殊的条件下，蜜蜂也会以不同的方式对待蜂王。至于其他的，就蒙上了一层神秘的面纱，我们仅能据此编织出独特又尽如人意的臆测。倘若我们谈论蜜蜂的方式是明智的，那么，如果我们也以这样的方式来谈论人类，我们能滔滔不绝吗？人类不也是为生活所迫吗？不也受到快乐的诱惑吗？不也害怕承受痛苦吗？我们所谓的智慧，和动物的本能（这是我们一厢情愿的称谓）一样，有着同样的使命和起源。我们认为，我们可以从自己的所作所为中预知后果。如果意外情况发生，我们就会自我安慰说，和动物相比，我们有更好的装备，用以分析事情的缘由。但是这个假设并没有建立在坚实的基础上。此外，和发生在自然界令人费解、不一而足的事情比较起来，这种事情简直寥寥无几，微不足道。所有的一切，无论是轻于鸿毛，还是重于泰山；无论是了如指掌，还是一无所知；无论是近在咫尺，还是远在天边，都会在一夜之间消失殆尽。我们曾认为蜜蜂无知，然而面对如此深邃的黑夜，我们的无知与之相较也不分轩轾。

二十二

布丰对蜜蜂怀有的偏见，多少让人觉得好笑。他说，如果从单个角度来看，所有人都必须同意，这些蜜蜂远不如狗、猴子、甚至大多数的动物聪明，它们表现得更为倔强、更为独立、更为冷漠。总而言之，和人类相关的品质，它们通常很少具备。我们据此得出结论，它们异常的禀赋仅仅来源于群体之中。但是，这种联合甚至连天赋也算不上，因为它不受任何道德考量的制约。它们聚居在一起，并不是因为它们意见一致，而是自然颁布上谕，强制它们聚集在一起。除此之外，这个群体没有学识，没有理性，甚至没有目标。在同一时间、同一地点，母蜂能产下上万只幼蜂，如果这上万只幼蜂比我想象的还要愚蠢一万倍，那么，仅仅是出于生存目的，它们就要被迫设计出某种安排形式。现在，假如它们开始彼此伤害，但由于彼此力量不分伯仲，很快，便以给对方造成最小的伤害而告终。换句话说，以相互抚慰而告终。它们看上去彼此理解，为了同一个目标奋斗。它们虽远不具备理性和智慧，但是作为一个观察者，他（布丰）却乐于赋予它们这些。他假装对每一个行动做出解释，认为每个动作都有其理由。因此，各个等级的人都能轻易地宣布，它们是沧海遗珠，或是惊世怪才，有着层出不穷的创意。而真正的事实是，这上万只幼蜂同时诞生，聚居在一起，几乎同时经历形变。总之，它们在做着同样的事情，无一例外。由于多愁善感，它们被迫养成同样的习惯，其乐融融地生活在一起，忙着建筑巢穴、长途跋涉之后返巢等等，不一而足。在此基础上，产生了建筑学、几何学、秩序、深谋远虑以及对家庭的热爱，总之一句话，就是出现了一个族群。我们所看到的生机盎然的一切，都来自于观察家的溢美之词。

我们从完全不同的角度对蜜蜂加以解读，如果这种解读极其自然，难道不是出于一个十分简单的理由——这种解读毫无尽管其他的蜂王正处于花信年华、繁衍能力强，但是，入口处还是保持一级戒备，她不能靠近蜂房半步。

The sentinels at the door will never allow another queen to enter the hive, though she be young and fruitful.

意义吗？我无意影射这一章蕴含的实质性错误，我只是想问，蜜蜂选择了一种共同的生活方式，将彼此可能造成的伤害降到最低，这难道不是一种智慧的表现吗？成千上万的蜜蜂避免彼此伤害，最终相濡以沫，当我们更深入地研究这种生存方式时，这种智慧不是更摄人心魄吗？再说，这难道不是我们人类自身的历史吗？那位怒火中烧的老博物学家所说的一切，不是同样适用于每一个人类社会吗？重申一遍，如果蜜蜂果真不具备人类赋予它的任何一种感情和思想，那些令我们惊奇的现象现在一无是处，那么，我们不应该心甘情愿地转移我们的注意力吗？如果我们不应赞美蜜蜂，那么我们应赞美自然。那一刻终将到来：人类满口都是溢美之词，我们已经妥协，已经准备就绪，应该就不会有什么损失了。

二十三

无论事情的真相为何，我们都不应该放弃我们的推测。这种推测至少有一个好处，它能在我们脑海中，将某些事实上确有明显联系的行动联系起来。蜜蜂对蜂王的崇拜远逊于对族群无限未来的崇拜。它们毫无恻隐之心，如果，一个同伴辛苦劳作一天，返巢时遍体鳞伤，不能再为蜂房的未来略尽微薄之力，它们就会绝情地把它驱逐出去。然而，对于它们的母亲，又不能说它们全然没有个人的依恋。它们能从蜂群中发现她，哪怕她韶华已逝、身患伤残、悲惨可怜。尽管其他的蜂王正处于花信年华、繁衍能力强，但是，入口处还是保持一级戒备，她不能靠近蜂房半步。的确，这是它们政治体制中的一项基本原则。除非储藏有大量的蜂蜜，否则它们一刻也不会松懈，这有利于食物充裕的外来工蜂。

当蜂王完全丧失生育能力时，蜜蜂会供养一定数量的皇室公主来取代她的位置。老蜂王的未来该如何安置？对此，我们也没有确切的信息。不过，时常会发生这样的事情：养蜂人发现，一个光鲜亮丽的蜂王，朝气蓬勃、意气风发，端坐在蜂房中心的巢室里，在她的正后方，阴暗晦涩的角落里，蜷缩着一位年老色衰的"老情妇"——诺曼底的人们就是这样称呼老蜂王的。由此看来，蜜蜂们不得不百般戒严，因为她周围都是劲敌的觊觎，那些敌人无不希望老蜂王早点离世。蜂王之间有终天之恨，如果一个蜂房内出现两个蜂王，它们一定会一决雌雄。我们情愿相信，蜜蜂是想通过这种方式，在蜂房遥远偏僻的角落里，为它们的老蜂王提供一个粗陋的避难所，让它在那里安享晚年。

这个蜡质族群上演着成百上千的谜团，在这里，我们又遇蜜蜂们聚集在一起，兴致勃勃地围观即将进行的一场怪诞的决斗。不过它们会严守中立，绝不参战。

The bees, forming a circle around the two enemies, will eagerly watch the strange duel that will ensue, though remaining strictly impartial, and taking no share in it.

到一个。这再一次向我们证明，蜜蜂的习性和规则并非那么狭隘，也并不严格古板、事先设定、一成不变。它们行动的动机远非我们想象的那么简单。

二十四

蜜蜂认为自然法则是神圣不可侵犯的，我们却时常篡改这些法则。设想一下，倘若我们现在处在一个地心引力法则、光和热法则突然消失的空间内，我们将如何自处？而现在，我们却经常把蜜蜂置于与此相似的处境中。我们通过强力或者欺骗的手段把另外一只蜂王放进蜂房时，蜜蜂该如何自处呢？情况极有可能是这样的：在自然的状态下，由于城门一直保持高度戒备，所以自从这个世界出现蜜蜂之后，这类事情压根就没有发生过。然而，这突如其来的状况并没有扰乱它们的思维，它们仍然能够把自己视为神圣懿旨的两条原则融为一体。第一条是独一无二的母权制，除非在位的蜂王无法生育，否则，它们永远都不会违背这条原则。而且，即便是发生意外情况，同时出现两个蜂王的情况也是十分罕见的。第二条原则就更加奇怪了，虽然从没有违反过，但很容易让人联想到犹太人的逃税行为。无论蜂王是谁，正是这条原则授予她神圣不可侵犯的权利。对于蜜蜂而言，用自己那不计其数的毒刺刺死入侵者是件再容易不过的事，入侵者横尸当场，它们只需要清扫战场就可以了。虽然，这些毒刺随时准备攻击敌人，即便它们在自相残杀时，也是它们常用的武器。但是，它们从不会用毒刺对付蜂王，而且，蜂王也不会拿她的毒刺来对付人类、任何动物或她的任何一个臣民。不同于普通臣民的直刺，她的武器呈半月形。那神圣的武器永远处于闲置状态，只有和势均力敌的蜜蜂进行搏斗时，她才会使用它。换句话说，只有和另一只蜂王决斗时，她的宝剑才会出鞘。

看起来，没有哪只蜜蜂有胆量忍受，这种直接而血腥的弑君之罪导致的恐怖氛围，因此，无论何时，当族群的良好秩序和繁荣昌盛要求蜂王从容就死时，它们会想方设法地设计一个场景，让她看上去好像是寿终正寝。然后，将这桩罪过无限细分下去，最后也就不了了之了。

因此，借用养蜂人一个独特的比喻：蜜蜂们簇拥着这位高贵的入侵者。换句话说，它们用互相交织、数不胜数的肢体包围着它。因此，它们在某种程度上就形成了一个移动监狱，被俘者在里面动弹不得。它们会监禁它长达 24 小时，如果需要的话，直到被俘者饥馑或窒息而亡。

但是，如果这时，正统的蜂王逼近，嗅到了敌人的气味，就会显露出攻击的意向。监狱的活动墙壁会马上打开，蜜蜂们聚集在一起，兴致勃勃地围观即将进行的一场怪诞的决斗。不过它们会严守中立，绝不参战。因为法律早就规定，刺向母蜂的毒刺只能来自于另一只母蜂。看来，只有麾下拥有二百万部众的蜂王才有权利打击另一个拥有近二百万臣民的蜂王。

如果它们历经鏖战，仍不能决出胜负，如果双方都带有坚固的护甲，圆形的武器根本无法一击致命；如果其中一只蜂王显示出逃跑的迹象，此时，无论它是正统的君王还是陌生的来客，都会被立即抓住，投放到监狱中，直到它再次表现出攻击对手的意愿。应该补充的是，这个课题已经进行了无数次试验，无一例外，都是正统蜂王成为最后的赢家。也许是因为它意识到自己是主场作战，周围都是自己的臣民，因而产生了额外的勇气和激情。或者是出于这样一种情况：虽然蜜蜂在战斗的过程中严守中立，但是在监禁敌人时，可能会流露出徇私枉法的一面。因为它们的蜂王似乎很少遭受监禁，相较之下，陌生的来者却明显处于一种遍体鳞伤和羸弱的状态中。

蜜蜂拥有坚定不渝的忠诚之心，它们随时准备接受出乎意料的事情，其勇气令人动容。

In their unswerving loyalty, they will accept the most unexpected events with touching courage.

二十五

蜜蜂可以迅速地识别蜂王，对蜂王有一种深深的依恋，这可以通过一个简单的实验来证明。把蜂王从蜂巢中拖出来，蜂房内立即就会出现我前面一章描述的场景，到处弥漫着悲伤和苦恼的气氛。几个小时之后，把蜂王放回去，她所有的臣民都会簇拥着她，向她供奉蜂蜜。其中一部分蜜蜂还会构筑她的专用通道；另一部分则低垂着头，腹部高挺在空中，在蜂王面前表演一种热情洋溢的圆圈舞，同时伴随着悦耳的声响。毫无疑问，它们是在颂唱圣歌，这是它们的一种欢迎仪式，只有在欣喜若狂和表达庄严敬意时才会举行的仪式。

一个外来的蜂王想要毫发无伤地取代现有的蜂王，这简直就是痴人说梦。蜜蜂很快就能觉察出这个冒牌货。它们会抓住这个入侵者，把它投入到混乱可怕的监狱中。可以说，防守森严的监狱只有在它死后才会放松警惕，陌生来客活着出来的特殊情况基本上不会出现。

在此，我们注意到一个奇怪的现象，人类为了迷惑这些睿智的小昆虫，使它们屈服于自己的意志，被迫采取了多少精心设计的策略和外交手腕啊！蜜蜂拥有坚定不渝的忠诚之心，它们随时准备接受出乎意料的事情，其勇气令人动容。它们只把它看作不可避免的事情，而这种事情是自然致命的反复无常中的新情况。虽然用尽了所有的外交手腕，然而根据经验，在这些危险的权宜之计之后发生的绝望混乱中，人类还是要依靠蜜蜂那令人惊叹的判断力，依赖于它们精妙绝伦的法则和习俗中取之不竭的珍宝，依赖于它们对和平和秩序的热爱，依赖于它们对大众幸福的贡献，依赖于它们对未来的忠诚，依赖于它们纯熟的力量，依赖于它们性格当中最诚挚的公正无私，尤其依赖于它们在履行职责时永不倦怠的奉献精神。这些程序都隶属于养蜂业的技术性专著，逐一列举会使我们离题太远。[①]

① 带到蜂房来的蜜蜂通常被装在一个小铁笼里面，悬挂在两个蜂巢之间。铁笼上有一道用蜂蜡和蜂蜜制成的门，工蜂发泄完愤怒之后，转而撕咬这道门，因此把囚禁在里面的囚犯释放出来。蜜蜂一般会接受她的加入，不会带有太多排斥的心理。西明斯先生是位于洛亭丁的大养蜂场的经理，最近，他发现了另一个引进蜂王的方法，这个方法非常简单，而且，几乎每次都会成功。如果养蜂人重视养蜂艺术，那么，他就极有可能采纳这种方法。往往是蜂王自己的行为导致她的引进变得异常困难。它总是活泼好动，飞来飞去，躲躲闪闪，举止颇像一个入侵者，因此会引起蜜蜂的怀疑。经过工蜂的审查，它的可疑性往往很快就会得到证实。西明斯先生最初把想要引进的蜂王完全隔离，在半个小时之内禁止她进食。之后，他将孤立起来的蜂房里层盖子的一角掀开，将引进的蜂王放置在其中一个巢穴的顶端。由于刚才被隔离了一阵子，她受到了惊吓，当她发现自己身处蜂群中，她喜出望外。由于刚刚饿坏了，她兴高采烈地接受它们供奉的食物。工蜂被它的沉着冷静所蒙蔽，因此不再对她进行审查。它们可能认为是老蜂王刚刚返巢，因此，欢天喜地地迎接她的归来。这一观点看起来好像和休伯以及其他研究者的意见相左：蜜蜂根本不能识别它们的蜂王。无论如何，这两种解释貌似都有道理，尽管，真理可能潜藏在不为我们所知的第三种解释中。这只是再一次证明了，蜜蜂心理学是多么的复杂和晦涩。据此，也根据所有和生命有关的问题，我们仅能得出一个结论：除非以后得到更好的解释，否则，好奇心会一直占据我们的内心。

她的臣民惊恐万分，害怕失去她，它们都愿意陪伴在她左右，满足来自于远方，充满悲剧色彩的爱的渴求。

Her subjects are so fearful of losing her that they will all accompany her on this tragic and distant quest of love.

二十六

我们刚刚谈到了个人感情，就这个方面而言，还可以多聊几句。毫无疑问，这样的感情是存在的，但同样确定的是，它们的记忆转瞬即逝。在这个族群里，母蜂已经被驱逐数天之久，人类竟敢在这样的族群中安排一个新的蜂王来代替她。她那义愤填膺的臣民将以这样的方式来接受她，以至于你想尽快把她从致命的囚禁中解救出来，而囚禁她的监狱是专门为未知的蜂王保留的。因为蜜蜂有时间将十几处工蜂的居所变成皇室专用的蜂室，族群的未来也不再危机四伏。它们之间的感情会日益浓厚还是日益冷淡，这取决于蜂王是否代表着蜂房的未来。因此，我们时常发现，贞洁的蜂王正在进行一种危险的仪式，我们称之为“婚飞”（关于这一点，我稍后还会继续论述）。她的臣民惊恐万分，害怕失去她，它们都愿意陪伴在她左右，满足来自于远方，充满悲剧色彩的爱的渴求。但如果它们能够获得一小片包含有孵化室的蜂巢的话，它们绝不会出此下策，因为这样一来，它们就能够培育另一个蜂王。的确，假如它们的蜂王无力担负曼妙无穷的神圣职责（我们称之为未来社会，蜜蜂看待这份职责要比人类严肃得多），它们的感情甚至有可能转变为愤怒和仇恨。比如说，这样的情况时有发生：养蜂人出于各种各样的理由，阻止蜂王和蜂群聚居在一起，会在蜂房里安插一个格子架。行动敏捷、身材纤细的工蜂悄无声息地来去自如，但是对于那位爱情的奴隶、比自己的后代笨拙、肥胖的蜂王来说，这个格子架就相当于一个不可逾越的障碍。蜜蜂发现蜂王没有赶上它们的脚步，就重新返回蜂房，斥责那位不幸的囚徒，推搡她、虐待她，指控她懒惰，或者怀疑她意志薄弱。第二次离开时，它们发现她还是没有跟上。对它们来说，她那不坚定的信念就昭然若揭了，它们的攻击也因此愈发激烈。最后，当它们再次出发，还是得到相同的结果时，它们几乎不停地责骂她，指责她不忠实于自己的命运以及族群的未来，简直无可救药。随后，它们就会在皇家监狱里将她处决。

二十七

因此，蜜蜂看待一切事情时都着眼于未来，也就拥有了一种预见力、一种协调合作的精神，拥有了解释事件、逢凶化吉的技巧，这些一定会让我们由衷钦佩。尤其是当我们想到，最近我们的侵扰对它们来说是一件多么不可思议和骇人听闻的事情。你也许会说，在我们给出的最后一个例子中，它们进行了错误的解读，认为蜂王真的无力跟随自己。然而，如果一种难以捉摸的智慧体现在和我们有天壤之别的生物体上，这种生物体的行为又和自然的行为一样捉摸不定，如果说它设下这个陷阱，目的是转移我们的注意力，那么，我们的洞察力一定更敏锐吗？为了给雷电现象寻找一个有足够说服力的解释，我们不也耗费了数千年的时间吗？当一种智慧在自己的领地横空出世，面对并非滥觞于己的事物，都会有一种无力感。并且，极有可能出现这样一种情况，如果经常定期地拿格子架来对蜜蜂进行严峻的考验，最后它们将觉察出这个陷阱，并且采取措施规避它。它们已经对错综复杂的移动蜂巢了如指掌，对小盒子的各个部分也如数家珍。这些小盒子对称分布，迫使蜜蜂将多余的蜂蜜放在里面。至于蜡基的革新则超凡绝俗，蜂巢仅由一个纤细的蜡质圆周来指示，但它们能够马上掌握这种新系统所提供的优势，在不耗费体力、不蹉跎年华的前提下，小心翼翼地扩大了蜂蜡的范围，构筑了完美的蜂巢。只要它们遭遇的事情看起来不是那些奸诈狡猾、居心叵测的神灵设计的陷阱，我们应该相信，蜜蜂能找出最好、甚至是唯一有人情味的解决措施。让我们援引一个例证，这虽然是一个发生在自然的事件，但事情本身仍独具匠心——我指的是蜜蜂处置老鼠或鼻涕虫的方式。这些老鼠或鼻涕虫偶然间误入蜂房。入侵者被处决，蜜蜂不得不清理尸体，否则尸体就会荼毒它们的居室。想要驱逐或肢解它们，那简直是天方夜谭，但它们依旧会有条不紊地处理此事。它们将尸体密封在一个名副其实的坟墓里，这个坟墓由蜂胶和蜂蜡构筑而成，在蜂房普通的碑丛中鹤立鸡群。去年，在我的一个蜂房中就发现了三座这样的坟墓，毗邻而居，就像是蜂房里的蜂巢一样，彼此有界墙相隔，这样就不会浪费蜂蜡了。小孩子将蜗牛的残骸扔进蜂房，这些谨小慎微的掘墓人就在这些残骸之上修筑起坟墓。一般来说，在处理蜗牛时，它们倾向于封住蜗牛壳上的开口。不过，在这个例子中，蜗牛壳多少有些裂缝和破损，于是它们以简驭繁，直接将其封存起来。经过深思熟虑之后，为了使门廊的入口处空气保持畅通，它们还修筑了若干走廊，走廊的大小并不是以它们自己的身形为标准，而是以身形比它们大一倍的雄蜂为准。这个例子以及下面的一个例子，难道不足以让我们相信，它们迟早会发现蜂王不能穿过格子架，跟在它们后面的原因吗？它们有良好的比例感，肢体活动的空间感也很敏锐，在鬼脸天蛾（天蛾的骷髅头）充斥的地方，它们在蜂房的入口处修筑了少许蜡柱，严格规定蜡柱的尺寸，从而将这种大腹便便的夜间抢掠者阻挡在外，使其无法通过。

二十八

就这一点，我已经繁征博引，倘若要我把所有的例子逐一列举，那也是无稽之谈。回到蜂王的话题上来吧，我要谈论的是蜂王在蜂房中的地位以及她的作用，最恰如其分的描述莫过于说它是蜂房不可或缺的灵魂，也是蜂房全部智慧拥戴的中心。它虽君临天下，但亦是皇室的奴仆，代表了爱之责任，以及作为举足轻重的监护人所担负的责任。她的臣民鞍前马后，追随左右，对其顶礼膜拜，但是它们念念不忘，它们膜拜的并非蜂王本身，而是她要完成的那个使命以及她所代表的族群的命运。我们很难寻找到这样的人类共和国，其体制更多的是由整个星球的愿望组成；我们也很难寻找到这样的民主政体，能够提供更完美、更富理性的独立，这种独立能够同一种更符合逻辑、更加完整的谦恭结合起来。当然了，无论身处何处，我们也找不到更惙怛伤悴和更决绝的牺牲。但是千万不要以为，我赞美这种牺牲，已经达到了称赞其结果的程度。很显然，如果这些结果可以以较少的挫折和痛苦取得，那是再好不过的事了。但是一旦这个原则被普遍接受——从全球规划的角度来讲，这种原则也是必要的——我们就会对它的组织形式兴趣盎然。在这一点上，无论人类的真实情况如何，蜂房里的时光都不会是一段津津乐道的年华，因此只有让那些时光寒酸落魄、艰苦卓绝，才是最明智的选择，因为这有利于它们维持生计。蜜蜂们将其看作是一个义不容辞的共同职责，这个职责在它们当中平均分配，共同向着一个无限趋向于世界起源的未来努力。为了这个未来，每只蜜蜂都放弃了半数以上的权利和幸福。蜂王放弃了闲云野鹤的生活，放弃了明媚灿烂的阳光，放弃了花萼的亲吻。工蜂贡献了它们五六年的时光，它们不知道爱为何物，体会不到为人母亲的快乐。蜂王浑浑噩噩，生殖器官倒是受益匪浅；工蜂的情况恰好相反，生殖器官萎缩，反而有利于用智铺谋。如果说，在这些放弃中，意志没有发挥任何作用，这种说法是不妥当的。我们已经观察到，如果按照皇家规格锦衣玉食的话，每一个工蜂的幼虫都能变成蜂王。同样的，如果每一个皇室幼虫都褐衣蔬食，它也会沦落为一只工蜂。这些诡秘莫测的选择每天都在蜂房金色的阴影下上演。控制这一切的并非偶然事件，而是一种智慧，只有人类才能流露出这种智慧的忠肝义胆、庄重肃穆以及不眠不休的警觉。这种智慧既能开创基业，又能毁形灭性，还能够时刻警惕蜂房内外发生的一切。如果立谈之间，鲜花遍野，或蜂王美人迟暮、生育力下降，如果生齿日繁，空间不足，大家会发现，蜜蜂会着手喂养皇室成员。但是如果年谷不登，蜂房扩建，这些皇室成员就要被毁尸灭迹。一般来说，只要小蜂王没有完成或没有成功地进行婚飞，它们的性命就可以确保无虞。而当小蜂王返巢，后面带有战利品一样、确定无疑的受孕迹象，它就会马上被处决。这是一种平衡眼前和未来的智慧：宁愿选择未来未知的事物而放弃眼前清晰可见的事物。谁能够说清楚，这样的智慧停留在何处？这是一种未知出处的审慎，这种审慎选择或抛弃，褒扬或贬抑；这种审慎使得不计其数的工蜂养育了数以累计的蜂王，成千上万个母亲抚育出一个处女民族。这样的审慎身居何处？我们在别处已经声明，它存在于“蜂房之魂”中，然而，这种精神若不存在于工蜂集体之中，我们要去何处寻觅它的踪影呢？要确信蜂房之魂的确存在于这个地方，也许我们并不需要仔细钻研皇族的生活习性，只需要效仿杜家丁、布兰德特、福格尔和其他一些昆虫学家，将贞洁的工蜂那个饱经风霜、不太灵光的小脑袋，蜂王几乎空空如也的脑壳，以及公蜂那拥有 26000 只耀眼夺目眼睛的大脑壳并排放在显微镜下就足够了。从这个小脑壳中，我们就能洞察蜂房内最无拘无束、最角力杰出大脑具备的工作形式。从另一中秩序和组织系统来看，这是一种精妙绝伦、错综复杂、完美无缺的工作形式，自然中也只有人类能与之比肩。如同众所周知、放之四海而皆准的世界真理一样，大脑与权威和胜利如影随形，真正的力量和智慧相伴而生。在此，我们又一次发现，能够组织和征服物质的，能够在空虚和死亡那叹为观止、顽固不化的力量中赢得一席之地，并且永世长存的，总是这种神秘物质中无形的原子。①

二十九

现在，我们回到蜂群的话题，还没等我们从沉思中回过神来，蜜蜂们已经发出了起飞的信号。这个信号一旦发出，就好像有一股大气磅礴的气流奔涌而来，迫使蜂房广开城门。黑压

① 根据杜家丁的估算，蜜蜂的大脑是总重量的1/174，蚂蚁的大脑则为总重量的1/296；另一方面，脑部的发育一直和智慧战胜本能的程度保持同步。但是，脑部发育的重要性在蜜蜂中不如在蚂蚁中大。这个结论似乎是从下面这个估算中得来的，即认为蜜蜂和蚂蚁的智慧值大致相当。当然，估算的数值都是假定的，处理的也是极其模糊的课题。

压的蜜蜂把两倍、三倍甚至四倍的黑玉倾泻而出，倾其所有，毫无保留。黑玉汇成一股急湍如箭、波涛汹涌、川流不息的水流，顷刻间消逝于空间中。在这个空间里，无数晶莹剔透、兴致盎然的翅膀随着音符跃动，罗织成一层薄纱。有时，它会在蜂房之上轻微颤动，发出丝质薄纱般曼妙的簌簌声，不绝于耳，也许是项背相望的电气化手在其间紧张地罗织和修补那些薄纱。它飘忽不定，悸动盘桓，如同空中无形的手指转动着怡然自乐的面纱。它悠然自得，从鲜花到蓝天，静待着庄严肃穆的时刻或动身起程。最后，一只角低垂下去，另一只角高昂起来，光芒四射的披风使沐浴在阳光中的四只角步调协调，就像童话故事中奥妙无穷的飞毯一样，根据主人的指令，在空中飞翔。它扶摇直上或稍微前倾，好像是要把神圣的未来隐藏于飞毯的褶皱之中。或者直接朝柳树、梨树、柠檬树飞去，因为蜂王在那里栖息。它们簇拥着蜂王，每一阵抑扬顿挫的波动都沉声静气，就好像栖落于金色的铁钉上，将自己用珍珠和灿烂夺目的翅膀编织的织品悬挂起来。

随后，又一次寂然无声。倏忽之间，这振聋发聩的躁动声，这个明显令人不寒而栗的帘幕，透露出不可言宣的威胁和愤怒。这些从天而降的金色冰雹落在左邻右舍之后，仅仅变成了一大新的蜂房也会拔地而起，所有的居民对蜂房的位置铭记于心，蜂房内回荡着只有皇室成员出席时才会演奏的爱之赞歌，一切工作准备就绪。

The new city is founded, and its place established in the mind and the heart of all its inhabitants; the walls resound with the love-hymn of the royal presence, and work begins.

群善气迎人、爱好和平的蜜蜂，由成千上万个娟好静秀的小团体组成。它们悬挂在树枝上，静候寻找栖居之所的侦察兵归来。

三十

这是众所周知的第一个阶段，我们称之为“主群”，在主群的顶端，我们经常会找到老蜂王。一般来说，它们栖居在离蜂房最近的灌木丛树林中。至于蜂王，由于拖家带口，再加上自从婚飞以及去年的飞行之后，一直幽居于黑暗之中。此间，她差不多把她的翅膀束之高阁，自然而然的，她也就不愿意抛头露面，长时间在空中冒险飞行。

养蜂人等成群的蜜蜂集结完毕之后，他会带上一顶大草帽来保护自己（因为，即便是最颔首低眉的蜜蜂，如果被缠在发丝上，它也会认为自己内外交困，因此肯定会使用毒刺）。如果他经验老到，就不需要戴面纱或面罩了。他只需要采取一点防护措施，将双臂在齐肘深的冷水中浸泡之后，就可以用力摇晃蜜蜂栖居的树枝。此外，树枝底下放着一个倒置的蜂箱，用来召集蜜蜂。成群的蜜蜂自行落入蜂箱，就如同成熟的果实落地一样。或者，如果树枝太粗，他可以直接用勺子在蜂群里舀，然后就可以随意处置这些蜜蜂，就如同从仓库中舀出玉米一样，他根本不需要惧怕那些落在他手上、脸上，不停聒噪的蜜蜂。空气中回荡着它们欣喜若狂的歌声，这和它们愤怒的高歌大相径庭。他也不用担心蜜蜂会一哄而散、勃然大怒、抑或是仓皇而逃。我重申一下，很明显你要相信，在这一天，当节日的氛围似乎使这些神秘的蜜蜂焕发生机时，没有任何事情会惹祸招愆。它们远离自己要护卫的珍宝，它们也不辨敌友，它们俯首帖耳，因为它们被幸福包围了。不过，它们幸福的原因，我们却不得而知，也许是因为它们在按照自己的规则行事吧。当自然处心积虑地想要实现自己的目标时，她就会时不时地赋予生物一种盲目的幸福感。此时，蜜蜂成为自然愚弄的对象，我们也不必大惊小怪。人类在过去的几百年中，一直在钻研自然的活动，和蜜蜂相比，我们的思维也更加敏捷。然而，我们仍然是自然愚弄的对象，而且时至如今，我们也不清楚，自然究竟是悲天悯人还是冷酷无情，或者只是卑鄙下流、不仁不义。

蜂群会追随蜂王的脚步，蜂王栖落的地方就是它们的落脚地。如果蜂王独自返回蜂箱，一旦蜂群得到母亲撤离的消息，它们也会排起黑色的长龙，杖履相从。大多数蜜蜂会迫不及待地回到她身边，但还有相当数量的蜜蜂，会在人生地不熟的居接下来的第二个阶段，人类难寻其踪，蜂群返璞归真，人类再也寻觅不到其命运的轨迹。

It is rarely indeed that this second stage can be followed by man. The swarm returns to nature, and we lose the track of its destiny.

所门前徘徊片刻。它们围成圆圈，翩翩起舞，这是它们庆祝幸福时的庄重仪式。法国农夫说，“它们在击鼓备战”。随后，这个陌生的家园会立刻被它们接受，对最偏远的角落也会轻车熟路，对这个蜂箱在养蜂场的位置、蜂箱的构造、颜色都会了如指掌，铭刻在成千上万老谋深算、忠贞不渝的脑海中。附近的地标会被仔细地记录下来，新的蜂房也会拔地而起，所有的居民对蜂房的位置铭记于心，蜂房内回荡着只有皇室成员出席时才会演奏的爱之赞歌，一切工作准备就绪。

三十一

然而，即便是人类不收集蜂群，它们的历史也不会戛然而止，它们会一直悬挂在树枝上，直到工蜂返回。工蜂是蜂群中的侦察兵和带翅膀的军需官，它们一开始起飞时就肩负着一个使命，那就是去四面八方寻找定居点。它们陆续返回蜂房，汇报自己的战果。我们根本无法彻底了解蜜蜂的思想，对于它们呈现出来的景象，我们只有以人类的方式加以解读。我们认为情况可能是这样的：各个侦察兵发回的报告都得到了深切的关注，其中一只或许详细论述了它看到的一棵空心树的优势，另一只则对断壁残垣的裂缝情有独钟，或倾心于千岩万壑上的一处洞穴，或倾心于遭人废弃的洞窟。蜜蜂的这种集会经常被打断，它们要经过深思熟虑，有时持续到次日清晨。最终，决定下达，并且得到了全体成员的同意。在既定的时刻，全体蜜蜂骚动不安，星离雨散，向着新的居所起程。经过长途跋涉，日夜兼程，它们义无反顾地向着那个既定的遥远目标飞去。在这个旅途中，它们临危不惧，在飞行时不断调整自己的航线，飞越树篱和麦田，经过草堆和湖泊，路过河流和村庄。接下来的第二个阶段，人类难寻其踪，蜂群返璞归真，人类再也寻觅不到其命运的轨迹。

它们已经将出生之地的驷马高门、金玉满堂抛在脑后，尽管那里的生活曾是多么有条不紊和按部就班，那里的每一朵鲜花都能唤起它们对明媚阳光的回忆，让它们对严冬的威胁一笑置之。

They have forgotten the splendor and wealth of their native city, where existence had been so admirably organized and certain, where the essence of every flower reminiscent of sunshine had enabled them to smile at the menace of winter.

第三章　蜂房的根基

一

养蜂人将蜂群收入蜂箱，让我们仔细观察一下这个蜂群的活动吧。首先，我们不应该忘记这 50000 只贞洁的处女已经做出的牺牲，龙萨是这样歌颂它们的：

> 小巧玲珑的身体包含着一颗满腔热忱的心。

它们降落在那个不毛之地，开始了新的生活，让我们再次赞美一下这种勇气吧。它们已经将出生之地的驷马高门、金玉满堂抛在脑后，尽管那里的生活曾是多么有条不紊和按部就班，那里的每一朵鲜花都能唤起它们对明媚阳光的回忆，让它们对严冬的威胁一笑置之。在那里，它们遗弃了成千上万只仍安睡在摇篮深处的子女，从此咫尺天涯，不复得见。它们不仅对同甘共苦采集而来的珍贵蜂蜜和蜂胶弃若敝屣，而且对重达 120 磅的蜂蜜也毫不留恋。要知道，这个重量是全部蜜蜂体重之和的 12 倍，接近单只蜜蜂体重的 600000 倍。对于人类来说，这意味着一批重达

42000吨的供应品，一支满载无价之宝的万吨巨轮组成的庞大舰队。因为，对于蜜蜂来说，蜂蜜是一种液体的生命，是一种乳糜，它马上就可以被全部吸收，几乎不会留下任何废弃物。

然而在这里，在开辟的新居内，它们一无所有：没有一滴蜜，没有一块蜡，甚至没有方位标，也没有支撑点。家徒四壁，空空如也，平滑和圆形的墙壁被黑暗吞噬，巨大的拱顶之下空无一物。然而，蜜蜂却九死不悔，或者说，无论如何，蜜蜂都不会让这种情绪影响到自己的行动。其他任何一种生物面对这样的考验都会丧失勇气，只有它百折不挠，知难而进，显示出比平时更大的热情。起初，蜜蜂们着急降落，它们手忙脚乱。待到蜂房的位置确定下来，混乱的秩序稍有好转之后，我们看到，原本乱作一团的蜜蜂出现了历历可辨、出乎意料的划分。较大的一部分组成一个纵队，栉比鳞次地排列着，就像是接到明确命令的军队，开始攀爬蜂房的竖墙。第一个到达圆顶的蜜蜂用前腿的爪子紧紧抓住圆顶，后面一只挂在前面一只的身上，以此类推，直到形成一根根细长的链条，权作桥梁，供络绎不绝的后来者使用。随着链条数量慢慢地增加，彼此之间能够相互支撑，不断地缠绕在一起，终于形成一条条索环。当前赴后继、不断上升的蜜蜂爬上来之后，这些索环就变成一道厚重的三角形帘幕，抑或是像一种小巧玲珑的倒置圆锥体。圆锥体的顶点和穹顶的最高点相接，不断加宽的底座降至蜂房高度的一半或三分之二处。当一种内在的声音迫使这一组最后一只蜜蜂也成为这个悬挂在黑暗中的帘幕的一部分时，攀爬就结束了，圆顶下的一切活动也随之偃旗息鼓。之后，相当长的一段时间里，这个离奇古怪的倒置圆锥体会在万籁俱寂的沉默中静候神秘蜂蜡的出现，或许你可以认为这是一种虔诚的宗教仪式。

同时，其他的蜜蜂——留在蜂房底部的那些蜜蜂，丝毫没有显示出加入攀爬行列的欲望。即便幕帘的褶皱中会有神秘的礼物从天而降，它们对于那个鬼斧神工的幕帘进度也不屑一顾。它们只满足于巡视一下大厦，做一些必要的工作。它们会仔细地清扫地面，将树枝、沙粒和枯叶打扫出去，使地面一尘不染。因为蜜蜂有很严重的洁癖，严冬时分，风刀霜剑将养蜂人所谓的“大扫除”推迟得太久，它们宁可成千上万地死于一种可怕的肠道疾病，也不愿意玷污蜂房。只有公蜂对蜂房内的卫生无所容心，它们在蜂房内部肆无忌惮地随地大小便，工蜂只好追在它们身后进行打扫。

悬挂在空中的圆锥体欣喜若狂，这些不属于圆锥体的工蜂在打扫完毕之后，就开始谨慎地工作。它们要检查公共居所下层的周长，每一个小裂缝都逃不过它们的法眼，都要用蜂胶修补、粉刷。墙壁的上光工作也同步进行，从上到下，循序渐进。蜂房的门口处也派驻了守卫，须臾之间，相当数量的工蜂会飞向田野，满载花粉而归。

二

那个神秘莫测的幕帘下，隐藏着蜂房真正的根基，在揭开这个帘幕的褶皱之前，我们应尽力去形成一些观念。为了使新居满足自己的要求，这个小小的移民团体展示出独到的眼光、精打细算以及勤勉精神。在周围虚无缥缈的空间中，它们必须好好规划蜂房的未来，思维缜密地标注出蜂房建筑的地点，并且尽量多快好省地把建筑修造起来。对于蜂王来说，产卵是迫在眉睫的事情，蜂房里的蜂卵已经俯拾皆是。而且，迷宫的设计精妙绝伦。这样复杂的建筑目前只存在于想象中，因此，通风原则、稳固性原则以及完整性原则都要考虑在内。再者，也不能忽略蜂蜡的耐力、即将封存的食物的性质以及蜂王的习性等等。蜂房的各个部分都必须畅通无阻，仓库、房间、走廊、街道必须合理布局，精心设计。这些多少都是预先规划好的，这个规划已经设计得完美无缺。蜜蜂需要考虑的问题层出不穷，逐一列举实在是浪费时间。

如今，人类提供给蜜蜂的蜂房，形式多种多样，从空心树到陶器罐，这些形式在亚洲和非洲依然存在。还有用稻草扎成的钟形建筑，我们对此已经司空见惯，在农场主的厨房和花园之间或窗台下都可以见到这种蜂房。那些遗忘在向日葵、草夹竹桃属植物以及蜀葵之下的蜂房，可能才是真正意义上现代养蜂人的模范工厂。这种蜂房可以盛放300磅的蜂蜜，重叠的蜂巢有三到四层，都围在一个格架里面，便于蜜蜂移动和使用，便于利用涡轮机的离心力提取收获的蜂蜜，也便于将其复归原位，就像是秩序井然的图书馆里的一本书一样。

有朝一日，人类会出于奇思妙想或勤勉，把一个温文尔雅的蜂群放置在动荡不安的居所中。在此，这些娇小玲珑的昆虫要学会辨别自己的方位，摸清行动路线，建造家园。对于由万物固有的性质确定的、好像固定不变的规则，它们也要设法修改。在这举目无亲的地方，它们需要及早确定严冬储藏室的位置——不能位于半蛰伏的蜜蜂排放热量的区域之外，它们能凭直觉发现孵化室应该集中的准确地点——位置不能太高也不能太低，距离门口不能太远也不能太近，否则就会有无妄之灾。

蜂群也许刚刚离开一棵倒下的树的树干，树干中有狭窄幽长、平坦萧瑟的走廊，现在，它发现自己置身于塔形的建筑中，屋顶隐匿于黑暗，深不可测。或者通过一个屡见不鲜的例子，你也许会了解平时蜜蜂深藏于心的惊讶：多少世纪以来，蜜蜂一直生活在乡野蜂房的草顶之下，突然之间，它们被转移到庞大的柜子或箱子里，这些地方比它们的出生地要大三到四倍。它们置身于层层叠加、错综复杂的框架内，一些框架和入口平行，有的则和入口垂直，构成了一个迷人眼目的网络，它们的居所就隐迹于这个网络之下。

三

然而，尽管出现种种意想不到的情况，没有一个蜂群拒绝履行自己的职责，也不会因为人地生疏就感到困惑或意志消沉。除非新居确实无法安身立命，或者恶臭冲天。但即便面对这种情况，蜜蜂也不会心灰意冷，不会不知所措，它们绝不会放弃自己的使命。蜜蜂会当机立断，果断放弃不适之居，在附近另寻一处居所。同样的，人类永远也不能得出结论说，蜜蜂有可能会受到诱惑，做出一些思维混乱、愚不可及的事情来。它们经验丰富，从未失手，也不会做出任何不明智的决定，只是有时会随性恣意，建造一些不对称的房屋。虽然，你完全可以把蜂群放置在球体、立方体、角锥体结构里，抑或是椭圆形、多边形的篮子中，但是几天之后，你再去拜访它们，你就会发现，倘若这些聪明独立的小团体接纳了它们的新居，它们就会毫不犹豫、步调一致地选择出最舒适的位置。它们总是能够依据自己的方法，在这个荒诞不经的居所找出唯一适合居住的地点。虽然从人类的角度出发，它们依循的原则僵化老套，但效果往往蔚为可观。

当被放置到布满框架的巨型工厂（这些巨型工厂我们上面有所提及）时，那些框架之所以能够吸引蜜蜂，仅仅是因为能够为它们提供返巢的基础或出发点。很自然地，它们丝毫没有留意到人类的欲望和意图。但如果养蜂人细心警惕，用细长的蜡条封住位于格架上层的板条的缝隙，它们很快就会发现这一极具诱惑的措施显示出的优势。它们小心翼翼地将这些蜡条取走，并且根据原有的计划，用自己的蜂蜡做焊接，扩大蜂巢的面积。同样，这种例子在现代养蜂业中比比皆是。在万头攒动的蜂房内，如果框架从头到尾都被底蜡覆盖，它们就不会浪费时间在这些框架的内部或旁边修造任何建筑，也不会分泌无用的蜂蜡。然而，如果发现工作已经完成了一半，它们也会心满在智者骨化形销的地方，它们却能得到救世主的眷顾，最后发现那个投其所好的出口，获得自由。

Meeting here the good fortune that often waits on the simple, who find salvation there where the wiser will perish, necessarily end by discovering the friendly opening that restores their liberty to them.

意足地按照原有的规划将各个蜂巢加深、加长，并对偏离垂线的地方进行精心的调整。因此，照这样进行下去，在一周之内，它们就能使一座蜂房拔地而起，而且这座蜂房和它们放弃的那个一样富丽堂皇、美轮美奂。不过，倘若它们自力更生，不假外物的话，修造一座气势磅礴的蜂房和用蜂蜡建造一座光亮耀眼的仓库，则需要花费两三个月的时间。

四

这种假借他物的能力完全可以被认为是克服了本能的局限，实际上，最刚愎自用的做法莫过于人类对本能和智慧的划分（这两个称谓倒是恰如其分）。约翰·鲁博克博士对于蚂蚁、蜜蜂和黄蜂进行的观察研究奥妙无穷，自从蜜蜂放弃习以为常的工作的那刻起，他个人不愿意相信蜜蜂还有任何识别和推理的能力。某种程度上，他的这种态度和他对蚂蚁有一种不由自主的偏爱有关系，他对蚂蚁另眼先看，给予特别的关注。昆虫学家如果对一种昆虫给予了特别的关注，他就倾向于认为，这种昆虫比其他的昆虫更聪明睿智。因此，我们应该持论公允，避免自己出现这种个人的偏好。为了证明他的理论，约翰博士援引了一个例子，这是一项简单易行的实验。如果把五六只蜜蜂和同样数量的苍蝇放进一个瓶子中，之后将瓶子水平放置，底部朝向窗户。你会发现，蜜蜂执迷不悟，努力地寻找穿越瓶底的方法，直到力竭而死或饥馑而亡。反观苍蝇，在不到 2 分钟的时间内，它们就从瓶口安然脱身。据此，约翰博士得出结论说，蜜蜂的智慧着实有限，苍蝇则在摆脱困境、寻找出路时显示了更高超的技巧。然而，这个结论并非无懈可击。如果你愿意，你可以把那个晶莹剔透的瓶子转动 20 次，时而瓶口向窗，时而瓶底向窗，你会发现，蜜蜂会随着瓶子的转动而转动，以便自己能始终朝向阳光。正是它们的喜光性和无人能及的智慧，使这位英国专家的实验毁于一旦。不言而喻的是，它们认为无论被困何处，出口一定在光亮的一侧，它们也据此采取措施，过于执着这个合乎逻辑的行为。对于蜜蜂来说，它们身处自然，从来没有遭遇过比自然更诡秘莫测的事情，对于这种一时之间难以克服的困难也毫无经验。而且，它们的智力越高，就越不容易理解和接受那个诡秘的障碍。而那些愚不可及的苍蝇，根本顾不得什么逻辑，对于瓶子的奥秘毫不顾忌，甚至对曙光的呼唤也置若罔闻，只是惊慌失措地到处乱飞。头脑简单的动物总是有一些好运气，在智者骨化形销的地方，它们却能得到救世主的眷顾，最后发现那个投其所好的出口，获得自由。

还是同一位博物学家，他引述了另一个例子来证明蜜蜂缺少智慧，并且援引美国伟大的养蜂业先驱、德高望重的朗斯特罗斯的话来证明自己的观点。

因为苍蝇本不是以馥郁芬芳的鲜花为生，它们生活在顷刻间就能遭遇灭顶之灾的液体中。因此，当它栖落在任何盛有液体的容器上时，它会谨小慎微地享用一切。而可怜的蜜蜂，匆忙之间一头扎了进去，很快就一命呜呼了。同伴的悲惨遭遇丝毫不能阻止它们接近那个蛊惑人心的诱饵，它们前赴后继地重复着那些垂死挣扎和长眠不起的战友的悲惨命运，最终浮尸遍野。如果一个人没有目睹过成千上万只饥肠辘辘的蜜蜂袭击糖果店的情景，他不会理解蜜蜂昏聩无能到何种地步。我曾见识过漫天遍野的蜜蜂在糖浆中苦苦挣扎，它们最后都困死其中；还有数千只蜜蜂义无反顾地落在滚烫的糖水上，地板上伏尸百万，连窗户也被蜜蜂遮挡，密不透光。有一些在膝行匍匐，有一些在漫无目的地飞行，还有一些身上沾满了糖浆，既不能爬行，也不能飞行。最终，只有不到十分之一的蜜蜂能将孤注一掷得来的战利品带回巢穴，可还是有数以万计无知的蜜蜂接踵而至。

然而，对我来说，这就如同战场上随时出现的意外情况一样，根本不能得出确切的结论。就如同对于一个致力于证实人类认识局限性的超级观察家来说，酗酒对他造成的危害也许微乎其微，根本不值一提。和我们相比，蜜蜂在这个世界中的处境相当怪诞。它们原本生活在不好不坏、混沌无知的自然界中，周围没有神通广大的生物存在——这种生物总是扰乱恒定不变的自然法则，总是制造华而不实、艰深晦涩的现象。在万物的自然规律中，在枯燥无趣的森林生活中，朗斯特罗斯描述的那种疯狂的举动，只有当整个蜂房遭受灭顶之灾，储藏的蜂蜜荡然无存时，才有可能发生。然而，即便是在那种情况下，也没有追魂夺命的玻璃，没有沸腾滚烫的糖水，没有深恶痛绝的糖浆。也就是说，除了所有生物在追捕猎物时所冒的风险之外，它们不会死于非命或遭受无妄之灾。

假如有一股高深莫测的力量步步为营，侵蚀着我们的理性，我们是否还能气定神闲，是否比蜜蜂做得好呢？我们先不要急于对蜜蜂愚蠢的行为求全责备，因为这样的行为是我们强加于它们的。也不要对它们的智慧冷嘲热讽，因为这种智慧在识破我们的诡计方面还力不从心，就像我们自己还没有能力识破高我们一等的生物的诡计一样。这样的生物尚不为我们所知，但并不意味着没有存在的可能，只不过目前我们对这种生物一无所知。因此，我们得出结论：自己是地球上的万物之灵。然而，这样的信念毕竟不是不刊之论。当我们的行为失去理智或鄙于不屑时，我们仅仅是落入了某种生物设下的圈套。我并不是在做某种假设，总有一天，这种说法会被证实它并不是不根之谈。另一方面，仅仅因为蜜蜂不能把我们和类人猿或黑熊区分开来就否认蜜蜂的智慧，这也是不智之举。可以肯定的是，在我们内心，在我们周围，一定存在一些大同小异的力量和影响，我们对其视若无睹，无法对其做出区分。

在为蜜蜂辩护的过程中，我指责约翰·鲁博克博士所犯的错误，可是我自己也多少有些明知故犯。最后，为了结束这种辩护，我想说，有这么大的能力去做蠢事，不正说明智慧的存在吗？因为这才是在智慧的未知领域，事物明显表现出的最优柔寡断、最局促不安的状态。智慧之光同样也是激情之光，没有人能够明白，这光芒是火焰上升腾起的滚滚浓烟还是烛火上升起的渺渺轻烟。在上述例子中，促使蜜蜂享受饕餮盛宴的绝不仅仅是动物本能的欲望，它们在蜂房的储藏室中可以无拘无在蜂房以外，它们表现得极为谦虚有礼、隐忍克制。事情只要不是迫在眉睫，它们就会避影敛迹，对侵扰它们存在的事情也敬而远之。

Outside the hive, they display extreme condescension and forbearance. They will avoid whatever disturbs them, and affect to ignore its existence, so long as it come not too close.

束、悠闲自在地享受。如果在类似的场景中观察它们，追寻它们的踪迹，你会发现，一旦它们的液囊装满，它们就会马不停蹄地赶回蜂房，把自己的战利品上交，之后再回到匪夷所思的葡萄园，接着即刻不停地返巢。如此重复，一个小时之内能达30次之多。它们那叹为观止的劳作只有一个目的，那就是为它们的姐妹、为它们的家园带来财富，多多益善，同时也是为了点燃它们未来家园的希望之光。当我们为人类的愚行找到同样的客观原因时，我们一定会用另一个名称取而代之。

五

真相必须全盘托出：它们夙兴昧旦、它们深谋远虑、它们自我牺牲创造出诸多奇迹。在这些奇迹中，有一件事情会使我们的赞叹大打折扣，那就是它们竟然对自己同伴的不幸或死亡没有丝毫恻隐之心。蜜蜂的性格中有一种奇怪的双重性，在蜂房内，所有的蜜蜂相濡以沫，彼此爱护。它们精诚团结，好似同一灵魂下的美好思想，如果一只蜜蜂受到攻击，其他的蜜蜂会群起攻之，为其报仇。但在蜂房之外，它们却形同陌路，互相摧残、互相踩踏——或者更确切地说，根本不是那么回事，这种残忍一无是处，因为事实如此，不容置疑。如果你在距其居所只有几步之遥的蜂巢上，玩弄或踩踏二三十只从一个蜂箱里飞出的蜜蜂，那些毫发无伤的蜜蜂会对此置若罔闻。它们会用像中国武器似的奇形怪状的舌头，若无其事地吮吸着比它们生命还重要的甘露，对身边垂死挣扎的同伴坐视不理。即便它们只有咫尺之遥，对周围的哀号之声也充耳不闻，任由它们横尸眼前。当蜂房内空空如也，再也输不起任何东西时，它们焦虑万分，只是想疯狂地收集受害者身上的蜂蜜。这样的目的促使它们爬到行将就木和死于非命的同伴身上，却对死伤遍野的场景不闻不问，对自己的同伴也漠不关心。因此，在这种情况下，它们丝毫意识不到自己的危险，对周围尸横遍野的场景也无动于衷，丝毫没有团结意识和恻隐之心。对于危险，我们有现成的解释。蜜蜂无所畏惧，在这个世界上，它只对烟雾感到恐惧。在蜂房以外，它们表现得极为谦虚有礼、隐忍克制。事情只要不是迫在眉睫，它们就会避影敛迹，对侵扰它们存在的事情也敬而远之。好像它们明白，这个宇宙属于大家，每个人都各司其职，必须谨慎克制、和平共处。但就是在这样委曲求全的外表之下，隐藏着一颗果敢自信的心。它们从来不会抱怨、不会抗议，倘若受到威胁，它们即使改变自己的行事方式，也绝对不会临阵脱逃。然而在蜂房内，它们不会被动地忽视危险，只要是胆敢亵渎它们神圣的避难所，不管是蚂蚁、狮子还是人类，它们都会怒不可遏，一拥而上。我们也可以根据我们的思维习惯，将其称之为雷霆之怒、怙顽不悛或英雄主义。

然而，当提及它们在蜂房之外四分五裂的状况时，甚至是蜂房内部的同情心时，我的确无话可说。我们可否理解为，每一种智慧都有自己奇特的局限，飘忽不定的小火苗历经艰难险阻，最终通过自己的方式在惰性物质上脱颖而出，并且在大脑里迸发出来。如果它的火势再强一点，是不是其他地方就要陷入更漫长的黑暗之中？在此，我们发现蜜蜂（或者是通过蜜蜂起作用的自然）已经组织起共同的工作，即对未来的热爱和崇拜，它们的方式精妙绝伦，无人能敌。是不是出于这个原因，它们才对其他蜜蜂视而不见？它们把爱奉献给了未来，而我们则把爱奉献给周围的人。也许，因为我们热爱现在，所以没有精力再热爱未来了。尘世中，最变幻莫测的莫如怜悯和施舍的对象了，对于蜜蜂的冷漠无情，前人受到的震撼比我们要小得多。对于古人来说，蜜蜂的行为无可非议。另外，如果有一种生物也在注视着我们，就像我们注视着蜜蜂一样，我们能说，我们有多少行为让他们感到震撼吗？

它们生活在地广人稠的蜂房内，各司其职，分工细致，各个劳动形式的组合浑然天成、惊世绝伦。

(They live in) a republic so considerable, wherein the labours are so varied and so marvellously combined.

第四章　蜜蜂的生活

一

为了对蜜蜂的智力有一个更为清晰的概念，我们继续考虑一下它们之间的交流方式吧。毋庸置疑，蜜蜂彼此心领神会。它们生活在地广人稠的蜂房内，各司其职，分工细致，各个劳动形式的组合浑然天成、惊世绝伦。倘若成千上万的蜜蜂想要保持沉默和精神独立，这个蜂房恐怕无以为继。因此，它们必须曲尽其妙、有言必中，所用的方法要么是语言词汇，要么更可能是某种触觉语言或磁性直觉；它们的交流方式可能和事物的某种感觉和性能相对应，而我们对这种感觉和性能却茫然无知。这种直觉可能来源于神秘的触须中——根据切希尔的计算，工蜂的触须中可能含有一万两千根触毛和五千根“嗅觉管”，它们就借此在黑暗中摸索和探测。蜜蜂之间的相互理解并非局限于日常的劳作，在它们的语言中，突如其来的事件也占有一席之地，甚至还有专门的称谓。无论是喜讯还是噩耗，司空见惯的消息还是超自然的信息，都可以在蜂房内不胫而走，这就是明证。例如，蜂王的失势或返巢，敌人擅闯城门，陌生蜂王的入侵，抢掠者兵临城下，发现宝库等等，不一而足。它们的态度特征鲜明，在不同的场合中，它们的窃窃私语也有天壤之别，经验丰富的养蜂人不费吹灰之力就能明白它们在困扰什么，因为它们局促不安地在阴影中徘徊。

如果你想得到更明确的证据，你只需要在你家窗台或桌角处滴上几滴蜂蜜，然后，观察尾随而来的蜜蜂就可以了。它迫不及待地想要享用这餐珍馐美馔。在不叨扰它的情况下，你可以从容不迫地用油漆在它的胸前做一个小小的标记。表面上，它好像是一个饕餮之徒，然而，蜂蜜并不会进入它真正的胃中，也就是进入我们所谓的“胃”里，而是保留在液囊中——那是它的第一个胃，人们不妨称之为集体之胃。液囊装满之后，蜜蜂就会飞走，但是它不像苍蝇或蝴蝶那样率性而为，思虑不周；相反的，首先，它会头朝着房间的方向倒飞一会儿，急切地在餐桌或窗台上徘徊。

它这是在勘探地形，将珍宝的确切位置深铭肺腑，之后，它返回蜂房，把自己的战利品上交于储藏室，三四分钟之后即刻返回，在那个带来好运的窗台上重复之前的操作。如此一来，只要是窗台上还有蜂蜜，它们就会往来穿梭，五分钟一个来回。如果需要的话，可以一直持续到黄昏时分，其间心无旁骛，也顾不得休息，就这样，在蜂房和窗台之间穿梭往返。

数以千计的姐妹们聚居的大家庭并非其乐融融、坦诚相待，这的确是一桩可悲的恶行。

These were sad vices indeed, which give not forth the sweet odour, so fragrant and loyal, that springs from the home of the many thousand sisters.

二

许多撰写过蜜蜂专著的作者都认为，对真理进行一点修饰无可厚非。但我无意如此，因为，如果这类研究不可或缺，最基本的就是要平铺直叙，保持自然的状态。假如你想要强迫我接受这个结论，即认为发生在蜂房之外的事情，蜜蜂之间无法声气相通，那么，本书的发现一定会让你感到一丝失望。为了弥补你们的失落情绪，我想我应该再次承认，人类毕竟是我们这个星球上唯一具备真正智慧的生物，好让你们获得一丝满足。现在我们已经到达人生的另一个阶段，在这个阶段，谈论信而有证的事情总比谈论仅仅是触目惊心的事情要更怡然自得。就像这个原则下的任何一个例子一样，假如此刻，赤裸裸的真相并非那么妙趣横生，并非那么崇高伟大，远不及我们发挥想象力加以润色的幻象，那么，错误一定源于我们自身。因为时至今日，我们仍然不能感知，真理总是和人类自身以及自然法则之间保持着某种惊心动魄的联系。如果是那样的话，需要修饰和拔高的不应是真理，而是我们的智慧。

因此，我直认不讳，标上记号的那只蜜蜂经常独自返巢。我们是否应该相信，蜜蜂和人类一样存在着性格差异，有的油嘴滑舌，有的沉默寡言？一位朋友就站在我身边观察我做实验，他宣称，那么多蜜蜂不愿意透漏它们财富的来源，不愿意与其他的蜜蜂分享功成名就的荣耀（这些荣耀对于蜂房来说具有举足轻重的意义），显然是因为它们自私自利和爱慕虚荣。数以千计的姐妹们聚居的大家庭并非其乐融融、坦诚相待，这的确是一桩可悲的恶行。不管原因为何，另外一种情况也时常发生：那只幸运的蜜蜂在返回蜂蜜所在地时，身边还跟着两三个朋友。我留意到，约翰·鲁博克博士在论述“蚂蚁、蜜蜂和黄蜂”的著作中，附录部分用连篇累牍的表格详细记载了他的观察结果。通过分析这些表格我们推断出，蜜蜂接受发现珍宝的蜜蜂的指引是旷古未有之事。这位博学多闻的博物学家没有标明试验中选用蜜蜂的品种，他也没有告诉我们，当时的条件是否极不利于做实验。至于我自己，我只能说，我的表格是精心设计出来的，慎终如始——每一个步骤都采取了防范措施，以防蜂蜜的气味直接吸引蜜蜂。在此基础上得出的结论是：十次当中，平均有四次，蜜蜂会指引别的同伴前来采蜜。

甚至有一天，我无意中发现一只娇小玲珑的意大利蜜蜂，便在它的胸前做了蓝色的标记。在她第二次前来时，我在不惊扰它的情况下，使它带来的那两个姐妹陷于缧绁。当它再次前来时，它又带来了三个朋友，我如法炮制。这样一来，当天下午清点被我囚禁的蜜蜂数量，我发现，它已经把消息传达给不下 18 只蜜蜂了。

事实上，如果你亲自做这个实验，你会发现这样的交流即便不是习而不察，至少也很频繁。美国的猎蜂人对蜜蜂的这种能力了然于胸，他们就是凭借这一点来寻找蜂窝的。约西阿·埃默里先生曾就此事发表过评论（罗曼尼斯在《动物的智慧》一书中曾引述他的话）：

“他们带着蜂盒前往野外，或家养蜜蜂鞭长莫及的树林中，在花丛中捕捉一只或几只蜜蜂，将它们关进蜂盒中，直到它们浑身沾满蜂蜜，再将它们放出。这样，它们轻而易举地获得了满满一身的战利品凯旋了。然后，我们所能做的就是耐心等待一段时间，时间的长短取决于蜜蜂和树之间的距离。结果，捕蜂人总能发现那些蜜蜂带着同伴返回，屡试不爽。之后，他们如法炮制，把这些蜜蜂也关进蜂盒，让它们浑身沾满蜂蜜，然后，相隔一段距离把蜜蜂逐一放走，将蜜蜂飞行的方向记录下来。这样，通过一种三角函数的计算，蜂巢的位置大体上就确定下来了。”

蜜蜂在蜂房内的工作笙磬同音，令见者咂舌，它们各司其职，分工精细；工蜂们轮流值班，有条不紊。

Of such, are the remarkable harmony of their work in the hive, the extraordinary division of labour, the regularity with which one worker will take the place of another.

三

在实验中，你还可以观察到，那些接受邀请的蜜蜂并非一直形影不离，而且不同时间飞来的蜜蜂之间总是有几秒钟的间隔。约翰·鲁博克博士在研究蚂蚁的过程中也遇到了类似的问题，并且予以解决。因此，要了解蜜蜂在这期间的一些沟通和交流，我们需要把那些问题再问一遍。

那些飞往珍宝聚居地的蜜蜂究竟是仅仅在第一只发现财富的蜜蜂后面亦步亦趋，还是说，它们其实是奉命承教而来？在第一只蜜蜂的指引和描述下，它们能找到正确的地点吗？这两个假设直接关系到蜜蜂的智慧进化到什么程度，以及蜜蜂的工作方式。不言而喻，这两者之间存在着天壤之别。那位英国专家经过研精苦思、别出心裁地安排旋梯、走廊、丰水期的护城河和浮桥，成功得出了这样的结论：在这种情况下，蚂蚁不仅仅只是追随开创者的步伐。对于蚂蚁来说，我们可以设计一些通道，让它们按照设定的路线行走，这个实验也就具有可行性。然而，对于蜜蜂来说，它的翅膀使它无拘无束，因此，必须设计出一些其他的试验方法。我设计出下面一个方案，虽然不能得出确切的结论，但如果组织严密，在理想的状态下，还是有可能得出笃定和称心如意的结论的。

我在乡下的书房位于一楼，上面是一个高大空旷的屋子，因此，除了栗子树和柠檬树花团锦簇的时节，它都超出了蜜蜂日常的飞行高度。而且，在实施这个实验的一个多星期以前，我就在餐桌上摆放了一盒敞开的蜂蜜，同时防止香气吸引或诱使任何一只蜜蜂前来。之后，我从靠近房子的一个玻璃蜂箱中取出一只意大利蜜蜂，将它带到我的书房，放在蜂盒上，在它进食时给它做上标记。

酒足饭饱之后，它返回蜂房。我尾随其后，发现它飞越黑压压的蜂群，一头钻进一个空巢，将它身上的蜂蜜上交，并且准备再次出发。在蜂房入口处，我放置了一个玻璃盒，里面用天窗分成了两个区间，那只蜜蜂形单影只地飞进盒子，没有一只蜜蜂想要陪伴或追随左右。我把它关在里面，让它偶影独游，无人慰藉。之后，我相继用 20 只不同的蜜蜂来重复我的实验，当带有标记的蜜蜂再次单独出现时，我像对待第一只蜜蜂一样，把它囚禁起来。但是，其中有 8 只蜜蜂，在来到蜂房入口、进入玻璃盒时，有两三个朋友相随。我利用天窗把带有标记的蜜蜂和它们的同伴隔离开来，把它们作为囚徒关在第一个隔间里。随后，我用不同的颜色给它的同伴做了标记，打开第二个隔间，让它们恢复自由。我自己则快速返回书房，静候它们的到来。现在显而易见的是，如果它们之间存在着一种语言或磁性交流，指明了地点，描述了路线，那么，一定会有蜜蜂获知这个信息，知道通往书房的路线。然而，我不得不承认，仅有一只蜜蜂飞来了。这仅仅是巧合，还是它是接到指令后来到这里的？这个实验计绌方匮，而且由于客观条件的限制，我不能把这个实验继续下去了。我把作为“诱饵”的蜜蜂放掉了，很快，我的书房又萦绕着嘈杂的蜂鸣，它们肯定是得知了获得珍宝的路线。

大家不必为我这个不成熟的实验劳身焦思，因为，其他许多稀奇古怪的特征也迫使我们承认，蜜蜂之间存在着某种精神交流，而且这种交流的内容不能仅仅用“是”或“不是”作答。这在许多例子中都显而易见，人们仅仅用举例和手势来说明问题是不够的。例如，蜜蜂在蜂房内的工作笙磬同音，令见者咂舌，它们各司其职，分工精细；工蜂们轮流值班，有条不紊。我经常给清晨外出觅食的蜜蜂做上标记，我发现，除非百花争艳，否则它们下午一般都待在孵化室，忙着调节温度。或者为那个诡秘莫测、屏声静气的幕帘添砖加瓦。而在幕帘中间，制蜡的工蜂和雕刻匠敬事不暇。我同样注意到，那些连昏接晨地在外采集花粉的工蜂，第二天就不再负责采集花粉，而是专心致志地寻找花蜜，反之亦然。

四

我们不妨进一步提到“蜜蜂在产蜜植物上的布局”，这是由法国那位闻名遐迩的养蜂专家乔治·德拉扬先生论述的。日复一日，旭日初升之际，黎明的探索者返巢，蜜蜂睁开惺忪的睡眼，聆听来自大地的佳音：“今天，运河岸边的柠檬树繁花似锦”，“路边草丛中开满了白色的三叶草”，“鼠尾草和荷花含苞待放”，“木樨草和百合花的花粉触目皆是”。一旦听到这样的消息，蜜蜂们马上开始行动，组织分工。年富力强的5000只蜜蜂动身前往柠檬树，另外3000只后辈小生则前去拜访白色三叶草，在那里享受饕餮盛宴。昨天在花冠上饱食花蜜的那些蜜蜂，今天，会让自己的舌头和液囊暂时休息，忙于采集木樨草上的红色花粉，或者去高大挺秀的百合树上采集黄色的花粉。一只蜜蜂采集或混合不同颜色、不同种类的花粉，这种事情绝无仅有。的确，蜂房的当务之急就是如何在储存室里有序地存放这些花粉，它们必须严格按照颜色和来源进行划分。因此，深藏于心的天赋就发号施令，工蜂立刻排成黑色的纵队，整装待发，每只蜜蜂都专司其职。德拉扬先生说，对于方位、相对产蜜价值以及每一种产蜜植物离蜂房的距离，蜜蜂好像都如数家珍。

如果我们一丝不苟地将这些采蜜者飞行的各个方向都记录下来，并细致入微地观察它们从周围不同植物上采集的花蜜，我们就会发现，蜜蜂在花朵上的分布不仅和这种花的数量相对应，而且还和产蜜的价值息息相关。不仅如此，它们每天都精打细算，到底采用什么手段才能尽可能多地获取糖液。初春之际，柳树花凌寒开放，然而田野仍草木萧疏，森林中首先绽放的花朵就成为蜜蜂的第一个蜜源。我们会发现，它们迫不及待地造访金雀花和紫罗兰，疗肺草和银莲花。不过，几天之后，甘蓝菜和油菜花也争相开放时，尽管林中的花朵依旧盛开，蜜蜂对它们也弃若敝屣，一心一意地造访甘蓝菜和油菜花去了。日复一日，它们就以这种方式不断调整着自己在植物上的分布，以求事半功倍——以最少的时间获得最有价值的甜液。

因此，我们可以理直气壮地宣布，无论是在采集劳动还是蜂箱内部，蜂群都能够合理地安排数量布局，同时又不破坏劳动分工的原则。

五

也许，有人会问，我们应该如何界定蜜蜂的智慧呢？蜜蜂那里存在着物质和精神、族群和个人、演变和稳定、生和死、过去和未来：这一切都存在于这个一目了然、轻徙鸟举的蜂房内。

Spirit and matter are there, the race and the individual, evolution and permanence, life and death, the past and the future; all gathered together in a retreat that our hand can lift and one look of our eye embrace.

聪慧还是愚蠢，和我们又有什么关系呢？我们为什么要在这个几乎看不见的微小部分上倾注如此多的心血，好像它是一种和人类命运休戚相关的液体一样呢？我认为，我们之间辅车相依，这种观点并不是有所保留或夸大其词。在人类之外发现有真正的智慧存在，会让我们的心头涌现出一种情绪，这种情绪类似于罗宾逊·克鲁索在那孤岛的沙滩上发现人类足迹时的那种心情。也许我们并不像我们想象中的那般孤立无援。诚然，我们努力想要洞悉蜜蜂的智慧，为的是在它们身上研究自身最宝贵的本质：无论那种超凡物质的原子依附于何处，它都具有摧枯拉朽的力量，这种力量用来转化盲目的必然性，组织、润色和繁衍生命。最触目惊心的莫过于它还能暂时消弭死亡那执而不化的力量；阻挡那股几乎席卷一切事物的巨浪，而这股巨浪可以将它们带入到永恒的无意识状态中去。

当那种物质的微小粒子保持一种兴旺或炙热的状态时，我们就称之为智慧。倘若我们独自占有这种粒子，在某种程度上，我们就有资格宣称自己是地球上独有千秋的存在，认为自然在我们身上实现了某种目的。不过，我们发现，在膜翅目昆虫中存在着整个科目的生物，在它们身上，自然也多少实现了有些类似的目的。也许这个事实并不能说明什么，但在那些薄物细故之中，它仍应荣膺一席之地，因为，它让我们明白自己在这个世界上所处的位置。如果从某种特定的角度来看，它还提供了一个耳目一新的证据，证明人类生存状态中最高深莫测的部分。我们站在一个无以复加的制高点上，在蜂房内发现了人类和蜜蜂重合的命运。然而，当我们对人类的命运进行反思时，往往达不到这样的高度。我们面前展现的是一个具体而微的世界，看到的是一些简单粗犷的线条，那是在浩瀚的星球中，我们绝无可能了如指掌和探究到底的。那里存在着物质和精神、族群和个人、演变和稳定、生和死、过去和未来：这一切都存在于这个一目了然、轻徙鸟举的蜂房内。难道我们不该扪心自问，仅以蜜蜂一个躯体的大小，在时空中占据的弹丸之地，能否像我们想象的那样，在一定程度上修正自然的秘密意念？我们希望在蜂房短暂的历史中寻找这种意念，蜂房在数天之内就能沧海桑田，世事变迁，就像是在人类伟大的历史长河中，三代人就能经历一个世纪。

六

接下来，让我们继续讲述蜂房的故事吧。我们接着上次的继续讲下去，让我们尽量高举那垂花雕饰的幕帘的一角：蜂群在里面分泌出一种洁白如雪、轻若绒毛的奇异汗液。眼前分泌出的蜂蜡和我们以前所知的蜂蜡有天壤之别，它洁白无瑕、薄如蝉翼，看起来真像是蜂房之魂，而它本身也是花朵的精神所在。这种息迹静处的咒语已经引起我们的注意。我们认识到，它以后可以为我们所用，就像是人类祭坛上最后一束馥郁芬芳的光线一样。毋庸置疑，它唤起了我们对其起源的记忆，在那里，它与湛蓝如水的天空融为一体，洋溢着华丽纯净的芬芳。

七

想要究诘筑巢蜂群分泌和使用蜂蜡的各个阶段，那是相当困难的。这一切都发生在蜂房最幽暗深邃的角落里。此时，蜂群有增无减，人头攒动，也许是在尽力获得泌蜡所需要的温度，这也是富于春秋的后辈的特权。休伯是研究此类现象的第一人，他以难以置信的耐心，甘冒间或出现的倒悬之急，全身心地付出，最后写出了 250 多页的笔记。这些笔记虽然百读不厌，但多少有些眩视惑听。当然，这情有可原。我并非从技术角度来看待这个话题，涉及休伯那令人肃然起敬的著作时，我只是进行泛泛的解读，不做深入分析。而这些知识，任何一个曾将蜂它们仿佛都是从天而降，联翩而至，没有哪只能独当一面，但它们会分工合作，互通有无，共同完成这项任务。

All appearing unexpectedly, suddenly, one after the other, none completing the work, but each bringing her share to the task in which all combine.

群收集到玻璃蜂房内的人都能明白。

首先我们不得不承认，迄今为止，那悬挂着的、玄妙莫测的蜂群中，蜂蜜通过何种点金术转变成蜂蜡，我们不得而知。对我们来说，确定无疑的是，蜜蜂会一直保持这样的悬挂姿态，长达 18 到 24 个小时。蜂房里面铄石流金，人们几乎可以相信，蜂房中间燃烧着熊熊烈火。随后，玉润冰清的白色鳞屑会出现在蜜蜂脐下四个小蜡囊的开口处。

因此，组成那个倒置圆锥体的大部分蜜蜂身上，都装饰有象牙色的薄片。此时，我们会发现其中一只蜜蜂好像突然灵光一现，从蜂群中脱离出来，在那些俯首帖耳的蜜蜂后背上爬过，直至到达圆顶内部的顶端。它像磐石一样屹立于此，努力用头撞击周围的姐妹，好像它们妨碍了自己的行动。然后，它用嘴和爪子紧紧抓住挂在腹部的八片鳞屑之一，它当机立断，剪断它、铺平它、延展它；用自己的唾液糅合它，把它变弯，又把它展平；卷起它，又把它拉直，像极了一位运掉自如的木匠在摆弄一块柔韧的薄板。最终，当它认为经过如此处理的鳞片具备了所需的尺寸和柔韧性之后，它就会把它粘在圆顶的最高点上。由此，它铺就了新居的第一块石头，更精确地说，是拱顶石。在这里，我们看到的是一个倒挂的新居，是从上而下建造的，不同于人类的居所，是拔地而起的。

作为新居的奠基石，它却空悬在半空中，蜜蜂会连续不断地从触角下面取出蜡片，粘在这块奠基石上。最后，它用舌头舔一下，用触角晃动一下，之后迅速抽身而去，就像来的时候那般突然消失在蜂群中。另一只蜜蜂会快速地及瓜而代，继续从事前者未竟的事业，贡献出自己的蜡片，即便是打乱这个部族看似尽善尽美的计划，也要大胆地进行改动和调整。之后就销声匿迹，会有第三只、第四只、第五只蜜蜂接踵而至。它们仿佛都是从天而降，联翩而至，没有哪只能独当一面，但它们会分工合作，互通有无，共同完成这项任务。

八

目前，这一小块尚未成型的蜂蜡从拱顶的顶端垂落下来，一旦其厚度看起来足够了，我们就会看到，另外一只蜜蜂从蜂群中脱颖而出，它的外貌和前面出现的那些女奠基人简直是天壤之别。它的行为举止显示出矢志不渝的信念，它被蜂群中其他成员心慕手追。我们几乎可以想象，这应该是应召而来的、一位闻名遐迩的女工程师。它会在空中规划出第一个蜂巢的方位，其他的蜂巢都依循第一个蜂巢而建。这只蜜蜂是蜂房内的雕刻家，它本人并不分泌蜂蜡，而是怡然自足地处理其他工蜂提供的原料。它确定第一处蜂巢的位置，在蜡块中挖掘片刻，把取下来的蜂蜡放在蜂巢边缘。之后，它效法前面的女奠基人，也突然不辞而别，放弃了自己所做的模型。它的位置很快被另一只急不可耐的蜜蜂取而代之，它会继续前者的工作，并且由第三只工蜂最终完成这项工作。旁边的工蜂就在这个表面的其他部分或对面蜡壁上工作，每一只蜜蜂都遵循着零敲碎打和一气呵成的基本方法，好像那就是蜂房与生俱来的原则。完成艰苦卓绝的工作之后，油然而生的自豪感必须由全体共享，所有的蜜蜂都不得贪天之功。蜂房内的一切成就都是协同合作而取得的，由此，蜜蜂可以耦居无猜，和气致祥。

九

蜂房的发展日新月异，其轮廓已经基本成型。从形状上看，它仍像一个双凸透镜，由于构成它的棱柱形的管子长度不一，从中心到四周会成比例地缩短。目前，它的厚度和外形多少有点像我们的舌头，蜂巢的边缘由六边形的单元格组成，它们肩背相望，比肩而立。

如果荆棘载途，严霜烈日，它们有时也会犯下严重的错误。

They will commit grave errors at times, when circumstances present unusual difficulty.

首批单元格建好之后，那些女奠基者又开始往屋顶上添加第二块蜡，这样，第三块、第四块层层叠加。这些蜡块彼此之间的间隔固定，且经过了精确的计算。露来霜往，待到蜂巢完全成型之时，将会有足够的空间供蜜蜂在平行的墙壁之间活动。

因此，它们的规划必须符合每个蜂巢最终的厚度，大约在1/9200英寸到1/8800英寸之间浮动；同时，两个蜂巢之间通道的宽度大约保持在半英寸，换言之，必须是一只蜜蜂身高的两倍，以保证有足够的空间，可以确保蜜蜂络绎不绝地从蜂巢之间背对背地从容通过。然而，蜜蜂的见解并非都是真知灼见，它们的行为也并非是无意为之。如果荆棘载途，严霜烈日，它们有时也会犯下严重的错误——蜂巢之间的空间不是太大就是太小。当然，它们会尽力弥补自己的过失，对于履足差肩的蜂巢，它们就使之倾斜弯曲，以增加空间；或者在空间过大的通道上，加修一个不规则的蜂巢。瑞蒙谈论这个话题时说：“这些蜜蜂有时候会犯错误，在此，我们发现了另一个似乎可以证明它们理性的事实。”

十

众所周知，蜜蜂修建四种蜂巢。首先是皇室蜂巢，这些蜂巢的这种布局允许蜜蜂在填充蜂巢时，使蜂巢严丝合缝，密不透风。

This arrangement allows the bees to fill the comb without leaving a single spot vacant.

蜂巢卓尔不群，形状设计的多少有点像橡实。随后是大蜂巢，这些蜂巢用来养育雄蜂，并且在百花争艳时存储给养。再就是小蜂巢，它用来充当普通的储藏室和工蜂的摇篮，这些蜂巢大约占蜂房建筑面积的五分之四。最后是过渡蜂巢，这些蜂巢是为了将较大的蜂巢和较小的蜂巢井井有条地连接在一起。蜜蜂会修建一定数量的过渡蜂巢，这些过渡蜂巢的形状肯定是不规则的。不过，第二种和第三种蜂巢的尺寸却分毫不爽。建立十进制时，我们需要在自然中寻找一种固定的尺寸，当作十进制的起点和确定无疑的标准，瑞蒙竟然提议选择蜜蜂的蜂巢。①

每个蜂巢都是一个建筑在金字塔形基础上的六边形管道，两层这样的管道就构成了蜂巢。它们的基座彼此相对，这样，构成蜂巢金字塔基座其中一面的三个斜方形或菱形，又同时构成金字塔基座的另一面。蜂蜜就储存在这些棱柱形的管道中。这些管道看上去是绝对水平的，但如果真是这样的话，毫无疑

① 也许，幸好没有采用这个标准。尽管蜂巢的直径相当规则，人人交口称赞，不过，和所有的生命体创造出来的东西一样，即便是同一个蜂房内的直径，在数学上讲也并不是一成不变的。此外，莫里斯·吉拉德先生曾指出，蜂巢的边心距因蜜蜂品种的不同而不同。因此，不同蜂房之间的标准并不是固定不变的，它取决于居住其中的蜜蜂的品种。

问，蜂蜜在成熟后就会尽付东流。为了防止出现这种情况，蜜蜂将管道的角度进行了细微的调整，大约有四到五度的倾斜。

瑞蒙从整体上对这种精妙绝伦的建筑进行考察时说，“除了通过蜂巢的布局来节省蜂蜡之外，蜂巢的这种布局允许蜜蜂在填充蜂巢时，使蜂巢严丝合缝，密不透风。考虑到蜂巢的坚固性，这么做的优势也很明显。由于另一个蜂巢的六个面当中的两个面构成了一个隆脊，蜂房基底的各个角和金字塔形腔体的顶部都因此得以加固。两个三角形或六边形的延展面，填充了由三个斜方形构成的腔体的收敛角之一，在它们相接的侧面形成了一个平面角。这些平面角在蜂巢内部都是凹面角，其凸出的一边会支撑形成另一个蜂巢的六个面的其中一个面。这个面凭借这个角的支撑，就能抵挡一股将它向外挤压的压力，这样一来，蜂房基底的各个角都得以加固。就每一个蜂巢的坚固性而言，它的优势都是通过自己的构造和相对于其他蜂巢的布局而获得的。”

十一

雷德博士说，“只有三种形状可能会使蜂巢在没有任何无用空隙的情况下，毫无二致或大同小异。这三种形状就是等边三角形、正方形和等边六角形。”数学家明白，绝对不存在第四种图形，在不留下无用空间的情况下，能够将一个平面分割成数个相同、类似或等边的部分。在这三种图形中，在就近逐便和安如磐石方面，六边形是最明智的选择。蜜蜂对此好像是未卜先知，它们将自己的巢室建造成了等边六角形。

另外已经证实，如果蜂巢的底部由相交于一个点的三个平面组成的话，可以事半功倍，节省原料和劳力。蜜蜂好像对这些立体几何的原理驾轻就熟，而且它们对这些原理恪守不渝。为了最大限度厉行节约，蜂巢底部的三个平面到底应该构成多大的倾角，这是一个奥妙无穷的数学问题。[①]这是个属于高等数学的难题，一些数学家已经通过相应的微积分计算予以解决。其中卓荦超伦的当属数学天才麦克劳林，其计算过程可以在《伦

① 瑞蒙曾向举世闻名的数学家凯尼格提出过下述问题：“在所有具有金字塔形底座（这些底座由三个一模一样或相似的斜方体组成）的六边形蜂巢中，找出一个最节省材料的。”凯尼格的答案是，三个斜方体构成的底座锐角是 70° 34″ 、钝角是 109° 26″ 的蜂房最节省材料。另一个专家马拉尔第尽可能精确地测量了蜂巢三个斜方体所构成的角度，得出结论说，钝角应为 109° 28″ ，锐角应为 70° 32″ 。因此，这两种答案仅存在 2″ 的角度差。如果在其中存在误差的话，那么，这个误差也是出于马拉尔第，而非蜜蜂。因为，我们找不出任何一种仪器来测量蜂巢的角度，也就是说，这个角度从来不会被精确无误地加以界定。向凯尼格提出的难题又抛给了另一个数学家克莱默，他计算的结果更加接近蜂巢的原本角度：钝角为 109° 28½″ ，锐角为 70° 31½″ 。

如果把它们建造的蜂巢，与蜂群修造的充满数学构思的蜂房相比，就像是拿一座墙壁斑驳的原始村庄和一座流光溢彩的现代都市作比较。

Indeed, to compare one of their nests with the mathematical cities of our own honey-flies, is like imagining a hamlet composed of primitive huts side by side with a modern town.

敦皇家学会会报》上找到。他分毫不爽地计算出所需要的角度，而且他发现，根据这个学科所能提供的最无懈可击的求积法，这个角度正是蜂巢底部三个平面实际相交的角度。

十二

我本人并不相信蜜蜂会醉心于这样艰深晦涩的计算，然而要我相信这样的神机妙算完全出于偶然，或者仅仅是环境的产物，那也是天方夜谭。例如，黄蜂修造六边形的蜂巢，它们面临同样的问题，然而，它们解决问题的方式就远不如蜜蜂那般匠心独运。它们的蜂巢只有一层巢室，因而也就缺乏蜜蜂那种两层相对巢室的共同基础。因此，黄蜂的巢室不仅较不规则，而且脆而不坚，修造过程中铺张浪费。它们一定是闲置了三分之一可加以利用的空间和四分之一的劳动力。我们再一次发现，真实和驯化的蜂种，即特里贡尼和梅丽波尼这两个蜂种，文明进化的程度就较低，它们仅修建一层饲养室，并用一根根奇形怪状、造价高昂的柱子来支撑那些层层叠加的蜂巢。它们的物资储备室就像是一些大罐子七零八落地堆放在一起。在两个球体之间的那个点上，即储备室可能相交、从而节约空间和材料这种理论假设蜜蜂根本无意修造金字塔形基底的六边形蜂巢，它们只是想在蜂蜡中设计出圆形的巢室。

It assumes that the bees have not the least intention of constructing hexagons with a pyramidal base, but that their desire is merely to contrive round cells in the wax.

的地方，梅丽波尼蜂却傻头傻脑地插入了平壁巢室。显而易见，如果把它们建造的蜂巢，与蜂群修造的充满数学构思的蜂房相比，就像是拿一座墙壁斑驳的原始村庄和一座流光溢彩的现代都市作比较。也许，蜜蜂的蜂房太过于规整，不够钟灵毓秀，缺乏魅力，但那是人类天赋的逻辑成果。时至今日，人类似乎在用更为激烈的手段来争取空间、物质和时间。

十三

这是由布丰创建的一种理论，现在又流行开来。这种理论假设蜜蜂根本无意修造金字塔形基底的六边形蜂巢，它们只是想在蜂蜡中设计出圆形的巢室。但是，由于它们的邻居以及在蜂巢对面工作的那些工蜂和它们心有灵犀，因此，巢穴相接的各个点必然也就构成了六边形。此外，据说这也恰恰是晶体、某些种类的鱼鳞以及气泡形成时的情景。布丰提及的下面这个实验也是这种情况。他说，“倘若将豌豆和其他圆形的豆子放在盘中，在豆子的空隙中倒入尽可能多的水，然后将其密封，把水煮沸，你会惊奇地发现所有圆形的豆子都变成了六边形。原因显而易见，只是单纯机械性的变化。每一粒豌豆在膨胀时，都会在既定的空间中尽可能地扩张，相互之间的挤压使它们都变成了六边形。同理，每一只蜜蜂都想在既定的空间中占据尽量广阔的空间，由于其身体也是圆柱形的，结果必然是巢室变成了六边形。这和上面的原理一样，都是相互挤压的结果。”

十四

看起来，这种相互挤压能够达到意想不到的效果。同样地，毫无疑问，人类的骄奢淫逸产生了一种普遍的美德。人类作为个体，经常是恨如头醋，但是作为一个整体而言，也就不那么面目可憎了。首先，我们可能会举出贝克汉姆、卡比以及斯宾塞的例子作为反驳，拿豌豆和气泡做的实验根本不能说明任何问题。因为在这两个例子中，压力仅仅产生了不规则的形状，用来解释棱柱形基座的成因则是力不能及。但总体来说，我们不妨这样作答，我们可以采用多种方法来处理这种刚性需求。虽然黄蜂、大黄蜂、墨西哥和巴西的特里贡尼和梅丽波尼蜂所处的环境以及它们的意图和蜜蜂毫无二致，但结果却是大相径庭，而且明显稍逊一筹。我们也可以进一步强调说，即便蜜蜂的蜂巢的确遵循了这些原则（主宰着晶体、雪花、气泡以及布丰的豌豆的那些原则），根据其总体的对称、相对各层的布局以及角度的倾斜也可以看出，它同样遵循着其他许多在现存物质中难寻其踪的法则。难道我们不可以说，人类所有的天赋，恰好就在于可以按照自己的方式来处理类似的需求吗？倘若在我们看来，人类处理这些需求的方式首屈一指，那仅仅是因为没有一位更高明远识的法官而已。然而，事实总是胜于雄辩。的确，倘若对一项实验结果持有异议，最好的回应莫过于一项相反的实验。

为了满足我自己的好奇心，证明六边形的巢室的确是蜜蜂因其本意修造的，有一天，我从蜂巢的中心取下一片蜂巢的圆片，大约相当于五法郎硬币那么大，取样的地方恰好有孵化室，还有满载蜂蜜的巢室。在金字塔形巢室的交汇点上，我取下了这个圆片的周边，将一个锡片插入其中一个横截面的基座上。锡片的大小和我取下的圆片的大小分毫不爽，而且柔韧十足，可以防止蜜蜂把它弄弯或扭曲。我按部就班地把锡片插好之后，又把那片蜂巢放回原处。如此一来，蜂巢的一侧并没有什么异样，损坏的地方已经返本还源。但蜂巢的另一侧，因为有锡片插在基座上，因而显露出一个深坑，大约占据了 30 个巢室的空间。起初，蜜蜂们惶恐不安，它们蜂拥而至，仔细审视和检查这个莫名其妙的深坑。日复一日，它们寝食俱废，徘徊犹豫，显然无法当机立断。不过，由于每晚我都给它们提供大量的饮食，直到有一天，它们穰穰满家。于是，它们召集了最不同凡响的工程师、雕刻匠和制蜡工，让它们群策群力，把这个无用的深坑变废为宝。

制蜡工从四面八方蜂拥而至，雨凑云集，这样可以保持必要的温度。其他的蜜蜂钻进洞中，牢固地吸附在锡片上，并用规则地分布于小洞表面的小蜡钩，将锡片和附近蜂巢的蜡壁连接在一起。在那个圆盘的上半圆上，它们开始构筑三到四个蜂巢，再用钩子把这些蜂巢连接在一起。这些过渡室或居住室的上部都有点变形，以便能和蜂房内相邻的蜂巢连接在一起。但是它们的下半部分就在锡片上形成了三个很明显的角，由此引出三根纤细的直线，不失毫厘地指明了下个蜂巢的上半部分。

48 小时悄然而过，尽管一次只有三只蜜蜂可以在深洞里面恪尽职守，但是锡片的表面还是显现了蜂巢的大体轮廓。当然，这些蜂巢和普通蜂巢比起来并不是那么尽善尽美，因此，蜂王在一番审视之后，很聪明地拒绝在里面产卵。因为下一代蜜蜂如果从这种环境中成长起来，一定会发育不良。然而，每一个蜂巢的六边形都完美无缺，里面丝毫没有弯曲的线条、图形以及变形的角。无奈世事变迁，这些蜂巢既不像休伯特描绘的那样，是从空心的蜂蜡中挖出来的；也不是达尔文诠释的那样，是在一个蜡罩里设计出来的，起初呈圆形，后来由于附近蜂巢的挤压变成了六边形。因为这里根本不存在相互挤压的问题，蜂巢是依次形成的，实际上，它们的轮廓一开始就像是一张空无一物的餐桌。因此，毫无疑问的是，六边形不仅仅是机械必然性的结果，而且还肯定在蜜蜂的深谋远虑、蜜蜂的切身体会、蜜蜂的聪明才智、蜜蜂的志坚行苦中占有一席之地。关于蜜蜂的聪明睿智，我还可再列举一个称奇道绝的例子：它们在锡片上建造的蜂巢，除了金属片之外无所依归。不言而喻，蜂群中的工程师肯定以为，锡片承担蜂蜜的重量简直是小菜一碟。它们已经思深忧远，由于那片金属无法穿透，也就完全没有必要用蜂蜡粉饰它的表面，这样只会浪费奉为至宝的材料。但不久之后，放在其中两个蜂巢的蜂蜜滴落下来，蜜蜂品尝之后发现，蜂蜜和金属接触之后会逐渐变质。因此，它们改弦更张，在锡片的表面涂满了蜂蜡。

我们不由自主地要惊叹于那不落窠臼的节俭、策无遗算的智谋和协调一致的信念。

Nor can we in such cases refrain from wondering at the ingenious economy, the unerring, harmonious conviction.

十五

倘若我们希望对这个几何建筑里的全部秘密洞若观火，我们还应该考虑另一个高深莫测的问题，比如说，第一批蜂巢的形状。由于第一批蜂巢和蜂房顶部相接，因此也就自我作故，使其和蜂房顶端有较多的接触点。

蜂巢的平行布局决定了主通道的设计，然而，对于蜂巢周围以及内部的小巷和过道那精妙绝伦的设计，我们一定会交口称赞。它们设计得如此巧妙，四面八方皆有捷径可循，以保证交通顺畅和空气流通。最后，我们来研究一下过渡穴的建造。从过渡穴中，我们可以看到一种齐心戮力的本能，这种本能迫使蜜蜂在既定的时刻大兴土木。三个理由可以解释这一动作：岁丰年稔需要更大的仓库；工蜂或许觉得已经人满为患；雄蜂是时候诞生了。从这些例子中，我们不由自主地要惊叹于那不落窠臼的节俭、策无遗算的智谋和协调一致的信念。蜜蜂就是凭借这些，从秋毫之末到整体大局，又从整体大局到秋毫之末，从完美的对称到不可避免的不对称。只要当时的几何法则允许，它们会毫不迟疑地恢复到井然有序的理想状态，整个过程不会倾覆一个蜂巢，不会让指不胜屈的建筑中的任何一座蒙受损失，不使其贻笑后人、不使其变化无常，不使其粗俗野蛮，更不允许它的各个部分不便使用。但我担心，我现在提及的诸多细节，对于读者来说或许枯燥无趣。他们的眼睛或许从没有在蜜蜂的飞行上驻足，也许只是走马观花，瞬息之间就会兴致索然。就像我们欣赏奇花异石、珍禽异兽一样，只是蜻蜓点水，无意索求甚解。我们已然忘记，在自然中观察到的那些人类之外物种的小秘密，比起我们汲汲皇皇和充满热情研究的那些秘密，也许和我们的起源和归属的深奥谜团的关系更为密切。

十六

我希望这篇随笔不要带有过多的说教意味，因此将忽略蜜蜂的一种卓荦不羁的本能。它们时常会为了扩建或加长蜂巢，竟然不惜拆除或摧毁蜂巢的各个边角。不过必须承认的是，此例中的“盲目建造本能”丝毫不能说明它们焚巢荡穴是为了从头再来，或者拆除已经修好的东西是为了重新开始，以便更加规重矩迭。我只需要提及一项大有可观的实验就心满意足了，而这项实验只需要借助玻璃片就能完成。这片玻璃迫使蜜蜂以正确的角度建造它们的蜂巢。此时，它们别出心裁地预知，蜂巢凸面上扩建的巢室必须和凹面上缩建的巢室相契合。

在正式结束这个话题之前，让我们稍微暂停，思考一下蜜蜂在蜂巢的两侧同时开工时，互相看不到彼此。那么，它们是以什么玄妙莫测的方式不谋而合，并且把双方的劳动成果相与为一的呢？把修造完成的蜂巢拿到灯下，仔细观察那晶莹剔透的蜂巢，你会发现精心设计、一目了然的网络。这个网络由切割整齐的棱柱组成，整个体系遐迩一体，完美无缺，人们几乎会觉得像钢铁上浇筑的模板一样。

有些人从未见过蜂巢的里层，因此，我担心他们对蜂巢的布局和外观根本无法形成实事求是的概念。我用农夫的蜂房来做个说明。在这个蜂房中，蜜蜂完全自力更生。让他们想象一下，一个由稻草或柳条编织的圆屋顶，从上到下被五根、六根、八根甚至十根有点像大面包片的蜡片分割开来，从屋顶到地面都是绝对平行的，默默地支撑着卵形墙壁。这些蜡片彼此之间留有半英寸的间隔，以供蜜蜂停留和通行。当它们在蜂巢的顶部开始修建这样的蜡片时，蜡墙（只是一个大体的模型，以后还会打薄或延展）仍然很厚，所以在墙内工作的五六十只工蜂根本看不到同时在墙外工作的五六十只工蜂。在这个群体中，除非它们可以透视不透明的物质，否则它们彼此不得相见。然而，内墙上挖出的小洞或添加的蜂蜡恰恰和外墙上的凸起或凹陷相契合，甚至达到分毫不爽的程度，反之亦然。这样的事情缘何发生？为什么不会一侧挖得太深，另一侧挖得太浅呢？为何菱形的各个角度会无一例外地同符合契？是什么在支配着蜜蜂，告诉它应该在哪个点开始，哪个点停止？我们再一次要满足于得到不是答案的答案了："这是蜂房的秘密。"

休伯试图解释这个秘密，他指出，蜜蜂的钩子和牙齿产生的压力也许能定期在蜂巢的另一侧产生轻微的凸起。换句话说，它们可以根据蜂蜡的柔韧性、伸缩性或其他物理特性来预测墙壁的厚度。还有一种可能是，它们的触须好像很适合探究繁枝细节和扑朔迷离的事物，因此可以在茫茫黑夜中充当指南针。最后还有一种可能是，每一个蜂巢的位置都是按照数学原理，从第一排蜂巢的布局和规模中推导出来的，所以进行进一步的测量是多此一举。但是这些解释明显不能充类至尽。第一个解释仅仅是一种假设，不能得到证实，另外一些解释则是转移话题，不能解疑释惑。尽管频繁地转移谜团，对其置若罔闻的做法行之有效，然而，如果你认为把这个谜团转移就意味着这个谜团不复存在的话，亦非明智之举。

到底她是身先士卒还是受人胁迫，到底是被人敬若神明还是身陷囹圄，我们就不得而知了。

We know not whether she lead or be led, be venerated or supervised.

十七

让我们离开这个枯燥无味的建筑工地吧，这个建筑工地上，除了几何形状的蜂巢之外空无一物。蜜蜂们大力兴建房屋，蜂巢逐渐变成安身立命之所（蜂房的规模细入毫芒，蜜蜂在这样的家园上倾注心血，看不到任何希望）。虽然我们目光短浅，眼中空无一物，但是蜜蜂的工作一直在持续，夙夜匪懈。蜂房的建筑速度计日程功。跃跃欲试的蜂王不止一次地徘徊在蜂房附近，蜂房的栅栏在漫漫长夜中闪烁着白色的光芒。第一排蜂房刚刚大功告成，她就浩浩荡荡地带领着大批人马入驻其中。这批人马里有她的顾问、守卫和侍从，到底她是身先士卒还是受人胁迫，到底是被人敬若神明还是身陷囹圄，我们就不得而知了。倘若到达一个蜂王，或她忧心如捣的顾问称心如意的居住点时，她就会卑躬屈膝，身体前倾，将纤长的纺锤形的腹部伸到其中一个蜂巢中。同时，她的陪同人员的小脑袋在她周围形成了一个热情洋溢的圆圈，用炯炯有神的黑眼睛注视着她，支持着她，轻抚她的双翼，舞动着怡然自乐的触角，好像在鼓励、敦促和祝贺蜂王。如果你见过祖母过去佩戴的那种令人刻骨铭心的星形徽章或卵形胸针，你也许就会轻而易举地发现蜂王的所在地。她的所在地就相当于位于中央的玉石所处的位置。你也许还会注意到一个怪诞不经的事实，那就是工蜂总是避免背对着蜂王，每当蜂王靠近蜂群时，工蜂总是随之调整自己的方位，以便眼睛和触角正对着蜂王；并且在她面前退后几步，这象征着毕恭毕敬的态度，或是要表达一种渴望，尽管看上去未必是这样的，但这的确是司空见惯、众所周知的行为。我们还是言归正传，说说蜂王吧。在一阵有目共睹的轻微痉挛之后，一粒蜂卵呼之欲出。此时，通常会有一只蜜蜂上前搂着她的脖子，好像在和她低声细语，眉毛对着眉毛，嘴对着嘴，举止亲昵。蜂王却对这个多少有些大胆的行为无动于衷。她晏然自若、心无旁骛地专注于自己的职责，与其说是承受生产的痛苦，不如说是享受热恋时的欢愉。几秒钟之后，她气定神闲地站起身来，后退一步，悄悄地转身，进入另一个蜂巢。在伸出自己的腹部之前，她会先探出头来观察一下，确保里面一切井然有序，它不会在一个蜂巢里面重复产卵。与此同时，她的两三名陪同人员进入她刚刚撤出的那个蜂巢，查看一下工作是否圆满结束，并且照料和小心翼翼地盖住她刚刚产下的那粒蓝色小蜂卵。

从此刻一直到秋天的第一场霜降，她会一边进食一边产卵，朝乾夕惕，孜孜不倦。从此之后，她就代表了未来席卷一切的力量，她会入侵蜂房的任何一个角落。她会步步为营，敦促那些精疲力竭的工蜂，举国若狂地修建摇篮，以满足她的繁殖力的要求。在这里，我们看到了两种横扫千军的本能合二为一，虽然，它的工作方式仍使蜂房内的许多谜团悬而未决，却让我们对蜂房有了进一步的理解。

例如，有时候它们会疏远蜂王。此时，它们牢记自己作为一个小心谨慎的家庭主妇的职责，未来诸事不顺，它们需要未雨绸缪。它们从贪婪的同伴那里横抢硬夺了一些蜂巢，它们需要把这些蜂巢注满蜂蜜。然而，倘若蜂王前来，物质财富就必须让位于自然的计划，心猿意马的工蜂被迫转移那些巧取豪夺的珍宝。

不过，假设它们面前有一只完整的蜂巢，也没有代表高压政策的蜂王，我们会发现，它们在仓皇之间会孜孜汲汲地构建一个大蜂巢的专区，这个区域是专属于雄蜂的。这种蜂巢省烦从简，倍道兼进。蜂王来到这个惨不忍睹的区域之后，悔恨交加地产下几粒蜂卵就停下来了，直接忽视这一区域，擂鼓筛锣地要求增加工蜂的蜂巢。她的臣民会满足她的要求，循序渐进地缩小蜂巢，工作又无休止地开始了。直到那位贪得无厌的母亲的足迹踏遍整个蜂房之后，又回到了最初的起点。此时，蜂在旅途中，它们亲近花香鸟语和潺潺流水，亲近深邃苍茫的天空，亲近美丽和幸福交织的静谧氛围。在这些表面的欢愉之下，深藏着的就是人类目力所及的忧伤。

Underlying the blissful journeys that knit it so close to the flowers and to running water, to the sky, to the peaceful abundance of all that makes for beauty and happiness, there reposes a sadness as deep as the eye of man can behold.

房内空空如也，因为第一代蜂卵已经破茧而出。很快，它们就从出生地的幽暗角落飞往附近的百花丛中，在阳光下翩翩起舞了。但欢乐的时光总是桑荫不徙，新一代已经占据了它们在摇篮中的位置，现在，轮到它们为下一代做出牺牲了。

十八

谁会让蜂王俯首听命呢？她受到给予她的营养的支配，因为她自己并不外出觅食，而是像个孩子一样由她繁殖的工蜂供养。而工蜂供奉的食物总是和花朵的多寡成比例，和造访百花的蜜蜂带回来的战利品成比例。蜂房和世界上其他地区一样，它的一部分总是笼罩在黑暗之中，最高的命令也总是来自于蜂房之外，来自于一种神秘莫测的力量。蜜蜂和人类一样，遵循着莫可名状的神灵的命令，这位神灵的车轮马不停蹄地转动，一边掌控蜜蜂的命运，一边又粉碎最初使其转动的意志。

不久之前，我带一位朋友参观了我的一个玻璃蜂房，向他展示了这个轮子的转动，它和时钟上的轮子一样历历可见。映入眼帘的还有每个蜂巢中无处不在、不加掩饰的狂躁情绪，那些陪护的蜜蜂漫无止境地在孵化室周围无所适从地忙乱，蜂蜡制造者设计的栩栩如生的通道和梯子，整个蜂群中丰富多彩、生生不已的活动，那些绝情寡义、百无一用的努力；工蜂如痴如狂地在蜂房的各个角落奔走，除了在摇篮里时，它们几乎不眠不休；而在摇篮周围，映入你眼帘的永远是有增无减的工作。蜂巢内甚至不允许死亡的存在，蜂房内没有病骨支离的立足之地，也不提供一处坟墓。这令我的朋友瞠目结舌，但很快他就转移了视线，从他的眼中，我读出了黯然神伤和忧心忡忡的情绪。

无可争辩的是，起初，我们在蜂房中看到了赏心悦目的场景，但在一片祥和的场景之下，在芳年华月里五彩斑斓的回忆之下（这使它们拥有了朗朗夏日中最宝贵的珠宝仓库），在充满喜悦的旅途之下（在旅途中，它们亲近花香鸟语和潺潺流水，亲近深邃苍茫的天空，亲近美丽和幸福交织的静谧氛围），在这些表面的欢愉之下，深藏着的就是人类目力所及的忧伤。我们浑浑噩噩地注视着这些惝恍迷离的东西。我们明若观火，我们想了解的不仅仅是它们，我们无法理解的也不仅仅是它们，而是那股横亘在我们眼前，促使我们加快脚步的巨大力量。

悲伤就悲伤吧，当我们的精力太专注于自然时，它的一切都让人黯然神伤。只要我们对它的秘密茫然无知，只要我们不这个苍白无力的呼喊却宣告了我们是这个寂寥无声、无法跨越的表层上最高形式的个人存在，好似秃鹰的翱翔、夜莺的歌声也向它们宣告了同物种最高形式的存在。

This feeble cry declares the highest degree of individual existence attainable for us on this mute and impenetrable surface, even as the flight of the condor, the song of the nightingale, reveal to them the highest degree of existence their species allows.

清楚真正的秘密是否存在，那我们就会一直悲伤下去。有朝一日，倘若我们发现根本没有什么秘密，或者秘密是荒诞不经的，一些其他的责任就会应运而生，也许，甚至连名字都没有。如果愿意的话，你可以在心里默念："真是可悲。"不过，我们应该理性地添加一句："情况就是如此。"目前，也许我们的责任就是要探究出这种悲伤情绪之下更深层的东西。在这个目标的指引下，我们不应该转移视线，而应该目不转睛地注视着这些悲伤，以极大的勇气和兴趣来钻研它们，把它们当作奥妙无穷的事情。在我们审视自然、抱怨自然之前，至少应该提出所有可能的疑问。

十九

蜂王的生殖力对于工蜂来说是很大的威胁，当工蜂从这些威胁中摆脱出来时，我们看到，它们会迫不及待地修造蜂巢以储存物资，而且这些蜂巢经济实惠、宽敞明亮。我们还留意到，蜂王产卵时，对小蜂巢情有独钟，为此，她不停地大吵大闹，要求一些较小的巢室。倘若小巢室供不应求，或者日后才有，蜂王也就不再固执己见，她会沿路找一些较大的蜂巢产卵。

虽然，这些蜂卵和工蜂先前孵化的那些蜂卵如出一辙，但从这些蜂卵中诞生出来的却是雄蜂。而今，和工蜂变成蜂王时发生的情况南辕北辙，导致这种变化的既不是蜂巢的形状，也不是蜂巢的体积。因为，如果从较大的蜂巢中取出一只蜂卵，将它转移至工蜂普通的巢室里（这是一项错综复杂的工程，因为蜂巢体型细如毫末，又脆而不坚，曾经有四五次，我看到它们成功地完成了转移），确定无疑，它也会孵化出一只工蜂，尽管这只工蜂多少有点猥琐。因此，可以理直气壮地说，蜂王在产卵时一定具备某种力量，可以预先得知或决定蜂卵的性别，对于如何使之适应其诞生的那个蜂房，蜂王似乎也了然于胸，它们做事几乎百不一爽。蜂王的卵巢中有不胜其数的蜂卵，她是如何辨别雌雄，并将它们随心所欲地排到那根独一无二的输卵管中的？

在此，我们又一次面临着蜂房之谜，而且这一个是最高深莫测的谜题。众所周知，童贞女王是没有繁殖能力的，而且，它产下的蜂卵只能孵化出雄蜂。待到婚飞受孕之后，她才能直情径行，产出工蜂或雄蜂。婚飞使得她终其一生都占有从不幸的情人那里攫取的精子。鲁卡特博士估计这些精子的数量在两千五百万左右，它们都生机勃勃地保存在一个特殊的腺体——

受精囊里面，这个受精囊位于卵巢的下方，共用输卵管的入口处。根据想象，由于小巢室的开口过于狭窄，开口的形状迫使蜂王在进入巢室时身体前倾，因此给受精囊施加了一定的压力。如此一来，就引起了精子的喷射，使经过的蜂卵受精。而在较大的巢室里，受精囊不必承受这样的压力，因此也就不会打开。另外，还有一些人认为，蜂王对于阴道上控制受精囊开合的肌肉有着炉火纯青的驾驭能力，而且这些肌肉不可胜计、盘根错节，同时也颇具力量。至于我自己，尽管不能自称可以决定哪一种推测更为准确，但我还是倾向于第二种假设。实际上，我们研究得越深入就会越明白，自己只不过是自然海洋上的遇难者，时不时会有一股显而易见的大浪袭来，让我们明白一个事实：我们认为已经不言而喻的一切，须臾之间又变得扑朔迷离。然而，我更中意第二种假设的原因是，一方面，波尔多养蜂人德诺里先生曾经做过一些实验，证明如果从蜂房内将所有较大的蜂巢取走，当生产雄蜂卵的时刻到来，蜂王会毫不迟疑地去工蜂的巢室里产卵；反之，假如她别无选择，她也会在雄蜂的巢室里产下工蜂卵。切叶科蜜蜂是胃集蜂属中的野生单居蜂，根据法布尔先生对其进行的趣味横生的实验，我们还得知，切叶科蜜蜂不仅可以预先得知所产蜂卵的性别，而且知道蜂王可以选择蜂卵的性别，即“蜂王可以根据产卵的空间来决定蜂卵的性别。这个空间通常是偶然间决定的，而且一旦决定就不能修改，她会在这里产下一个雄蜂卵，在那边产下一个工蜂卵。”我无意细致入微地谈论法国那位伟大的昆虫学家的实验，如果要分章析句，会使我离题太远。不过，无论我们偏爱哪一种假说，都有助于解释蜂王在工蜂巢室里产卵的倾向，而没有必要解释为，蜂王至少对蜂房的未来殚精竭虑。

我们习惯赋予这位奴隶母亲以深切的同情，然而，这位蜂王可能是一位情场高手，或者是一个酒色之徒。它能够通过体内的朝云暮雨悦目娱心，回味婚飞时的愉悦。在设计蜜蜂的爱情陷阱时，自然从不曾如此独具匠心，如此神机妙算，如此精明谨慎，如此变幻莫测。出于物种的利益，自然为个体提供某种快感作为诱饵，在这方面，自然百试不爽。但是，让我们先暂停一会儿，不要被自己的解释所蒙骗。当然，把这样一个主意归功于自然，认为这样做就绰绰有余了，这种想法无异于我们在峡谷的深处寻找一处深不见底的海湾，然后将一块石头投掷进去，以为它激起的声音可以回答我们的每一个问题，或者认为它可以向我们披露那个漫无边际、深不见底的海湾之外的任何事物。

我们自言自语道："这是自然的目量意营，它规定这样的奇迹发生，在我们面前所展示的一切，都是出自自然的意愿。"事实不过是这样的：我们的注意力一直关注于生命在无边的物质表层上的某种细致入微的表现，我们认为这种物质死气沉沉，明知是错误的，也要把它描述为虚无和死亡。一根纯粹出于偶然的事物链让这种别具风味的表现吸引了我们的注意力，但是其他一千多根同样奥妙无穷、同样足智多谋的链条却没有遇到相同的好运气，它们消失不见了，因而永久地失去了激发我们好奇心的机会。狂热地确认任何事情都是鲁莽的，流传下来的东西、我们的想法、我们对终极原因的孜孜求索、我们的赞赏和希望，所有的这一切实际上不过是我们苍白无力的呼喊，就如同在无知的深渊，我们会同更艰深晦涩的事物迎面相撞。然而，这个苍白无力的呼喊却宣告了我们是这个寂寥无声、无法跨越的表层上最高形式的个人存在，好似秃鹰的翱翔、夜莺的歌声也向它们宣告了同物种最高形式的存在。不过，只要有机会，我们都应该发出这种苍白无力的呼喊，这是我们确定无疑的职责之一，我们不应该因为它表面上的徒劳无功而心灰意冷。

她的脸色好像是刚刚死里逃生的老人那般苍白，又像是一个通往生命之途的旅客，风尘仆仆，神色倦怠。

She wears the feeble look of a little old man who might have escaped from his tomb, or perhaps of a traveller strewn with the powdery dust of the ways that lead into life.

第五章 小蜂王

一

此刻，让我们先关闭蜂箱。在蜂箱内，生命再次开始它的循环运动，引申触类、生生不息，待到它抵达幸福和力量的制高点时，却又一次雁影分飞。让我们最后一次打开这座母性之城，观察一下蜂群飞走之后，这里会发生什么事情。

骚乱平息下去后，这个命途多舛的蜂房内三分之二的人口义无反顾地弃它而去，因此，它变得外强中干、空空如也、奄奄一息，如同一具血液干涸的尸体。但还是有几千只蜜蜂留了下来，它们虽然稍有疲态，但仍对谨终如始的命运交付给自己的职责忠心不二，对自己的使命也有清晰的认识。因此，它们会恢复自己的工作，尽量弥补飞走蜜蜂留下的空缺，清除放浪形骸之后的一切痕迹，小心翼翼地将逃过一劫的物资储存好，再次纵身百花丛中，并仔细看管那些未来的人质。

尽管这一刻看起来寒酸落魄，但放眼望去，希望无处不在。我们仿佛置身于传说中德国的一座城堡内，城堡的墙壁由数以累积的小瓶子组成，里面承载着即将诞生的人类灵魂，我们则处于生命之前的遥远天际。在城堡的各个角落，数以千计洁白如雪的蜂蛹安睡在密不透风的摇篮里，安睡在这层层叠加、妙不可言的六边形巢室中。它们双臂交叉于胸前，脑袋前倾，焦急地等待着苏醒一刻的到来。在那个整齐划一、阴郁凄惨的建筑物中，它们与世隔绝，像极了老迈龙钟的土地神，几乎寂然不动，仿佛陷入了沉思之中；又像是由女子组成的庞大兵团，每一只蜜蜂都裹着皱皱巴巴的寿衣，葬身于六边形的棱柱内，这个棱柱是一位几近精神错乱、固执己见的几何学家修造的。

在那片高墙林立的空间内，在那个即将实现自我蜕变、日新月异的世界里，在那个四五次更换新装，之后又在幽暗中转动自己的裹尸布的世界里，数以百计的工蜂翩翩起舞，挥动着自己的翅膀。它们好像要通过这种方式来获取所需要的热量，完成某种至今为止仍然深奥难懂的任务。这种舞蹈包含大量精心设计、稀奇古怪的动作，可以确定的是，这些动作一定是在回应某种目标。然而我相信，至今为止，仍没有哪位观察家能够洞悉那到底是个什么样的目标。

规模庞大的蜂房拥有六万到八万这样的骨灰瓮。再过几天，骨灰瓮云屯雾集，它们的盖子也会打开，出现两只无辜的黑色大眼睛，眼睛之上生出触须，触须已经在探索生命了。同时，下巴也在不停蠕动，从里向外扩大出口。负责看护的蜜蜂急忙赶过来，帮助小蜜蜂摆脱束缚，为其梳洗，为这个刚刚诞生的小生命送上舌尖的第一滴蜂蜜。然而，这个来自于另一个世界的蜜蜂仍然不知所措、瑟瑟发抖、脸色苍白。她的脸色好像是刚刚死里逃生的老人那般苍白，又像是一个通往生命之途的旅客，风尘仆仆，神色倦怠。无论如何，她从头到脚都是尽善尽美的，对于自己要了解的一切，她马上就能心领神会。而且，和人类的婴儿一样，从诞生之日起她就开始孜孜不倦地学习。对她来说，丝毫没有时间嬉戏玩耍、尽情欢笑，她会立刻奔赴大门紧闭的蜂巢，挥动着翅膀，和着节拍轻轻舞动。这样，轮到她的时候，就能给尚在骨灰瓮中的姐妹带来一丝鼓励。她专心致志地破解自身以及整个种族命运中包含的触目惊心的谜团，连日连夜，锲而不舍。

二

然而起初，最艰苦卓绝的工作并不会分配给她，至少诞生后的前七天，她都要留在蜂房内。随后，她会进行第一次“清洁飞行”，将空气吸入气管，气管吸满空气之后，她的身体就会膨胀，并且对外宣称，她是空中的新娘。此次返巢之后，再过一周，她就可以和她同日诞生的那些姐妹一起，开启拜访百花首秀的旅程了。此刻，一种特殊的情绪会支配着她，法国的养蜂人称之为“人造的太阳”，也许更确切的称谓应当是“忧虑的太阳”。因为很明显，蜜蜂是群居动物，它们害怕寂静阴郁，它们在蓝色苍穹下会畏缩不前，对阳光下的无尽孤寂也会望而却步；它们欢笑时也是瞻前顾后，透露出一丝隐忧。它们在蜂房入口处往来穿梭，暂作停留；它们离开，之后返回，这样重复有二十多次。它们在空中盘桓，脑袋却固执地凝视着蜂房的方向。它们在空中翱翔，直冲云霄，突然之间，又在哀悼的重压中俯冲而下。它那 13000 只眼睛会审视、沉思、铭记树木和泉水、大门和墙壁、临近的窗户和房屋；最终，它们在返回蜂巢时，飞行途中的路线会在它们的脑海中形成永不磨灭的记忆，就好像是两根钢条在空中划过的印记一样。

三

在此，一个新谜团又映入我们的眼帘，这是我们不得不挑战的一个谜团。虽然蜜蜂对我们的挑战置之不理，然而它们的沉默还是扩展了我们自知无知的领域，这是人类全部活动中思维最开阔的一种活动。如果蜂巢被树木遮挡，实际上变成了空中察觉不到的一个小点，那么，蜜蜂如何找到它们根本无法看到的蜂巢呢？如果将蜜蜂装在盒子里，送往离它们的蜂房两三英里的地方，为何它仍能准确无误地找到回家的路？

难道障碍物并不能遮挡它们的视线？难道它们用某种指示和地标来引导自己？抑或是它们具备人类不能完全理解的奇才异能，比如我们所说的燕子或鸽子所具备的“方向感”？法布尔、鲁博克的实验，尤其是罗曼尼斯（1886 年 10 月 29 日，《自然》杂志）进行的实验，看起来是要证明，并不是那种奇异的本能在指引它们。另一方面，我也不止一次地注意到，它们好像对蜂房的颜色或形状毫不在意，反倒是被蜂巢所在的碌碌无奇的平台、蜂箱入口以及蜂箱踏板的位置所吸引。但这些仅仅是无关紧要的特征，如果趁工蜂不在蜂房，把蜂房的正面从头到脚加以变化，蜜蜂哪怕是从遥远的天际赶回，它们也会毫不迟疑地直指蜂房的方向。只有当面对完全陌生的大门时，它们才会流露出一丝迟疑。我们力所能及的这些实验，无非是想证明，蜜蜂能够根据极其微小和精确的地标来指引自己。看来它们记住的不是蜂房，而是蜂房与邻近物体的相对关系，这个位置的确定经过了不厌其详的计算。这种识别能力让人瞠目结舌，在数学上如此确切，在它们的记忆里留下如此深刻的印记。甚至在暗淡无光的地窖里、经过了五个月的冬眠之后，如果我们依旧把蜂房放在那个平台上，比它先前的位置偏左或者偏右一些，所有的工蜂从最先盛开的花朵上返巢时，仍然会分毫不爽地直奔去年蜂房的所在地。虽然蜂房大门的位置和去年稍有不同，但只需徘徊一小会儿，它们就能发现大门的入口。尽管冬去春来，空中仿佛仍保留着那不可磨灭的飞行轨迹，仿佛它们那孜孜以求的小脚印仍然留在天际，不可移易。

因此，如果把蜂房放置在其他地方，许多蜜蜂就会迷失方向。但如果把蜂房带到距它原来的位置千里之遥的地方，蜜蜂就对乡野风光有一种隔世之感，这里不再是它们轻车熟路的方圆三英里的范围。此时，如果通过位于蜂房入口处、连接蜂房通道的踏板，告知它们蜂房的位置已经发生了某些变化，给它们一个善意的提醒，它们会马不停蹄地寻找新的方位，创造出新的路标。

四

现在，我们回到那个生齿日繁的蜂房。指不胜屈的摇篮正在源源不断地打开，人烟浩穰，甚至连蜂房坚固的墙壁都要动摇了，但这个蜂房仍然缺乏一名蜂王。在其中一个蜂巢的中心，七八个稀奇古怪的建筑物拔地而起，虽然它们散布在寻常蜂巢的表层，但依旧让我们想起月球照片上出现的那些环形山和突起物。它们看起来像极了太空舱，由褶皱的蜂蜡和倾斜的腺体设计而成。这些建筑物密不透风，占据的空间大约相当于三四个工蜂的巢室。一般来说，它们会围绕在一个点周围，由为数众多的卫兵巡逻看护。卫兵们保持着高度的警惕，日夜轮流不息地守护着这个地方，仿佛此处与生俱来就透露出难以言状的声威。母蜂就是在此培养而成。蜂群离开之前，母蜂会在每一个舱室内放置一枚蜂卵，或者更有可能是一只工蜂放置的（对于这一点，我们还没有确切的信息）。这枚蜂卵是她从附近的巢室中取来的，和孵化出工蜂的那些蜂卵绝无二致。

三天之后，这枚蜂卵会孵化出一只娇小的幼虫，这只幼虫会享受特殊的待遇，养尊处优。从此刻起，我们就可以循序渐进地观察自然中司空见惯的一种活动。倘若涉及人类，我们会给其冠之以浩气凛然的名字——宿命论。多亏了这种养生之道，幼虫茁壮成长，不仅是它的身体，还有它的思想，都发生了深刻的变化。由小幼虫发育而成的那只蜜蜂，几乎属于完全不同的一种昆虫了。

她的寿命是四到五年，而不是普通工蜂的六到七个星期。腹部的长度是普通工蜂的2倍，肤色更黄，也更晶莹透彻。她的刺呈弯曲状，眼睛只有7000到8000个面，而不是12000到13000个面。她的脑容量更小，但是却拥有硕大的卵巢。除此之外，还有一个独一无二的器官——受精囊，正是这个器官，使她成为雌雄同体动物。在她身上，你丝毫觉察不出辛勤劳作的本能。她没有毛刷，没有分泌蜂蜡的蜡囊，也没有收集花粉的液囊。我们认为蜜蜂与生俱来的那些习性和热情，在她那里，你一点影子都看不到。她视空气如草芥，对阳光也冷眼视之。也许，终其一生，她都不会品尝花朵的清香。她会在阴影中安然度日，在躁动不安的蜂群中悠然自得。她心无旁骛地寻找产卵的摇篮，为此她呕心沥血，焚膏继晷。另一方面，蜂房内只有她能够领悟爱情的焦虑。一生之中，它甚至只有一次机会得见天日，因为蜂群的迁徙并非不可避免。也许一生之中，她的翅膀只有一次可以派上用场，即飞出蜂房，奔赴桑中之约。如此繁多的物质——器官、信念、欲望、习性以及整个蜂房的命运，均非发轫于生殖细胞——虽然生殖细胞在植物、动物和人类那里创造了普遍的奇迹——而是取决于一种怪异的惰性物质，蜂房内没有任何民心不一、盎盂相击的痕迹，洋溢着同心同德的气氛。

There is not a trace of discussion or discord. The atmosphere of the city is one of absolute unanimity, which reigns over all.

这种状况真是离奇怪异。[①]

五

老蜂王离开蜂群已经一周了。仍然熟睡在舱室中的皇家蜂蛹并非同时诞生，出生的时间必须按照一定的时间间隔依次完成，等级分明、秩序井然，这符合蜜蜂的利益。它们出生的时间和选择起飞的时机相契合，依次选择在第一次、第二次、第三次甚至第四次离群的时候出生。工蜂一连数小时都待在组织最为完善的蜂巢里，忙着打薄墙壁。与此同时，小蜂王也在里面啃咬囚禁自己的圆形顶盖。她的头终于露出来了，奋力挣脱束缚。匆忙赶来的护卫者为她梳洗、给她安慰、为她清洁，在它们的帮助下，她完全获得自由，踏上了在蜂巢内的征程。刚刚出生时，她和工蜂一样浑身战栗、苍白无力，但十几分钟之后，她的双腿就会变得强壮有力。一种莫名其妙的焦虑情绪涌

① 今天，人们达成的共识是，工蜂和蜂王在孵化之后，会得到同样的营养——一种富含氮的奶状物，这是从负责陪护的蜜蜂的脑袋里分泌出来的。但是，今天之后，工蜂的幼虫就被断了奶，仅给提供一种由蜂蜜和花粉调制而成的粗糙饮食。与此同时，却给那位未来的蜂王提供充足的珍贵奶水（我们称之为蜂王浆），直至她完全发育成熟为止。

上她心头，她感觉自己并非大权独揽，她的王国尚未征服，她的四周潜伏着觊觎王位之人；她来回地在蜂巢内巡视，寻找自己潜在的对手，忧心如捣，坐立不安。然而，蜂房内有神秘的判决和本能的智慧加以调停，有蜂房之魂和工蜂大会加以干涉。玻璃蜂房内的一切在我们眼前轮番上演，其中，最惊世绝俗的特征莫过于它那毅然决然的态度，以及呼吸相通、患难与共的精神。蜂房内没有任何民心不一、盎盂相击的痕迹，洋溢着同心同德的气氛。这种氛围是预先设计好的，它控制着蜂房的一切。每一只蜜蜂好像都和它的姐妹声气相通、心有灵犀。然而此时，却是蜂房整个历史中举足轻重、生死攸关的时刻，它们必须在三四条道路之间进行抉择，各种抉择在遥远的未来产生的结果有天壤之别，一个偶然事件就能引发灾难性的后果。蜜蜂必须在物种的繁衍和延续蜂房、增加蜜蜂数量之间做出妥协。其中，它们对种族繁衍乐此不疲，这也是它们义不容辞的责任。它们偶尔会误入歧途，相继派出三四个蜂群开辟新天地，却使母国人烟稀少、满目荒凉。那些蜂群又势单力薄，无法有效地组织起来。严冬兵临城下，它们或许就拱手而降，在不知不觉中就会被我们的气候打败，因为这里的气候和它们出生地的气候迥然不同，但蜜蜂却对原来的气候念念不忘。在这种情况下，它们会遭受“蜂热病”的侵袭。这种病就和人类生活中的普通流感一样司空见惯，但是对于蜜蜂来说，这却是致命的灾难。这种病会摧毁它们的目标，使蜂房变成一潭死水，一旦染上便只有死路一条。

六

在蜜蜂面临的所有抉择中，没有一项看起来是势在必行的。倘若人类仅仅满足于充当旁观者的角色，那么，我们根本无法预知蜜蜂会做出何种抉择。然而，远虑深谋却支配着它们的抉择，这可以从一个事实中得到印证。例如，我们可以通过扩大或缩小它们的生存空间来影响、甚至决定这种抉择，抑或是我们可以转移那些满载蜂蜜的蜂巢，用一些空蜂巢取而代之，这些空蜂巢里面有很多工蜂的巢穴。

当务之急并非要不要即刻发动第二次或第三次起飞，因为它们仅仅盲目轻率地依从刚愎自用的想法和有利时机的引诱，才会做出上述决定。因此，它们首要的任务是当机立断、协调一致地采取一些措施，使它们能够在首位蜂王诞生后的三到四天内组织第二次起飞，在第二位蜂王离开三天后发动第三次起飞——这次起飞是在第一位蜂王的统领下进行的。因此，必须承认的是，我们在这里发现的是一个尽善尽美的推理体系，一个深谋远虑的万全之策，相较于蜜蜂短暂的生命，这个体系的确历久年深。

七

这些措施事关那些依旧陷于缧绁的小蜂王的照料问题。假设“蜂房之魂”已经颁布懿旨，不得进行第二次起飞，此时，还有两条路可选。蜜蜂们可以选择承认首先出生的皇家处女的权威，如我们所见，它的出生过程堆砌了姐妹政敌的累累白骨。或者，它们还可以选择无限期的等待，直到这位处女蜂完成那个危机四伏的仪式——“婚飞”，蜂房的未来就取决于这次“婚飞”的结果。立时三刻举行的大屠杀经常获得批准，当然也经常被否决。不过，如果是后一种情况，我们就很难判断，蜜蜂的这个抉择是出于进行第二次起飞的欲望，还是因为它们意识到了参加婚飞的危险。这样的情况时有发生。考虑到朗朗晴日瞬时就会风云突变，或者出于其他我们未知的原因，它们会突然改弦更张，宣布废除它们之前颁布的法令，并把它们悉心照料的皇室后裔全部杀掉。但是目前，我们假定它们已经下定决心，无须发动第二次起飞了，并且它们准备接受婚飞的危险，小蜂王就会在巨大利益的驱使下，快马加鞭地赶往较大的摇篮，护卫队作为先行军为其开路。由于妒火中烧，她会驻足于第一个经过的蜂巢，用她的牙齿和爪子剥落上面的蜂蜡，撕掉覆盖在蜂巢上的蜂茧，使尚在熟睡中的公主暴露于光天化日之下。小蜂王的行为几近疯狂。如果她的政敌已经成形，蜂王会悄然转身，将毒刺插入舱室，用她那致命的武器疯狂乱刺，直至受害者香消玉殒，之后她才会悠然自得。对手的死亡让她志得意满，将怨恨迁怒于周围所有的生物，她拔出毒刺，匆忙赶往临近的巢穴。城门被她攻破，倘若她发现里面只有一只发育不良的幼虫或蜂蛹，就会嗤之以鼻，扬长而去。直到她精疲力竭，气喘吁吁，她的牙齿和爪子只能无力地在蜡墙上滑动，而不会对蜡壁造成任何损害时，她才会停止这种疯狂的举动。

围观的蜜蜂镇定自若地看着她乱发淫威，它们死气沉沉，袖手旁观，只有需要为她让路时，它们才会动一动。但是一个巢穴刚被刺破，变成匠门弃材，它们就会蜂拥而上，把被劫掠的蜂蛹的尸体或奄奄一息的幼虫扔到蜂房外面。之后，它们便扑向粘在巢室边缘的蜂王浆，大快朵颐。当蜂王精疲力竭，失去最初的风采时，它们就会自发停止这种对无辜蜂蛹的大屠杀。当权派和它们的居所都会消失殆尽。

这是蜂房兵凶战危的时刻，这是唯一一次对雄蜂名正言顺的大屠杀。在这次屠杀中，工蜂也出现了不和，并因此力竭而死。在这里，和自然中发生的一切如出一辙，招致暴死祸端的通常是那些情场高手。

偶尔会出现两只蜂王同时孵化的情况，但是这样的事情寥寥无几，因为蜜蜂会诚惶诚恐地防范此类事件的发生。每次这类事件真的发生，两只蜂王刚刚从摇篮里爬出来，就要立刻展开一场生死恶斗。休伯是首位描述其离奇特征的人。蜂王每次战斗时，都会以特别的方式打开自己的铠甲，如果被毒刺刺中，对于彼此都是致命的伤害。连神仙或女神都习惯于插手伊利亚特的战事，因此几乎确信无疑的是，蜂房内一定也存在某个神仙或女神，我们称之为种族之神来干涉这里的事务。两个武士被彼此凶神恶煞的模样吓到，顾不上战斗各自飞走。假如更深重的灾难威胁到族群的未来，它们在短暂相遇之后会再次分开。直至最后，其中一位蜂王会奇袭另一只笨手笨脚、粗心大意的对手，置对方于死地的同时，自己却毫发无伤，因为种族的法则只需要一次牺牲。

她怒火中烧，在先入之见的驱使下，她竭尽脑汁地想要强力推行自己的计划，或者避其锋芒，攻其不备。

In her fury, and urged on by her fixed idea, she will endeavor to force her way through, or to outflank them.

八

在生命的摇篮被摧毁、对手血流成河之后，年轻的蜂王成为众望所归。然而，在完成婚飞之前，她对整个蜂房的统治并不稳固，感受不到她母亲享有的绝对权威。在她受孕之前，蜂群只是对她略表敬意和支持。不过，在她的生命长河中，这是一段难得的相安无事、安闲自得的时光，因为蜜蜂并不经常放弃第二次起飞的欲望。如果发生这种情况，像往常一样，蜂王会在同样的欲望驱使下，迅速靠近皇家巢穴。然而，在征途中，她所遇到的不是惺惺相惜、俯首帖耳的奴仆，而是数以累计、势不两立的卫兵。她怒火中烧，在先入之见的驱使下，她竭尽脑汁地想要强力推行自己的计划，或者避其锋芒，攻其不备。护卫熟睡公主的哨兵比比皆是，但是她固执己见，再次组织进攻，结果只是遭到了更为猛烈的抵抗，甚至会受到恶语相向的羞辱。直至最后，她开始隐隐约约地明白，这些娇小玲珑、不屈不挠的工蜂代表着一种法律，在这种法律面前，授予蜂王特权的那条法律必须退居二线。

最后，她神色茫然地离开了，从一个巢室走到另一个巢室，她心中的怒火未能如愿以偿，便在激昂的战歌和愤怒的抱怨声中得到发泄。这种声音每一个养蜂人都耳熟能详，很像遥远的天际传来的银色小号的声音，虽然低沉微弱、时断时续，但却热情洋溢、激情澎湃、清晰可闻。尤其在夜阑更深之际，在距离蜂房密不透风的双层墙约两三米的地方也能听到。

对于工蜂来说，皇室传来的叫喊声有着玄妙莫测的效果，它使蜜蜂胆战心惊，产生一种毕恭毕敬的恍惚情绪。当蜂王在巢室入口处徘徊而又不得而入时，她就会发出这种声音。此时，正在推搡她、驱赶她的守卫会立刻住手，俯首帖耳地耐心等待，直到叫声停止。确实，有些人相信，正是这种叫声中包含的权威，才使得斯芬克斯·阿特洛波斯蜂想要模仿这种叫声，这样它就可以混入蜂房享受蜂蜜大餐，而不会引起蜂房内蜜蜂的不安。

这种愤怒的哀叹能够持续两到三天，有时甚至能持续五天。这是蜂王向她前呼后拥的对手发出的挑战。轮到年轻蜂王时，这种特征也会在它们身上慢慢地显现。它们急切地盼望阳光，它们也开始着手工作，要把巢穴上的盖子掀开。此时此刻，也许会出现一场巨大的兵戈扰攘，使整个蜂房面临威胁。但是蜂房与生俱来的禀赋，在决定下达之际，就已经预料到了随后可能发生的一切后果。入口的守卫们获知了明确的指示，对于该如何行动，它们也了然于胸。在接下来的每一个小时中，蜜蜂们都要抵御挫败的本能发动的进攻，负责引导两种敌对的势力，使它们殊途同归，取得圆满的结果。现在叫嚣着要出生的年轻蜂王，一旦它们在它出生后想要逃走，马上就会落入到其姐姐的手中。而此时，它那个姐姐来势汹汹，要将它们斩尽杀绝。因此，当囚禁在高塔之中的小蜂王在里面挖掘时，工蜂却在高塔之外层层叠加新鲜的蜂蜡层，堆放的高度恰好和里层降低的高度比肩。那只迫不及待的小蜂王仍在热情洋溢地工作，锲而不舍，它根本没有意识到，自己正和一种被施了魔力的障碍物做斗争，这个障碍物就在它的废墟之上重新建造起来。尽管蜂王丝毫没有体验生活，甚至不知道蜂房的形状，但对手求战的呐喊声声入耳，她已经意识到她作为皇室成员的责任和宿命。于是，她在高塔深处向对手的挑衅做出了回应。但她的叫喊截然相反，声音低沉空洞、苍白无力，因为声音必须穿透高塔的层层墙壁。当夜幕降临，万籁俱寂，只有远在天际的星星统治着寂然无声的万物时，养蜂人站在玄妙莫测的蜂房入口处生出疑问，希望能够辨识和理解蜂房内的对话，即四处游走的蜂王和处于囚禁之中的处女蜂之间的对话。

蜜蜂永远怀有探究自然秘密的欲望，因此对威胁到自己种族生存的危险独具慧眼。

The bees, forever in touch with the secret desires of nature, are conscious of the dangers that menace their race.

九

对于小公主们来说，它们能从这种长期的隐居遁世中渔利。因为，终获自由之时，它们将艳若桃李、精力充沛、羽翼丰满。但就在它等待破茧而出的这段时间内，第一个蜂王的实力也与日俱增。现在它也可以独当一面，独面旅途中的艰难险阻。因此，当第二次起飞的时机成熟之后，第一个蜂王会带领它们前往远方。一旦它们离开，留守蜂房的工蜂就立刻着手将高塔之中的囚徒释放。这位囚徒凶相毕露，显露出杀人的欲望，同时发出愤怒的呐喊。三四天之后，它也会离开蜂房，成为第三次起飞的首领。经受一系列的“起飞热”之后，作为母国的蜂房就将力殚财竭。

斯瓦默当援引了一个蜂房作为例证。第一个蜂群起飞，起飞的蜂群再次起飞，以此类推，仅仅在一个季节里，一个蜂房就会扩展成不少于 30 个蜂群。

如此超逸绝尘的繁殖速度在寒意肃杀的严冬过后，最容易引人注目。人们几乎可以相信，蜜蜂永远怀有探究自然秘密的欲望，因此对威胁到自己种族生存的危险独具慧眼。然而，在日常生活中，这种狂热很少发生在牢不可破和管理严格的蜂房里，很多蜂群只起飞一次，而另外一些，甚至连一次机会都没有。

一般来说，经过第二次起飞之后，蜜蜂就不再起飞了。倘若还要起飞，要么是由于它们意识到自己的储备量小力微，要么是风云突变的天气迫使它们谨小慎微。倘若事实果真如此，它们就会允许第三只蜂王屠杀俘虏，日常生活立即恢复井然的秩序，而且蜜蜂的工作热情高昂。因为工蜂乳臭未除，而且蜂巢门单户薄、财力枯竭，在严冬到来之前还有很多空缺需要修补。

十

第二次、第三次起飞和第一次起飞类似，起飞的条件也毫无二致。只有一点稍有差别，那就是蜜蜂的数量要少一些，起飞没有经过深思熟虑，也没有侦探兵作为先锋军。同样由于没有任何负担且热情高涨，年轻的童贞女王会飞得很远，第一次起飞时，就把蜂群引领到远离蜂巢的地方，第二次和第三次起飞更是率性而为，它们的未来也因此面临着更多的隐忧。作为蜂群的首领以及未来的代表，蜂王此时甚至还没有受孕。它们的命运完全取决于接下来的婚飞。一只路过的小鸟、几点雨滴、一次失误、一阵冷风——其中的任何一项因素都会引发无法挽回的灾难。蜜蜂对这种风险洞若观火，当年轻的蜂王出去寻觅自己的爱人时，它们通常会暂停手中的工作，在一天之内，完全对它们视为珍宝的家园置之不理，大家同心协力陪伴着蜂王，害怕她飞离自己的视线。它们紧紧地围绕在她的周围，将她置于它们无数羽翼的庇护之下。为了她的安全牺牲自我，以免爱情使得蜂王飞向远离蜂房的地方而迷失自我，使本来就不熟悉的归家之路变得更加影影绰绰，每一只蜜蜂的记忆也会变得犹豫不决。

十一

然而，未来的法则被蜜蜂奉为圭臬，它的威力巨大，这些不确定因素以及死亡的危险，都不会让任何一只蜜蜂畏缩不前。第二个和第三个蜂群展示出的热忱堪与第一个蜂群比肩。作为母国的蜂房刚刚颁布了它的决定，一大群工蜂就会蜂拥而至，围绕着每一只处境危险的小蜂王，急切地想要杖履相从，在旅途中伴其左右。在旅途中，它们或许会失去太多的东西，除了满足本能的欲望之外，能够得到的东西少之又少。是不是由此它们具备了我们并不拥有的那种力量？它们凭什么和过去毅然蜂群均衡的力量再也不会被倘来之物或不测之忧玩弄于股掌之间，不会受制于转瞬即逝的沮丧和沾沾自喜的本能、想法和感觉。

Nor is the proportionate strength of a swarm controlled by chance or accident, by the momentary dejection or transport of an instinct, thought, or feeling.

决然地决裂，就像是对待仇敌一样？是谁有权利在蜂群中做出选择，决定谁应该出发，谁应该留下来？并无特别的等级划分将留守的蜜蜂和在外游荡的蜜蜂区分开来，每一个蜂王周围都会簇拥着一些年轻的蜜蜂和年老的蜜蜂，而这些蜂王将永远不会踏上归途。经验丰富的劫粮高手推搡年轻的工蜂，这些年轻的工蜂生平第一次面临湛蓝天际天旋地转的旅行。蜂群均衡的力量再也不会被倘来之物或不测之忧玩弄于股掌之间，不会受制于转瞬即逝的沮丧和沾沾自喜的本能、想法和感觉。我曾经不止一次地尝试，想要在起飞蜂群的蜜蜂数量和留守的蜜蜂数量之间建立一种联系，虽然这种计算步履维艰，结果和数学上的精准度也相去甚远，但至少我可以得出结论：这种联系（如果我们把孵化室，换句话说，就是那些即将出生的蜜蜂也考虑在内的话）表明，蜂房的天赋中存在着某种名副其实、奥妙无穷的计算过程。

十二

我们无意追寻这些蜂群数不胜数、错综复杂的冒险活动。有时候，两个蜂群会精诚合作、协同作战；有时候，两三只被它们将往事抛在脑后，返回自己的蜂巢，重新踏上了通往百花丛的康庄大道。在那里，争奇斗艳的花朵正准备迎接它们的到来。

They forget the past, return to their cells, and resume their peaceful path to the flowers that await them.

囚禁的蜂王会从起飞时的混乱局面中渔利，谨小慎微地逃过守卫的法眼，加入到正在形成中的蜂群中。偶尔也会出现这样的情况，其中一只小蜂王发现自己被雄蜂围得水泄不通，在飞行途中，她就会让自己受孕，然后拉上自己的大队人马远走高飞，自立门户。根据养蜂人的经验，第二次和第三次起飞的蜂群总是会返回母巢，蜂王们在巢室中不期而遇，工蜂交颈并头，观看她们之间的决斗。当强者战胜弱者，出于对工作的热情以及对混乱场面的厌恶，工蜂们会清扫战场，关上未来暴力行为的大门。它们将往事抛在脑后，返回自己的蜂巢，重新踏上了通往百花丛的康庄大道。在那里，争奇斗艳的花朵正准备迎接它们的到来。

十三

为了把事情弄得简单一些，我们重新回到蜂王的话题上来，看看她的冒险活动。蜜蜂允许蜂王屠杀她的姐妹，但我在上文已经提及，这种屠杀活动有时被阻止，有时又获得支持，甚至蜂群很明显无意进行第二次起飞时，它们也会允许蜂王进行大屠杀。因为我们注意到，在同一个养蜂场内，政治思想会因蜂为了能够像她母亲那样，享受至高无上的权威，她必须在她生命的前二十天内邂逅她的白马王子。

To become as was the mother before her, it is essential that she should meet the male within the first twenty days of her life.

房不同而大相径庭，就像是同一个大陆上会有不同的国家一样。然而，很明显的是，蜜蜂经常鲁莽行事，不假思索地表示支持蜂王的行为。倘若蜂王不幸离世，或在婚飞过程中迷失方向，蜂群中就很难找到另一只蜂王来代替她的位置，因为工蜂的幼虫已经错过了转化为皇室成员的最佳时机。不过，我们假定这种鲁莽的行为已经发生，因此，蜂房内首先出生的蜂王，就成为独一无二的君主，她的权威获得全体臣民的一致认同。但此时，她仍只是一个处女蜂，为了能够像她母亲那样，享受至高无上的权威，她必须在她生命的前二十天内邂逅她的白马王子。假如在这二十天内变生不测，她未能完成婚飞，她的处女之身就至死不变了。

但如同我们所见，即使是处女之身，也并不意味着她不能生育。展现在我们眼前的是一个诡秘莫测的事件，或者说是自然防患于未然的措施，即孤雌生殖。若干昆虫都采取这种生殖方式，比如蚜虫、蓑蛾属的鳞翅目昆虫、瘿蜂科的膜翅目昆虫等等。处女蜂能够产卵，但是只有那些产在蜂巢中的蜂卵，无论大小，才能够孵化出雄蜂。雄蜂终日无所事事，一般来说，它们只能依靠雌蜂生活，除非是为自己考虑，否则也不会外出觅食，它们离开雌蜂便无以为继。几周之后，蜂房内最后一只工蜂力竭而死，结果可想而知，整个蜂群就会覆灭，完全灭绝。我们已经说过，蜂王会产下数以千计的雄蜂，每一只雄蜂都带有数以百万的精子，然而，这些精子无一进入母蜂体内。也许，自然每时每刻都在上演数以千计类似的场景，因此，这种现象并不会让你感到惊骇。

是的，的确如此，当我们考虑这些问题，尤其是传宗接代的问题时，时常会有一些出乎意料、不可思议的事情发生。即便在最有想象力的神话故事中，发生这种事情的频率，和人类社会相比，也只能望其项背。随着时光流逝，我们对这种不可思议的事情已经习以为常，也就不会大惊小怪了。不过，这个事情如此诡异，已经引发我们的关注。但另一方面，自然牺牲那些举足轻重的工蜂，而对一无是处的雄蜂一往情深，我们如何向自己解释，自然这样的行为是出于何种目的？它是否在担心，母蜂会按照自己的思维方式，过度限制雄蜂的数量？因为自然认为，即使雄蜂的存在对蜂房来说有消极的一面，但权衡利弊，它对于整个种族的生存还是必不可少的。或者这仅仅是对蜂王悲惨命运（蜂王未能生育）的过度反应？我们在这里所看到的，是不是一种盲目而极端的防御措施？这种措施忽视了不幸的起因，也无视补救的必要性，企图一步到位？是不是为了防止一场不幸的发生，而引发了更大的灾祸？虽然，我们不应该忘记，现在我们看到的一切，和事实的原始状态大相径庭。也许，在原始森林中，蜂群的分布要比现在分散得多。而现在，蜂王不育很少是因为缺乏工蜂（雄蜂的数量如同满天繁星，而且会从远方蜂拥而至），而是因为凄风苦雨和岁末天寒，因为恶劣的环境会让她在蜂房内躲避太长时间。还有一个更为常见的原因是，她的羽翼未丰，这样一来，她就无法达到雄蜂器官所要求的高度。不过，自然对这个内在的原因置若罔闻，而对雄蜂的繁殖关注有加。有时我们会发现，在没有母蜂的蜂房内，两三只工蜂会产生强烈的维持种族的渴望，尽管自己的卵巢已经萎缩，但它们还是努力产卵。蜂房内充斥着愤怒的情绪，在这种情绪的支配下，它们的卵巢会有所膨胀。最终，它们会成功地在巢穴里产下几枚蜂卵，但这些蜂卵和处女蜂产下的蜂卵一样，只能孵化出雄蜂。

十四

在此，我们看到有一种虽然高级，但或许有些轻率的意志在进行积极的干预，它对生命的智能性意志形成不可逾越的障碍。在昆虫世界里，这样的干预屡见不鲜，研究它们会让我们受益匪浅。因为这个世界比起其他世界来说，人口更为密集，也更为错综复杂。在这里，自然某些特殊的欲望昭然若揭。也许，这些欲望偶尔也会在我们进行的试验中被觉察到，尽管我们承认这些实验并不完备。例如，它（自然）有一个伟大而普遍的欲望，这个欲望随处可见，即要通过强者的胜利使每一个物种都得到改善。一般来说，这种斗争都要经过精心的策划，恃强凌弱、罪大恶极，但只要胜利者能够功成名就，这些牺牲根本微不足道。然而，人们可能会想，自然并没有足够多的时间理清自己的种种组合，在某些情况下，要求回报简直就是天方夜谭，征服者的命运和失败者的命运同样惨不忍睹。谈到这里，对我们来说，当务之急是选择一个紧扣蜜蜂主题的例子。而据我所知，最好的例子莫过于西塔里斯克里迪斯蜂种中的特里恩古林蜂了，从许多细节上来看，相较于许多想象出来的故事，这个故事更贴近人类历史。

这些特里恩古林蜂属于野生、钝舌的单居蜂——西塔里斯克里迪斯蜂身上特有的食客蜂的原生幼虫，把蜂巢修建在隐蔽的地道中，会对接近地道的西塔里斯克里迪斯蜂发动突然袭击，这是它们的惯常伎俩。接下来，会有三只、四只、五只甚至更多的特里恩古林蜂扑向西塔里斯克里迪斯蜂的后背，隐匿在它的须毛中。假如此时发生弱者反抗强者的斗争，那么，结果不言而喻，一切都会按照宇宙法则进行下去。但出于它们本能的需要（这个原因我们也尚未可知），自然颁布懿旨：只要待在西塔里斯克里迪斯蜂的后背上，它们就不能轻举妄动。当西塔里斯克里迪斯蜂采集花蜜、修造巢室和储备物资时，它们就耐心地消磨自己的时光。然而，一旦西塔里斯克里迪斯蜂产下蜂卵，它们就会蜂拥而上。天真的西塔里斯克里迪斯蜂在蜂巢内放置了充足的食物，然后小心翼翼地把它密封起来。这样一来，它们就将自己的后代置于死地，而自己却浑然不觉。

巢室刚刚封好，聚集在蜂卵周围的特里恩古林蜂就开始发动战争了。从自然选择的角度上讲，这场战争不可避免且成果显著。身体强壮、身形敏捷的特里恩古林蜂会抓住对手胸甲下面的地方，将对手高举，在数小时之内，一直把它放在自己的上颚中，直到它气绝身亡。但是，在战争进行的过程中，一只特里恩古林蜂要么没有和对手狭路相逢，要么就已经凯旋，它抢到了那枚蜂卵，将它打开。因此，最后的胜利者还必须要战胜这个异军突起的对手。然而，这种征服不费吹灰之力，因为那只特里恩古林蜂正在享受珍馐美馔。它死死地抱住蜂卵，甚自然虽然下令，让它接受战争的严峻考验，但另一方面，在分发战利品时，自然却表现得锱铢必较。

But nature, that has decreed this ordeal of battle, has, on the other hand, established the prize of victory with such miserly precision.

至无暇顾及自己，顷刻间，它就缴械投降了。厮杀过后，最后一只特里恩古林蜂成为孤独的胜者，独自占有了那枚来之不易的蜂卵。它迫不及待地将头伸进刚刚撕开的那个口子中，开始了耗时颇长的独自狂欢，享受着美味佳肴。餐饮结束之后，它就能够蜕变成一只完美的昆虫了。然而，自然虽然下令，让它接受战争的严峻考验，但另一方面，在分发战利品时，却表现得锱铢必较。只有独自享用一整枚蜂卵，那只特里恩古林蜂才能获得足够的营养。因此，根据马耶先生（上述紧张刺激的冒险活动的描述都要归功于他）那里得来的信息，由于最后的那位胜者战胜最后一个对手时，这位对手已经享用了部分蜂卵，因此，最后的胜者也就出现了食物短缺的情况。没能获得蜕变的第一阶段所需要的营养，它自己也会一命呜呼，要么粘在蜂卵的表皮上，要么就掉进糖水中活活淹死。

十五

虽然很少有人如此近距离地观察这个例子，但在自然历史上，这样的例子也并非独一无二。在这里，有目共睹的是，努力求生的特里恩古林蜂有意识的意志，和自然晦涩但普遍的意志之间的斗争。在这场争斗中，特里恩古林蜂不仅想要生存下去，而且希望它的生存条件能够得到改善和强化，这在一定程度上超出了其自身意志驱使的范围。然而，由于某种莫名其妙的疏忽，自然促进的改良却使得最适应自然的生物寿命危浅。若不是风云际会中和了自然欲望的作用，允许个体从那条具有远见卓识的法则中摆脱出来——这条法则规定强者将获得全面的胜利，那西塔里斯克里迪斯蜂早就灭绝了。

我们对这种足智多谋的强力似乎一无所知，它是不是错误地认为，它所维持和组织的生命形式一直都在印证它的正确性？当我们达到极限时，总是倾向于诉诸至高无上的理性，那么，弱势群体能否战胜这种理性呢？如果可以的话，谁又来抑制和纠正那些弱势群体呢？

然而，接下来聊一聊那不可抗拒的干涉中的特殊形式吧，我们可以在孤雌生殖中找到这种形式。我们应该谨记，表面上，面临这些难题的那个世界距我们千里之遥，但确定无疑的是，它们和我们休戚相关。谁敢肯定，人类世界就一定不会发生干涉事件呢？这些干涉也许悄然无声，但造成的危害和蜜蜂世界相比却有过之而无不及。拿我们眼前的这个例子来说，最终谁是正确的呢，是昆虫还是自然？倘若蜜蜂更恭顺一些的话，或它意欲延续的东西，有时通过与它布置的防范措施南辕北辙的方式得以延续，而且通常以它自己也未能预见到的迥然不同的情形延续下去。

What she intends to preserve is preserved at times by means of precautions she has to contrive against her own precautions, and often through foreign circumstances she has not herself foreseen.

许自然能够赋予它更高的智慧；倘若蜜蜂能轻而易举地洞悉自然的意图，觉察到自然一味钟情于工蜂，就无限制地增殖雄蜂的话，那将会发生什么事情呢？难道蜜蜂不是甘冒整个种族灭绝的危险吗？我们是否应该相信，如果我们对自然的某些意图理解得过于透彻的话，反而会招致危险？不加分析地盲目迎合这些意图，可能会遭受灭顶之灾？自然的愿望是否就是，我们不要妄自去揣测和迎合它所有的意图？就这一方面而言，难道人类社会就不存在这样的危险吗？我们也意识到，自己拥有一些莫可名状的力量，对于理智要求我们做的事情，这种力量往往与之唱反调。我们的理智在达到极致时，就不知所踪了。它是否也应该归于这些力量，并为这些力量增加意想不到的重要意义呢？

十六

根据孤雌生殖面临的危险，我们是否能够得出这样的结论：自然的手段和目的并不总是相辅相成，它意欲延续的东西，有时通过与它布置的防范措施南辕北辙的方式得以延续，而且通常以它自己也未能预见到的迥然不同的情形延续下去。但它到底预见到了什么，它究竟意欲延续什么？有些人也许会说，自然就是一个我们用来掩饰无知的词，世界上没有任何东西能够证明，自然有什么智慧或意图，事实确实如此。我们接触到一些密封的瓶子，里面满载着我们关于宇宙的概念。我们屡次勉为其难地给那些让我们灰心丧气、强迫我们保持沉默的东西贴上“未知物”的标签，并根据它们的大小和重要性，在上面镌刻“自然、生命、死亡、无限、选择、种族之魂”的字样；还有一些其他的东西，甚至是我们之前接触过的东西，都被我们标上“上帝、天意、命运、报应”等词汇。如果人们愿意，那就这样吧，不要再探究了。然而，虽然瓶子里的内容依旧艰深晦涩，至少我们在一个事实上是有所斩获的，即现在贴上去的标签对我们的威胁较小，还不足为虑，因此，我们能够怀着审慎的好奇心接近它们、接触它们、侧耳倾听它们的声音。

不过，无论我们给这些瓶子贴上什么标签，确定无疑的是，其中至少存在着一只最大的瓶子。这只瓶子两侧贴有“自然”这个标签，里面封存着一股至真至诚的力量。这股力量能够延续我们星球上数量庞大、品行高洁的生命。保存的方式别具匠心，超乎人类的想象。这样的数量和品行能够以其他的方式加以延续吗？当我们认为自己已经获悉预防措施，但实际上，那就算它们消失于无形，也不会引起我们的注意。因为在我们眼中，这个地球上迎风招展的生命同样神秘莫测，同样多姿多彩，同样惊世绝俗，一如往故。

The non-existence of the first would have been perceived by none, nor would the life that vibrates on the earth have seemed less incomprehensible to us, less diverse, or less astounding.

只不过是一个幸运的机会、一个经历千难万险之后获得的机会时，我们是否在自欺欺人？

十七

事情也许如此。然而，这些幸运的机会在称赞他物方面，给我们上了一堂课，和我们在比机会更高的领域可能获取的知识相比，这堂课的价值几乎可以与之媲美。如果我们关注的焦点越过闪耀着智慧和意识光芒的那些生物，甚至越过原生动物——它们是曙光初现的动物世界里第一批尚处于混沌状态的代表，我们就会发现，最低级的胚胎动物，例如黏菌纲动物，也会显示出某种意志、欲望和偏好。明显没有任何有机组织的纤毛虫，竟然也诡计多端。这些都在大名鼎鼎的显微生物学家卡特的试验中得到充分的证明。例如，阿巴米虫会耐心地等待时机，伏击刚从母亲卵巢中钻出来的新生兜甲，它们心知肚明，此时兜甲还没有长出有毒的触须。但我们知道，阿巴米虫没有神经系统，甚至连一个可资辨识的器官也没有。或者我们转而谈论植物，它们纹丝不动，看起来必须要逆来顺受，接受任何宿命的安排——我们暂且不把食肉植物考虑在内，例如德鲁塞拉，实际上，它们表现得像个动物——一些谦卑自守的花朵展现出来的天赋让我们叹为观止。它们精心布局，确保到访的蜜蜂分毫不爽地带来它们所需的异花授粉。观察一下在乡间俯拾皆是的淡紫色兰花，它出人意料地将蕊喙和着粉腺的功能天衣无缝地结合在一起；留意一下它的花粉块毫发不爽、控制自如地倾斜以及附着。还有野生鼠尾草的花药那百无一失的双重摇摆：花药会用一个特殊的部位触碰到访昆虫的躯体，以便轮到昆虫时，它可以用一个特别的部位去触碰附近花朵的柱头。我们再来看一下马先蒿的例子，观察一下它的柱头那连续不断、不差累黍的摆动。实际上，无论蜜蜂造访上述三种中的哪种花朵，每一个器官都会闻风而动，正如在乡村赛会上，技术娴熟的神枪手击中靶心，所有人都蜂拥而至，观赏他那精心制作的枪械一样。

我们甚至还可以留意一下更为低级的生物。现在向你们展示一下，拉斯金在他的《粉尘的伦理学》中，有关晶体特征、习性和技巧的描述。晶体未雨绸缪，制定出比我们能够想象的时代还要久远的计划。这本书就展示了当任何一种外物想要破坏晶体的计划时，它们的抗争以及行事风格；它们接受或排斥外敌的方式和以弱胜强的可能性。例如，神通广大的石英向卑不足道、诡计多端的绿帘石俯首称臣，最终被迫承认对方的胜利；

无色水晶和铁之间的斗争，时而惨不忍睹，时而蔚为壮观。有一种纯一不杂的玻璃体，会发生完美无瑕的均匀膨胀，排斥任何污秽肮脏的杂质，而它的一个同级物质却暗淡无光、斑驳陆离，对杂质来者不拒，在虚空中痛苦地挣扎，惨不忍言。我们也许应该援引劳德·贝尔纳德提到的，“晶体在创面愈合和机体重组的过程中奇怪现象”，但是书中涉及的奥秘已经年深日久，对我们来说太过陌生。我们还是谈论一下花朵吧，因为花朵是最后一种和人类关系尚属亲密的生命的表达了。我们在此谈论的并非动物或昆虫，我们赋予它们一种与众不同、聪明睿智的意志，认为它们借此才得以生存。无论这种看法正确与否，我们都相信，花卉并不具备这样的意志。至少在花卉身上，我们看不到丝毫器官的影子，而正是借助这些器官，意志、智力和首创精神才得以衍生和保存。由此可知，它们的行为可以通过一种如此叹为观止的方式展现出来，一定直接源于一种我们在别处称为“自然”的东西。我们不再关注个体的智力，为了抑制自身的其他形式，它们设下了种种圈套。在这一过程中，我们发现了一股无影无形、精纯单一的力量。由此，我们是否应该拒绝相信，这些圈套仅仅是出于偶然，它们的出现仅和日常生活中的偶然现象相契合？目前，我们还没有资格得出这样的推论。确定无疑的是，假如没有别具匠心的组合，花朵根本无以为继，它们的位置也会被另外不需要异花授粉的花草所取代。就算它们消失于无形，也不会引起我们的注意。因为在我们眼中，这个地球上迎风招展的生命同样神秘莫测，同样多姿多彩，同样惊世绝俗，一如往故。

然而，不得不承认的是，倘若花卉的行为具备灵心慧性和深谋远虑的特性，就会使幸运之神降临，并把这种运气维持下去。但这种特性从何而来？是源于它们自身，还是源于生命本源的那种力量？我不能说，“此事无关紧要”，恰恰相反，探究此事的答案至关重要。是花朵在尽心竭力地维持自然赋予它们的生命，并使其尽善尽美，还是自然释放出一股力量，来维持花朵的生存，并且迫使安分知足的花朵改善自己的境遇？或者，最终支配机缘的究竟是不是机缘本身？这些都是我们应该探究的问题。大量类似的现象重复出现，使我们不得不相信，某种和我们崇高的思想同等重要的东西，有时和我们的思想同出一脉。我们对这个本源一无所知，却被迫先行瞻望咨嗟。

有时候，在我们看来错误的东西，也出自这个本源。虽然我们知之甚少，但大量的证据表明，这些看起来错误的东西，实际上是我们起初无法掌控的深谋远虑。甚至在我们目力所及的小范围内，我们也愈来愈确信，从眼前的观点看来是自然铸成大错的行为，正是自然未雨绸缪、为了防止可能出现的疏忽而做出的调整。它将我们上文中提到的那三种花朵置于危境，使它们不能自体受精。出于某些我们不能洞悉的原因，自然认为让它们的东邻西舍帮助它们完成受精，这样大有裨益。既然自然让这些花卉变得更加聪慧，它也就展示出以前没能展现的天赋。对我们来说，通往这种天赋的道路依旧扑朔迷离，但是观察的角度却是相同的。它（自然）看起来要误入歧途——如果歧途有可能存在的话——然而情况马上又会在负责纠正这种错误的器官上峰回路转。不管我们去向何方，它总在天际注视着我们：那是一个没有潮涨潮落的圆形海洋，我们那无所畏惧、超然独立的思想，在它那里不过是残沫浮沤。今天，我们称之为自然，也许明天就会给它起一个更温和或更惊悚的名字。它在生与死之间持节守中，不偏不倚，用它那用来装饰和消遣的武器，来装备那对势不两立的姐妹。

十八

这股力量是否在采取措施，维持在地球表面生死挣扎的东西？我们是否应该说，浮在地球表面的东西应该自我防范，不受赋予其生命的那种天赋的影响？这些问题有待以后解决。虽然这种高级意志存在，但我们无法确定，一个物种之所以能够延续，是出于这种意志的努力，还是和这种努力毫无干系。

我们只能说，一个物种得以繁衍生存，没有招致覆灭的命运，从这一点来看，自然好像是正确的。然而，谁能告诉我们，有多少我们一无所知的物种，已经成为自然这种焦躁不安、麻痹大意的智力的牺牲品？除此之外，我们只能辨别出被我们称为生命的那种流质呈现出来的惊悸不安、偶尔居心不良的形式，这种形式有时无影无踪，有时隐隐约约地能察觉到；这种流质使我们和其他的生命形式一样生机勃勃，产生了对它进行判断的思想，以及企图讲述其经历的有气无力的声音。

它们在空中张望，在遥远的天际找寻她的芳踪，但却从未想过，此刻它们正离她远去。它们曾和她共处一室，曾和她擦肩而过。

They seek her in space, in the remote depths of the horizon, never suspecting that they have but this moment quitted her, have shared the same comb with her, have brushed against her.

第六章　婚飞

一

现在，我们来考虑一下蜂王完成受孕的方式。在此，自然又一次大费周章地促成了不同血统的异性结为秦晋之好。这又是一条莫名其妙的法则，看起来，也没有什么强迫它一定要如此。或许只是出于自身的刚愎自用，或许只是因为最初的百密一疏，但要纠正这样的错误，则需要它展示出最不可思议的魄力。

自然为了恣肆无忌的欲望（这些欲望为了使生命更确凿无疑）、为了实现异花授粉，肆意挥霍着它的天赋。如果它拿出一半的天赋用以缓和痛苦、减少伤亡、规避可怕的意外事故，那么，对于我们来说，展现在眼前的宇宙，就不会是一个如此高深莫测的谜题，我们的努力也不会如此徒劳无益。然而，我们的意识，我们对现存事物的关注，注定了我们要把握的不是可能的东西，而是确定无疑的东西。

蜂房内，簇拥在童贞女王周围、并和她同处一室的是数百只血气方刚的雄蜂。自始至终，它们都是饕餮之徒，沉浸在蜂蜜的清香中。它们存在的唯一理由就是爱情。虽然在其他地方，如果两种情欲形影相随，就可以战无不胜，克服任何艰难险阻在一起，但在蜂房内，这两者却永远都不可能结合。因此，也就不会让意乱情迷的蜂王受孕。[①]

虽然她被一群情人包围，但它们对她却浑然不知。它们在空中张望，在遥远的天际找寻她的芳踪，但却从未想过，此刻它们正离她远去。它们曾和她共处一室，曾和她擦肩而过。人们也许相信，由于急于起飞，除非蜂王在天际翱翔，否则雄蜂那些炯炯有神的眼睛（像头上金光闪闪的头盔）并不能识别出她，也不想和她交媾。日复一日，从正午时分到下午三点，烈日当空之时，雄蜂们就浩浩荡荡地出发，外出寻找它们的梦中情人。她的确也比童话故事中可遇而不可求的公主更高贵、更难追求。有二三十个蜂群的雄蜂从四面八方倾巢而出。因此，她的厅堂内可能有多达 10000 名的求婚者。这一万名求婚者中，只有一名可以获得那独一无二的亲吻，在给它带来片刻欢愉的同时，也将它推向了死亡的深渊。其他的蜜蜂则无助地围绕着

① 最近，麦克莱因教授利用人工的方法使几只蜂王成功受孕。然而实际上，这是外科手术的结果，方法极尽曲妙，性质错综复杂。此外，蜂房的生殖力受到客观条件的限制，持续时间也极为短暂。

它在人类称之为美德的东西上一毛不拔，却用不计其数的珍宝和万千宠爱铺就一条小路，以供蜂王幽会穷极无聊的情人。

She is especially severe on what men have termed virtue, whereas she strews the path of the most uninteresting lovers with innumerable jewels and favors.

这对如胶似漆的伴侣，不久之后，它们就消失于天际，再也无缘得见那个刻骨铭心的致命幻影。

二

对于自然的这种几近疯狂和耸人听闻的挥霍无度，我并没有夸大其词。一般来说，就算是管理最完善的蜂房内，也供养着四五百只雄蜂。管理不善、腐朽堕落的蜂房内，则供养多达四五千只雄蜂。因为，一个蜂房供养的雄蜂越多，它就在自我毁灭的深渊中越陷越深。一般来说，一个由 10 个蜂群组成的养蜂场，在既定的时刻，派遣十几万雄蜂大军飞向天际，最多只有 10 到 15 只雄蜂有机会完成它们与生俱来的使命。

在此期间，雄蜂会将蜂房内的供应品一扫而空。每一只雄蜂都需要五六只工蜂披星戴月、胝肩茧足，才能满足它们饱食终日、无所事事的贪欲，它们每天的活动就只是动动嘴巴享受美食而已。然而，虽然在处理爱之特权和优先权的问题上，自然往往穷奢极侈，在赐予劳动器官和工具时，它却锱铢必较。它在人类称之为美德的东西上一毛不拔，却用不计其数的珍宝和万千宠爱铺就一条小路，以供蜂王幽会穷极无聊的情人。“结婚生子，一心为爱，没有任何法则，任何目的”，好像在其他地方，它也发出这样的呼吁，孜孜不怠。同时，它可能也会自言自语道：“之后，你们能否生存下去，就和我没有什么关系了。”无论我们做什么，也无论我们想得到什么，在漫漫人生之路的每个角落，我们都可以看到和自己的道德迥然相异的道德。同样需要注意的是，即便是再微小的生物，它们身上也会显露出言而无信的贪婪和恣意妄为的浪费。那些运粮者怀真抱素，它们必须跨越千山万水，苦苦找寻丛林深处的花朵，终其一生，心无旁骛。花粉和花蜜潜藏在蜜腺组成的迷宫里，潜藏在花粉囊最隐秘的角落里，而运粮者的任务就是把它们找出来。但它们的眼睛和嗅觉器官与雄蜂的相比，反而略逊一筹。倘若雄蜂的眼睛什么都看不见，倘若它们只有最基本的嗅觉器官，那么，它们根本不会受什么苦。它们无所事事，不需要捕捉猎物；它们饭来张口，只待在蜂房幽暗的角落里，只需要饱食来自蜂巢的蜂蜜就万事大吉了。但它们是爱情的当事人，不计其数、徒劳无益的赏赐就这样被双手抛进未来的深渊。1000 只雄蜂中，只有唯一的一只，终其一生只有一次机会，能够在蔚蓝天际下追寻童贞女王的足迹，能够和无意逃避的蜂王邂逅。但这已经足够了。偏爱的力量打开了自然的宝库，这种力量如同狂涛巨浪，甚至到了恣意妄为的程度。只有千分之一概率的致命婚礼顺利举行，几天之后，剩余的 999 只毫无希望的情人就会被处决。

自然赋予每只雄蜂 13000 只眼睛，而工蜂却只有 6000 只眼睛。根据切希尔的计算，雄蜂的每根触须上都有 37800 个嗅腔，而工蜂两根触须上才只有 5000 个嗅腔。这里，我们还有一个例子，能够说明自然存在普遍的不公平：它赐予爱情礼物时，如同暴风骤雨，施舍给劳动者的赏赐却寥寥可数；它给予在意乱情迷中诞生的新生命万千宠爱，却对那些在它眼里，必须通过辛苦劳作来供养自己的生物冷酷无情。根据我们在此发现的自然的特性，无论是谁，如果他想秉笔直书自然的特征，一定会描绘出一幅离奇古怪的画面，这幅画面和我们想象中的大相径庭；然而，这幅画面也只能源于自然。如果想要描绘这样的画面，人类对此还所知甚少，除了一两处若隐若现的光点之外，一切都隐匿在幽暗的阴影中。

三

我想，很少有人目睹蜂王婚礼的奥秘。仪式通常是风和日丽之时，在一个无边无际、熠熠发光的光圈里举行的。但是，我们却能亲眼目睹被选中的蜂王起飞时的踌躇不安，以及蜂王在返巢途中经历的千难万险。

无论蜂王多么迫不及待，她总要选择良辰吉日，在入口处的阴影中消磨时光，待时而动。直到一个天空澄碧的清晨，蜂房城门大开，展现在她眼前的是通往湛蓝天穹的坦途，在那里，她将举行自己的婚礼。这个时刻让她喜不自胜。晨露还在草叶和花朵上闪耀着晶莹的光泽，黎明时分的最后一缕芬芳还在和风丽日里飘散，就如同一位娇羞可人的少女投入身强力壮的武士怀中。此时，透过正午时分的静谧，人们能够听到自日出时起就不绝如缕、历历在耳的呼喊。

之后，她出现在蜂房门口。如果她离开蜂房内的姐妹，那么，她周围就是一群冷漠的运粮者；如果她不能固守自己的位置，那么，她周围就是一群大喜若狂的工蜂。

起初，她倒飞几圈，其间有两三次返回蜂箱踏板处，将蜂房的准确位置和外观铭记在脑海中，因为，它尚未从外面观察过自己的王国。之后，她就像一只离弦的箭飞向遥远的天际，她直冲云霄，那里豁然开朗，是其他蜜蜂一生都不可企及的高度。在遥远的百花丛中休闲度日的雄蜂注意到了这个幻影，嗅到从一个蜂群扩散到另一个蜂群的沁人心脾的芬芳。不久，整个养蜂场周围都弥漫着这样的香气。蜂群立刻汇集在一起，沿着蜂王的足迹飞往快乐的海洋。这片海洋的边际历历可辨，不断向后延伸。她陶醉其中，振翅高飞，遵循着这个种族不同凡响的法律来选择她的情人。这条法律规定只有最强者才能在寂寥的苍天中俘获她的芳心，因此，她继续高飞。这是她生平第一次，呼吸到蓝色天际下清晨的空气。新鲜的空气进入她的气孔，唱着欢快的歌儿，如同天堂的活力注入她的体内，注入液囊无数的小管道中。这股活力汇集天地灵气，直抵心脾。她还在继续高飞，想找到一个飞鸟罕至的地方，否则，就会有人窥探到她的秘密。她继续高飞，蜂群已经被她远远地甩在后面。那些有气无力的、意志薄弱的、年迈体衰的、不受欢迎的、营养不良的、来自于偎慵堕懒或赤贫如洗的蜂房的蜜蜂，在中途就放弃了追寻，消失在苍茫天际。只有一小群忠贞不渝的蜜蜂还锲而不舍地追随着她，在无边无际的天空中勉为其难地飞行。她振作精神，用尽最后的力气振翅高飞。如今，一只由诡秘莫测的力量挑选出来的雄蜂飞到她身边，俘获了她的芳心。两者形成一股合力继续高飞，在空中痴缠，形成了一个上升的螺旋。爱情的疯狂使它们头晕目眩，但转瞬即逝，只有短短一秒钟而已。

无论是面面俱到还是碌碌无能，一毛不拔还是穷奢极欲，精明审慎还是麻痹大意，变幻无常还是坚定不移，焦躁不安还是纹丝不动，寥寥可数还是不计其数，高山景行还是卑鄙龌龊，横亘在自然面前的永远是纯而不杂、无边无际的处女地。

As circumspect and shiftless, niggard and prodigal, prudent and careless, fickle and stable, agitated and immovable, one and innumerable, magnificent and squalid, there lay open before her the immense and virgin fields of simplicity.

四

大部分的生物都有一个模糊的信念，认为一种模棱两可的危险、一种晶莹剔透的薄膜将爱情和死亡隔离开来；认为自然有一种计深虑远的理念，要求生命的给予者应该在给予生命的时刻死亡。关于这个理念的记忆萦绕在雄蜂的脑海中，在这里以最原始、最朴实无华的方式展现出来。雄蜂和蜂王的结合刚刚完成，它的腹部就裂开了，器官自行脱离，随之带出大团内脏。雄蜂翅膀耷拉下来，如同被雷电击中一样，虚空的身体旋转着落入深渊。

同样的观点是，在孤雌生殖中，前期是为了雄蜂那闻所未闻的繁殖速度牺牲掉蜂房的未来，现在，又为了蜂房的未来牺牲了雄蜂。

这样的理念总是让人叹为观止，我们对此探究的越深入，就越是观望不前。举例来说，在整个人类当中，达尔文对这个理念倾注了最大的热情，采用了最为系统的探究方法。虽然他自己并不承认，但他前进的每一步似乎都充斥着悲观失望的情绪，最后在一波三折和势不两立的事物面前缴械投降。假如呈现在你眼前的是一个人类天赋与无穷无尽的力量做斗争的精彩场面，这个场面既蔚为大观又让人自惭形秽。在这种情况下，你别无选择，只能踏着达尔文的足迹继续前行，试图揭开杂交中不育和多产的神秘面纱，揭示出控制它的那些怪诞不经、不合逻辑、不可思议以及神秘莫测的法律，或者是揭开特殊特征与一般特征的变种法则。但几乎他每提出一条法则，都会有数以累计的特殊情况来反驳。很快，这个原则就无所适从，满足于在某个角落找到一个避难所，并披上“例外”的外衣，维持自己渺小的存在。

事实在于，在杂种性和变异性（尤其是以生长相关性著称的同时变异）中，在本能中，在生死攸关的竞争过程中，在有机物的地质演替和地理分布中，在相互的同源关系中，就像在其他所有方面一样，自然的理念会在同一时间以同一现象显示出来。无论是面面俱到还是碌碌无能，一毛不拔还是穷奢极欲，精明审慎还是麻痹大意，变幻无常还是坚定不移，焦躁不安还是纹丝不动，寥寥可数还是不计其数，高山景行还是卑鄙龌龊，横亘在自然面前的永远是纯而不杂、无边无际的处女地。它选择让微过细故和细小琐屑的矛盾法则充斥着那片田野，这种法则就像是横冲直撞的羊群在生存中迷失了方向。的确，这些事实就呈现在我们眼前。但我们的眼睛能看到的，只是和我们的需求和精神高度相匹配的那部分事实，我们也没有任何理由相信，自然对自身游移的原因以及造成的后果置之不理。

无论怎么说，自然都不会让生物迷失的太远，也不会允许它们靠近不合逻辑和岌岌可危的地方。自然掌控着两种百无一失的力量，当一种现象超过某种确定的界限，自然就会将生与死召唤出来，而生与死的到来会重新确定秩序，不顾一切地重新规划路线。

五

自然在各个方面都让我们迷惑不解，对于我们绝大多数的规则，它都置若罔闻，我们的各项标准也被它搞得千疮百孔。一方面，它好像远在我们的思想标准之下；另一方面，它好像又远在我们的思想标准之上。看起来，它从始至终都心浮气躁，笨拙不堪，无论在早期推行实验的动植物世界里，还是在后期进行实验的人类世界中，都莫不如此，无一例外。在那里，它决断籍籍无名者的本能，给予大多数生物浑然不觉的不公平待遇，带来智慧和美德的挫败，赋予种族大浪以推波助澜的平凡道德。即使和人类思想设计和所需的那种道德相比，这种道德都明显稍逊一筹。但如果人类扪心自问，所有的事实——无关乎道德——与其在混沌懵懂中找寻，倒不如求诸它自身，因为在它自身，事实会以一种一目了然、准确无误的形式呈现出来。这种思想难道就百无一是吗？

拥有这种思想的人从来不会质疑他们理想的动机和功效，因为这种思想已经被数以累计的英雄和圣贤神圣化了。但有时，他也会私下自言自语道，这种思想形成之时，距离世界万物千里之遥，它却乐于代表万物层出不穷的绝妙之处。时至今日，人类有充分的理由担心，他试图将自己的道德和自然的道德融为一体的这种努力，会使自己的得意之作遭受灭顶之灾。但如今，他对自然有了更深入的理解，虽然，自然对人类的回应仍模棱两可，但已经透露出兼容并包的气势，完全在人类的意料之外。根据这种回应，他能够捕捉到一个转瞬即逝的方案和一闪而过的灵感，比起他绞尽脑汁设计出来的方案，这个方案更为高瞻远瞩。因此，他也就不再心怀忐忑。之前，他迫不及待地想为自己独一无二的理性和美德寻求一个避难之所，而如今，他再也不觉得这是燃眉之急了。他得出的结论是：任何看似伟大但却妄自菲薄的东西，肯定对人类也毫无裨益。他想知道，如果要把自己的信念、原则和理想置于一种更明智的审视之下，这样的时机是否已经到来。

这一次，他也无意放弃人类的理想，甚至起初让他远离这些理想的东西，现在也劝导他回到原来的轨道上来。在他内心深处，他心驰神往的真理是至高无上的，他将其他真理都排斥在自己的宏图大志之外，也拒绝承认它们是不易之典。对于这样的人，自然是不会从中作梗的。在生活中，除非能和他分庭抗礼，否则，没有任何因素能够动摇他的立场。在他的内心深处存在关于善的最初印象，当他发现自己离这个印象越来越近时，他知道自己的实力在与日俱增。然而，他却能随意改变所有事物在他心中的形象，他可以在不受任何谴责的情况下自甘堕落；他能见时知几，万壑争流的山谷最终会引领他到达自己企及的高地。因此，当他追寻信念时，当他所做的探索和他最初的愿望背道而驰时，他会用人性中最光辉的真理来指引自己，使自己的行为符合当时道德的最高标准；他会铭记任何善行美德，没有丝毫迟疑。所有对这些美德有损无益的行为都会被束之高阁，如同不溶性盐，只有当进行重要试验时，才会发生变化。他可能会接受一个略逊一筹的真理，但在此之前，他会因势而动，遵时养晦。如果需要的话，他可以等上几个世纪，直到发现这条真理和永恒真理（这条真理包罗万象，凌驾于万物之上）之间的联系。

一言以蔽之，他将道德秩序和智力秩序区分开来，认为道德秩序比以前的一切秩序都任重道远、不同凡响。但在日常生活中，如果这两种秩序泾渭分明的话，也许就啧有烦言。因为，我们的行动往往跟不上思想的步伐，经常弄巧成拙或者歪打正着。我们要见微知著，未雨绸缪，但这样的行为必须合情合理、利于未来。人类的经验已经日益清晰地揭示：我们能够到达的最高思想境界，离我们孜孜以求的奥妙真理还有千里之遥。此外，如果之前发生的一切都是子虚乌有，一种更简明扼要、屡见不鲜的理由就会劝告他不要放弃人类的理想——因为有一些法则好像要把利己主义、纵曲枉直、不仁不义作为人类的行为准则——那么，他赋予这些法则的力量愈大——这些法则规定人必须要宽宏大量、公平正义、慈悲为怀，同时，他赋予对立法则的力量也就愈大。当更系统地分配自己和宇宙之间的份额时，他就会发现后面的法则所包含的发人深省、浑然天成的东西，和前面的法则比起来，丝毫不落下风。

六

现在，我们回到蜂王触目惊心的婚礼上来。蜂王和雄蜂的一只小蜂王带领蜂群踏上未知的征程，它们要建造一座一无所有但却朝气蓬勃的蜂房，小蜂王正是这座蜂房独一无二的希望所在。

A young queen who had gone forth at the head of a swarm, and represented the unique hope of a newly founded and still empty city.

结合只能在苍茫辽阔的空中完成，不言而喻，这是自然的懿旨，也符合异花授粉的利益。但是自然的意愿和别的法则层层交错，互相牵制，它最珍视的法则必须越过其他法则设置的障碍，而其他法则在推行时，也必须越过它的障碍。

自然布下了艰难险阻，天空中危机四伏。凄风、冷雨、鸟儿、昆虫以及水滴，这一切都要遵守不可移易的法则。自然而然地，它事前必须精心设计，结合的过程要干脆利落地完成。多亏了雄蜂暴毙而亡，整个结合过程就只是一个深情相拥而已，剩下的一切都是蜂王的自导自演。

蜂王从蔚蓝的天际俯冲而下，返回蜂巢，情人展开的内脏，像一面军旗一样拖在身后。一些作家假设，蜜蜂们满怀希望地期盼蜂王返巢，因此它们大喜过望。布奇纳和其他一些作家都不厌其详地记叙了这一情景。对于蜂王返巢时的情形，我也曾多次拭目以待，但必须承认，我并没有发现任何异常的情绪。只有一次例外情况：一只小蜂王带领蜂群踏上未知的征程，它们要建造一座一无所有但却朝气蓬勃的蜂房，小蜂王正是这座蜂房独一无二的希望所在。在这个例子中，所有的蜜蜂都斗志昂扬，大家蜂拥而上，追随其左右。然而，一般来说，它们似乎忘记了，它们新建的蜂房也是危机四伏。它们谨小慎微地处理着所有的事情，直到将竞争的蜂王斩草除根为止。到了那个时刻，它们的本能就不再发挥作用。和过去发生的如出一辙，它们的远见卓识中出现了一段让人遗憾的空白。看起来，它们完全置身事外，对蜂王返巢也漠不关心。如果它们偶尔抬起头，可能会觉察到受孕过程中心狠手辣的迹象，但由于心存疑虑，它们不会表现出我们所期望的欢呼雀跃的场景。它们满足于自己处理问题的方式，绝不耽于幻想，在欢呼雀跃之前，它们还需要更多的证据。为什么要把和我们有天壤之别的小生物的行为构想得如此合乎逻辑、如此富有人性呢？无论是蜜蜂，还是其他闪耀着人类智慧光芒的小生物，它们的行为都不会像书中记载的那样准确无误，我们对很多情况还一无所知。我们为什么要尽心竭力，把蜜蜂描绘成比实际情形更完美的样子呢？那些认为蜜蜂和人类相似，认为它们比人类更有趣的人，如今也没有真正地意识到，一颗诚挚的心到底会对什么感兴趣。观察者这样说的目的并不是耸人听闻，而是要让人有所领悟，指出一种智力中存在的分歧以及一种和我们大脑组织形式迥然相异的征兆，这远比仅仅讲述与之相关的奇迹更让人兴致盎然。

不过，并不是所有的蜜蜂都摆出一副事不关己的姿态。当蜂王气喘吁吁地栖落在蜂箱踏板上时，会有一小群蜜蜂前来迎接，簇拥着她进入蜂房。此时，太阳——蜜蜂每一次庆典的主角，羞怯不安地溜进蜂房，蔚蓝的天空、蜡墙组成的幕帘都沐浴在阳光中。刚刚升任为新娘的蜂王此时也和她的臣民一样，对此毫不在意，在她那狭隘、残暴和处实效功的脑袋里，根本无暇顾及其他情绪。她只有一个念头，那就是尽快将配偶留在她身上的印记摆脱掉，因为那个印记让她尴尬不已，束缚了她的行动。她独坐在蜂房门口处，小心谨慎地将那些百无一用的器官清理掉，然后由工蜂负荷，将它们运到远离蜂房的地方。雄蜂为蜂王付出了一切，远远超过了蜂王的要求，蜂王却只在受精囊中保留了精液。不计其数的精虫在精液里游移，直至她生命的最后一天。这些精虫在她体内一个幽深晦涩的角落完成雌雄元素的神秘结合，之后会形成蜂卵，一个接一个地排出体外，工蜂就是这样诞生的。这种结合是通过一种莫名其妙的倒置来完成的，蜂王提供了雄性要素，而雄蜂则提供了雌性要素。这种结合完成两天之后，蜂王产下了第一枚蜂卵，她的臣民闻讯立刻赶来，簇拥在她周围，为她提供特殊的优待。从此刻起，她就拥有了双性特征，在她的体内，终其一生都有雄性因素在发挥作用。自此，她真正的生活正式开启。除了跟随蜂群起飞，她寸步不离蜂房，直到弥留之际，她才会停止繁殖。

这场婚礼在纯净的光线中，将笼罩在爱情之上的阴霾一扫而光，使那深情一吻成为永远不可磨灭的记忆。

The wedding purifying in that immaculate light the something of wretchedness that always hovers around love, rendering the kiss one that can never be forgotten.

七

这些奇妙无穷的婚礼，是人类能够想象出来的、最具有童话色彩的婚礼了，在蓝天白云之间，悲壮动人。在欲望的驱动下，高升于生命之上，不可磨灭而又让人望而却步，独一无二而又蛊惑人心，踽踽独行而又无边无垠。我们必须对这种忘情的狂喜啧啧称赞。在我们这个星球上，最美妙、最纯净的一切过后，死亡随之而来，所有的一切都发生在洁白无瑕、无边无际的天空中，那瞬间的幸福都镌刻在庄严通透的天际。这场婚礼在纯净的光线中，将笼罩在爱情之上的阴霾一扫而光，使那深情一吻成为永远不可磨灭的记忆。这一次，它满足于那深情一吻带来的片刻欢愉，用它母性的双手，将两个脆弱的生命合二为一。所有的这一切，全都是为了一个长远而不可分割的未来。

事实的真相远非如此诗情画意，但是它却具备一种虽然不易被我们把握、但最终可能会被我们理解和热爱的含义。自然并没有为这两只蜜蜂（帕斯卡称之为“简化的原子”）举行一场盛大的结婚盛典，甚至也没有挑选什么良辰吉日。正如我们前面所说，它关心的只不过是通过异花授粉来改进物种。为了确保这个目标的实现，它精心设计了雄蜂的器官，使之仅可在空我们对物体啧啧称赞的时刻，也许是我们最能够感知它的真谛的时刻。或许，这样的动机只是一个错误，但这种错误并不妨碍这种时刻的到来。

It may only be error, perhaps; but this error will not prevent the moment wherein this object appears the most admirable to us from being the moment wherein we are likeliest to perceive its real beauty.

中加以利用。要坚持长期的飞行，首先必须扩充它的两个大气囊，这样一来，它才能储备足够的空气。同时，腹部下端向里收缩，生殖器官显现出来。我们窥探到眼花缭乱的追求过程以及华美壮丽婚礼的全部生理秘密，在某些人看来，这些根本不值一提，而在另外一些人看来，这些又不登大雅之堂。

八

诗人会发出这样的质疑："那么，难道我们一定要为比真理还崇高的境界而感到欣喜吗？"

是的，每时每刻，在一切事物中，让我们欣喜若狂的，并不是比真理还崇高的境界——因为那是不可企及的——而是比我们眼力所及的小小真理更崇高的境界。如果说一次际遇、一次回忆、一种幻象、一种激情——总而言之，无论哪一种动机，只要它能使一个物体以一种更加美妙的形式清晰地展现在我们面前，我们应该首先把这种动机视为珍宝。我们对物体啧啧称赞的时刻，也许是我们最能够感知它的真谛的时刻。或许，这样的动机只是一个错误，但这种错误并不妨碍这种时刻的到来。我们赋予物体的美，引导我们的注意力转向其真谛和庄严的一面。物体和普遍、永恒的法则与力量之间存在着一种必然的联系，而其真谛和庄严的一面就来源于这种联系，若不是如此，我们就有可能观察不到这种真谛和庄严了。仰慕与赞叹的力量或许只是我们脑海中形成的一种幻象，但是这种幻象迟早为未来的真理服务。人类凭借古老和虚构的美好事物创造了文字、感情和激情，而如今，人类正是凭借这些对真理信手拈来。真理之所以得以流传，也正是凭借这种心情和理性的作用。倘若作为牺牲品的幻象事先没有在这种心情和理智中酝酿出来，并且激发和增强这样的心情和理性，真理也许就会胎死腹中，永远不会出现，也许永远都找不到如此合乎时宜的生存空间。不需要任何幻象就能看到这种匪夷所思的场景的人是幸运的，正是幻象教会其他人去观察、去赞叹、去欣喜。在他们能力所及的范围内，他们尽可以深谋远虑，但他们的视野永远也不会太宽阔。他们朝真理的方向前进一步，真理就会倒退一步，当他们发出赞叹时，他们就会更接近真理。不管到达真理的哪个层面，才会让他们感到欣喜，这种欣喜都不会发生在虚幻的境界，也不会发生在未知事物和永恒真理之上。因为像悬挂在半空中的美丽事物一样，永恒的真理凌驾于一切事物之上。

尽管，真理距他们有千里之遥，但对于真理的美和庄严，他们莫不翘足引领。

Even though their eyes may not see it, they are eagerly looking towards the beauty and grandeur where its residence surely must be.

九

这是不是意味着我们必须依附于谬误，依附于一种荒诞不经和矫揉造作的诗情画意？因为缺少更好的东西，就要安于现状、自得其乐？或者说，我们前面的例子本身微不足道，我们不厌其详地叙述，是因为它代表了上千种类似的事物，也代表了我们面对真理的千姿百态时的全部态度。在此，我们是否应该忽略生理学上的解释，仅仅保留和品味这次婚飞中充斥的情感？无论出于何种理由，它都是世间最多愁善感、最出类拔萃的行为之一。这种行为受须臾之间就变得公正无私、势不可挡的力量的支配，所有的生物都必须依从于这种力量，并且习惯地称之为爱。由于每一个忠诚不渝的人都养成了良好的行为习惯，这种行为就未免太幼稚了，而且也不可能发生。

事实胜于雄辩，我们必须明确地承认，生殖器官能够伸出完全是出于气囊的扩充。但如果我们满足于这个事实，不把眼光放得长远一些的话，假如我们由此得出结论：每一种高瞻远瞩或深思熟虑的思想都百无一是，真理一定存在于实质性的细节中。这个解释只是解决了一个小小的疑问，世间还存在许多比这个小小的疑问还不确定的因素，比如说，异花授粉离奇古怪的秘密、物种和生命永世无穷以及自然的规划。无论何处，倘若我们不在其中探索一些比寻常解释更深层次的东西，一些可以让真理源远流长的东西，一些可以引导我们发现未知领域中美和庄严的东西，那么，我几乎可以斗胆宣称，我们应该远离这些所谓的真理。因为在这场惊魂摄魄的婚飞中，他们对所有的真理都视而不见，只专注于那些画意诗情和凭空捏造的解释。显而易见的是，他们误判了真理的色彩和形式，但真理与他们如影随形，潜移默化地对他们施加影响。由于真理给予他们的润泽要远胜其他人，于是他们就志得意满地相信，全部真理尽收眼底。但另外一些人，他们为探寻真理做了充分的准备，为真理提供了安身立命的场所。尽管，真理距他们有千里之遥，但对于真理的美和庄严，他们莫不翘足引领。

对于自然的意图，我们一无所知。对于我们来说，这个意图就是掌控一切的真理。但正是由于对这一真理的热爱，正是希望把追求真理所需要的那份激情深藏于心底，理所当然地，我们必须认为这个真理至高无上，无人能敌。倘若有朝一日，我们发现自己误入歧途，自然的意图逻辑混乱、微不足道，但正是我们假定这种意图至高无上，在我们心底涌现的那股热情，才让我们发现了它原本是微不足道的。一旦了解到自然的意图微不足道，对于接下来要做什么，我们也就胸有成竹了。同时，我们费尽九牛二虎之力，倾注全部的心血和理性，无所畏惧地去寻求真理，这也是明智之举。如果最后一句话让你感到闷闷不乐，但如果能够解释自然意图的空洞琐屑，这也不失为一个了不起的成就。

十

有一次，我和一位知名当世的生理学家漫步乡间，他曾对我说："对我们而言，目前还没有真理，虽然如此，但三种酷似真理的东西却无处不在。与其说每个人都有自己的选择，或者不如说，他迫使别人让他做出选择。他所坚持的这种选择——无论是他被迫做出的，还是大多数情况下，他自己未经深思熟虑就做出的，都将决定他的为人处世和行事方式。我们遇到了一位女性朋友，她微笑着朝我们走来。爱能够使我们敞开心扉，而死亡和痛苦则让我们封闭心门。我们头顶是9月湛蓝的天空，眼前是院团锦簇、赏心悦目的花园，映入我们眼帘的场景和康尼尔《蓑蛾》中的描述如出一辙——绿叶成荫处矗立着一座金光闪闪的雕像；远处，羊群正在悠闲地吃草，牧羊人却已经昏昏欲睡；村庄尽头的房屋以及树木之间的大海——所有这些在进入我们眼帘之前，不是被吹捧就是被贬低，要么被刻意修饰，要么偷工减料，就是为了和我们的选择所发出的信号相契合。我们必须学会在这些酷似真相的东西中进行选择。我终生都在孜孜不倦地寻找细小的真相和物质的成因。如今，我已近迟暮之年，开始对真相之前的东西视若珍宝，而不是指引着我走出真相的东西。最重要的是，那些东西在一定程度上超越了真相。”

我们来到了诺曼底的一处高地。这里秀色可餐，如同英式的公园，却和自然融为一体，漫无边际。这是世间绝无仅有的一处地方，天朗气清，树木苍翠欲滴，自然连绵不绝地展露在我们眼前。从此处向北，那里的土地面临着荒芜的威胁；从此处向南，在骄阳之下，那里的土地寸草不生，地瘠民贫。在平原的尽头，延伸至海角的地方，一些农民正在将玉米堆砌起来。“看，”他说，“从这里看，这是一幅多么诗情画意的画面啊！他们正在建造那个看似简单却十分重要的东西。在那个谷堆之上，是幸福和人类得以维生的永不磨灭的丰碑。徐徐晚风将他们快乐的呼喊编织成一首无词之歌，和我们头顶窃窃私语的叶子发出的动人歌声遥相应和。在他们头顶，天空华美壮丽。人们几乎可以想象，仁慈的精灵、如火一般此起彼伏的棕榈树，已经将所有的光线都聚焦到那个谷堆之上，好让他们有更多的劳动时间。棕榈树的痕迹依然留在空中。留意一下他们旁边的那座小教堂吧，朴实无华的墓地面朝着家乡的海洋，其间生长着几簇绿草和几棵柠檬树，而那座小教堂坐立其中。它在眺望和注视着正在劳作的人们。在已故之人的纪念碑下，他们正在修建生活的丰碑，而死者也保持着和他们同样的姿态，和他们相守。将整个画面尽收眼底，其实并没有什么特殊之处，和我们在英国、普罗旺斯、荷兰发现的一些地方毫无二致。但这里洋溢着淳朴和幸福生活的氛围，这种气氛遍及此处的每一个角落。或许你已经习以为常，但它完全具备象征意义。观察一下，人类的生活是如何在有价值的时刻变得有节奏的：看看那牵马的男子，再看看那把草束抛起的人，还有那个弯腰捡玉米的妇女以及正在玩耍的孩童。他们没有移动一块石头，没有带走一掊土，也没有为美丽的景色增添任何色彩；他们甚至一步都没有移动，也不会去栽种多余的树木和花草。我们眼力所及的一切，仅仅是人类为了维持生存，自然而然在自然中留下的痕迹。但是，我们当中仍有一些人，只想去制造或想象一些平静和睦，深奥难解的思虑或极乐至福的场景，但最终他们发现，没有比当前这个场景更美妙的景色了。每当他们想向我们展示美妙或幸福他们热衷于卑劣的解释，喜欢向强者阿谀谄媚，卑躬屈膝。这里的人们熙熙攘攘，皆为利来，强迫他们互相帮助。

They inclined to mean interpretations, and coarse flattery of the stronger. Necessity brings them together, and compels them to help each other.

的画面时，他们就会描绘这样的场景。我们在这里所说的，就是第一个酷似真理的东西，有些人就将它称为真理。”

十一

“让我们靠近那些劳作的人们，他们的歌声和树叶的低语遐迩一体，你能辨别出这歌声吗？它是由辱骂和无礼交织而成的。忽然之间，传来一阵狂笑，那是由于某个男人或女人开了一个不正经的玩笑；或者是因为拿弱者开涮，比如不能负重的骆驼、被他们撞倒的一位残疾人，抑或是被他们当作笑柄的傻瓜。

“我们都住在诺曼底，我研究这些人已有多年，这里沃野千里，易于耕作。看到那些谷堆，人们往往联想到岁稔年丰的场景，他们的生活要舒适很多。结果可想而知，许多男人和女人都嗜酒如命。还有一种无须我点名的毒品也在侵蚀着这个种族。正是由于这些毒品和酒精，你在这里看到的那些儿童，像侏儒、兔唇、八字脚、瘰疬以及低能，比比皆是。所有人，不论男女老少，都有粗俗之人身上常见的恶习。他们好勇斗狠、生性多疑、蝇营鼠窥、嫉妒成性；他们都是伪君子、撒谎者和恶意中伤者；他们寸利必得，即便触犯法律也在所不惜，还为此沾沾自喜；他们热衷于卑劣的解释，喜欢向强者阿谀谄媚，卑躬屈膝。这里的人们熙熙攘攘，皆为利来，强迫他们互相帮助。但每个人心里都有小算盘，都想以邻为壑，确保自己安然无恙。这个村庄的快乐都是建立在别人的痛苦之上。如果有个巨大的灾难降临到其中一个人头上，其他人私下里就会孜孜不倦地谈论这个话题，喜形于色。每个人都紧盯着自己的同伴，他们相互猜忌、嫉妒，对彼此都鄙夷不屑。虽然很穷，他们却厌恶自己的主人。他们的主人冷酷无情、贪得无厌，使得他们的抱怨此起彼伏，以致产生了一种郁积的仇恨。但轮到他自己也有仆人时，他们就会利用自己当奴仆时的经验，显示出冷酷无情和贪得无厌的姿态，甚至比自己曾经的遭遇还要严重。我将不厌其详地为你描述，在这幅优雅缥缈、和谐祥和的美好画面之下，隐藏的万恨千愁、阴谋诡计、不仁不义、残暴专制以及不良居心。不要以为这里拥有华丽壮观的天空，拥有教堂后面奔流至远方的大海（而大海中呈现在你眼前的是另一个楚楚可人的天空），它在地球表面肆意纵横，如同一面智慧和意识的镜子。不要以为，这里的人们会因为这片大海或者天空，思想境界就得以提升，思维就得以扩展。他们从来就对此不屑一顾。他们害怕饥馑、害怕武力，对舆论和法律感到恐惧，对死后的地狱感到敬畏。除此之外，没有任何东西能影响到他们的生活，波动他们的情绪。

“要说明他们到底是什么样的人，我们得一个接一个地细细道来。看站在右边的那个大个子伙计，他能将很大一捆秸秆抛到谷堆上。去年夏天，在酒馆的一次争吵中，他的朋友折断了他的右臂。这是很严重的复合型骨折，我帮他把骨头复原，悉心照料了他很长时间，并且在此期间支付他的生活费用，一直到他能够返回工作岗位。之后，他天天到我这里滋事，利用这个机会在村子里散布谣言，说他发现我和我妻妹有不伦之情，还说我的母亲酗酒成性。他并不是恶人，对我也没有恶意，相反，每当他看到我的时候，都会笑脸相迎。并不是出于对社会的仇恨，他才来对我诽谤中伤，这位农民也非常尊重私有财产，不可能仇视富人。但我想，也许，这位好心的玉米秸秆投掷者没有办法理解，我为什么要不计成本、不要报酬地照顾他那么久。他自以为是地认为，这其中肯定存在着阴谋诡计，而他又不想成为我愚弄的对象。在他之前，无论贫富，已经有人这样对待我了，甚至有人表现得比他还要过分。当他散布那些谣言时，他根本意识不到自己是在撒谎，他只是在遵守一种莫名其妙的道德的要求。这种道德在他周围比比皆是，在他周围形成改变人类的境遇，让他们少受点压迫，缓解他们的痛苦，这无疑是一项巨大的成就，是人类确定无疑的理想。

It is a vast achievement, the surest ideal, perhaps, to render the condition of men a little less servile, a little less painful.

了一种普遍存在的、席卷一切的怨恨。而他自己，也浑然不觉地屈从于这种怨恨，哪怕违背自己的意愿也在所不惜。在乡下生活过几年的人都了解这种情况。那为什么要以这样的方式来完成这幅图景呢？在此，我们描绘的是第二种酷似真理的东西，有些人认为这就是真理。这是实际生活中的真理，毋庸置疑，它基于人们能够观察和探测到的唯一精确的事实。”

十二

“我们坐在谷堆上吧，”他继续说，“让我们再来看一下，我刚刚提到的，那些立足于现实的小小事实。这些事实证据确凿，我们丝毫不能否认。让它们自行消逝于九霄云外吧。它们使前景变得扑朔迷离。我们不得不意识到，在它们背后有一股来势汹汹、匪夷所思的力量，正是这股力量维持着全局。它仅仅维持着全局而没有加以改善吗？映入我们眼帘的这些人，他们至少不再是拉布鲁耶尔所说的凶残可怕的动物，不再是口齿不清、可怜兮兮的动物，不再是一到夜晚就蛰伏在自己的洞穴里，仅靠黑面包、水和草根维生的动物了。

“你会告诉我，这个种族既不是那么身强体壮，也不是那么健康有力。事情就是如此，酒精以及其他的灾祸都是人类必须要克服的意外事件，或者说是严峻的考验。我们的若干器官，比如说神经器官，会大受裨益。因为我们总是发现，生命会因克服疾病而受益匪浅，几乎无一例外。此外，将来发生的一件琐事或许会使这些弊病烟消云散。相较于拉布鲁耶尔所谈论的那些人，这些人拥有思想和感情。”

“我喜欢憨状可掬、没有毛发的动物，不喜欢令人厌恶的半人半兽。”我讷讷地说。

“你现在想到了第一种酷似真理的东西，”他回答道，“对于诗人来说，这种东西是稀世奇珍，我们之前也见识过，但是，不要将这个东西和我们正在谈论的话题混为一谈。这些思想和感情微不足道，如果你乐意，也可以说它们不堪入目。但是微不足道和不堪入目的东西总比百无一是的东西要好得多，它们仅仅利用这种感情和思想彼此伤害，并且维持自己现存的状态，不想有任何改变，这是自然界司空见惯的事情。自然赋予的才智通常首先应用于邪恶的事物上，这样就弄巧成拙，使得它本来想要改善的东西现在却变得更加糟糕。但是，这种邪恶最终总是会衍生出好的结果。另外，我也绝不急于展示以往取得的成就。根据我们考虑这种成就的立场，它们也许微不足道，也许可以彪炳史册。改变人类的境遇，让他们少受点压迫，缓解他们的痛苦，这无疑是一项巨大的成就，是人类确定无疑的理想。此时，让我们的思想暂且离开那实质性的结果，站在人群前面展臂高呼吧。要求进步的人们，和那些望风扑影、盲目追随的人们比较起来，就没有什么天壤之别了。这些年轻的乡下人，他们的头脑中萦绕着纷乱如麻的思想。他们当中的很多人，在很短的时间内，就能够获得我们两个都满意的意识水平。我们认为这些人没有意识，但其实他们的意识和我们脑海中最高水平的意识之间仅有一线之隔，差距之小，让人触目惊心。

“另外，能拥有这种意识，我们都引以为傲。但这种意识是由什么构成的呢？相较于光明，我们对阴暗了解得更多；相较于知识，我们对无知了解得更多；相较于实际上已经知道的事情，我们对让我们费解的事情了解得更多。就在这样的意识当中，潜藏着我们的尊严，我们名副其实的伟大之处。这也许是这个世界上最让人瞠目结舌的现象。正是这种意识，让我们在未知的原则面前昂首挺胸，振振有词地告诉它：‘你是什么，我并不清楚，但我体内的某种意识已经将你囊括其中。你也许会将我毁灭，但如果你的目的不是在我的废墟之上，构建一种比我更好的有机体，那就证明，你本身比我略逊一筹。在我所属的那个种族灭绝之后，随之而来的静寂会向你宣布，你早已经被审判过了。如果你连自己是否得到了公正的审判都无暇顾及，那你的秘密还有什么价值可言呢？它一定蠢不可及甚至惨不忍睹。机缘凑巧，你能够制造出一种生物，而这种生物拥有你本身不具备的某种品质。在它洞悉你的无意识水平之前，一种相反的机会使你能够将它抑制下去，你真是神来气旺。它没有从你一连串可怕的实验中幸存下来，那就更是你的运气了。如果它的智力和世间永恒的智力格格不入，如果它谋求提升的欲望在现实中屡屡受挫，那么，它和这个世界也就没有什么关系了。’

“再重申一次，这样奇特的场景要吸引我们的注意根本不需要取得任何成就，那个谜题本身就足够了。对于我们来说，和农民一样，这个谜题同样百思不得其解，闪耀着神秘莫测的光芒。如果我们追溯生命的轨迹，一直到那个神通广大的原则，那么，这个谜题会在各个方面纠缠着我们。对于这个原理，前面的每一个世纪中，我们都会赋予它一个新的名称。其中一些名字清楚明白，令人欣慰。不过，很快我们就发现，这样的安慰和清晰都是幻觉，我们称之为上帝、天意、自然、机缘、生命、宿命、精神或物质，但其神秘性却是亘古不变的。根据数千年的经验，我们学会赋予它一个包罗万象的名字，或者说更接近我们的名字。这个名字更符合我们的期望，更符合未知事物的性质。除此之外，我们一无所得。

“这个名字就是迄今为止仍在使用的名字，因此，这也是它恰到好处、最神秘莫测的名字。第三个酷似真理的东西有无数层面，其中一个层面就是真理。”

它们陆续飞向空中，势不可挡、光荣显赫，悄无声息地飞往只有咫尺之遥的花丛，在那里安然入睡，直到下午沁人心脾的芬芳将自己唤醒。

One by one they sail off into space, irresistible, glorious, and tranquilly make for the nearest flowers, where they sleep till the afternoon freshness awake them.

第七章　屠杀雄蜂

一

如果天朗气清，风和日丽，百花争艳，争相盛产花粉和花蜜，那出于一种习惯性健忘、大度包容，或者出于思虑过甚、谨小慎微的态度，尽管雄蜂贪得无厌，它的存在使得蜂房得不偿失，工蜂还是会在短时间内忍辱负重。这些雄蜂在蜂房内的行为举止，和帕涅罗帕的追求者在尤利西斯家的行为如出一辙。它们粗野下流、骄奢淫逸、打扮光鲜、大腹便便，作为蜂王名义上的情人，它们满足于饱食终日、无所事事的生存状态。它们穷奢极侈，饮酒作乐，穿梭于大街小巷，阻碍交通，妨碍工作；它们横冲直撞，互相推挤；它们自以为是、哗众取宠、愚不可及；它们从来未曾预料，工蜂对它们有一种发自内心、工于心计的蔑视，也未曾想到，自己引发了日益浓厚的仇恨氛围；对于自己未来的命运，它们也不管不顾。它们在蜂房内找了一个安乐窝，在此酣然入睡，起床之后，它们无忧无虑地聚集在城门大开的巢室里，因为那里的蜂蜜散发出醉人的芳香。而且，它们还随地大小便，弄脏了时常光临的巢室。耐心的工蜂深谋远虑，着眼于未来，不动声色地将一切清理干净。七八月间，骄阳似火，热浪袭来，从正午时分到下午三点，色彩绚烂的乡野因狂欢后的疲惫而颤抖时，雄蜂就出现在蜂房门口。它们头戴由巨大的黑珍珠做的头盔，头盔上高耸着两根颤动的羽毛，身披一件色彩斑斓的紧身上衣、淡黄色的丝绒背心，上面还有一簇羽毛作为配饰，外边加了四层晶莹剔透、做工精良的披风。它们来势汹汹，惊动四方，把守卫的哨兵推搡到一边，推倒清洁工。恭顺谦卑的运粮者刚满载着战利品返巢，雄蜂就和它们发生冲突。它们以为自己是必不可少的神灵，摆出了一副忙忙碌碌的姿态，步伐放纵轻蔑，好像它们也在冒着生命危险，探求那种粗俗者一无所知的命运。它们陆续飞向空中，势不可挡、光荣显赫，悄无声息地飞往只有咫尺之遥的花丛，在那里安然入睡，直到下午沁人心脾的芬芳将自己唤醒。随后，它们又摆出一副颐指气使的架势，装出一副对蜂房有宏大规划的样子返回蜂房。它们径直走向巢室，一头扎进蜂蜜罐里，大快朵颐，把自己喂得体胀如鼓，以恢复损耗的元气。之后，它们就迈着沉重的步伐去会见心慈面善的周公了，在周公的怀抱中沉沉睡去，直到下一场宴会开始。

它们那炯炯有神的双眼曾经见证过花团锦簇，曾经见证过朗朗夏日耀眼的蓝色光芒和天真无邪的骄傲，如今却因遭遇不幸变得暗淡无光。

Their magnificent eyes, mirrors once of the exuberant flowers, flashing back the blue light and the innocent pride of summer, now, softened by suffering.

二

然而，蜜蜂的耐性和人类的耐心不可相提并论。一天清晨，盼望已久的指令从蜂房内传来，温文尔雅的工蜂变成了面目狰狞的审判官和行刑者。这道指令从何而来，我们不得而知。好像是工蜂一直压抑着的冷酷无情、深思熟虑的义愤突然爆发，这道命令就由此而发。命令刚一颁布，所有的心都为之一颤。在这个协调一致的蜂房内，它们好像受到蜂房之魂的激励，一部分忙于觅食的工蜂甚至将它们的职责丢在一边，参与到审判的队伍中来。那些终日无所事事的雄蜂群正靠在涂满蜂蜜的蜡壁上呼呼大睡，此时被一大群义愤填膺的工蜂惊醒。它们茫然无措地醒来，简直不敢相信自己的眼睛。这时，它们不敢再倦怠，惊慌失措地挣扎着，如同月光投射在沼泽波光粼粼的水面上。它们惊愕失色地打量着四周，深信自己是某种失误的受害者。在它们的榆木脑袋里，首先映射出来的就是生命中的母性观念。它们迈步走向蜜罐，想在那里寻找一丝安慰。然而，对它们来说，五月甜蜜的时光已经一去不复返了，柠檬树上的酒花已经凋谢，百里香和鼠尾草提供的仙馐此时也无影无踪，马郁兰和白三叶草也已枯萎。曾经随时欢迎它们前来、用蜂蜡和蜂蜜盛情款待它们的储藏室，曾经人口攒动、盛况空前的康庄大道，如今却布满了燃烧的丛林，令人胆战心寒的毒刺俯拾皆是。蜂房内的氛围风云突变。以前，馥郁芬芳的蜂蜜散发出缕缕香气，如今蜂房却弥漫着刺鼻的毒气。成千上万的小露珠在毒刺的尖上闪耀着耀眼的光芒，流露出不寒而栗的敌意和仇恨。在这些不知所以的寄生虫意识到蜂房内的快乐法则已经崩坏之前，三四只主持正义的特使就开始围攻其中的一只雄蜂，以最不可思议的方式强迫雄蜂接受它们各自的命运。它们杀气腾腾地撕扯雄蜂的翅膀，锯断连接胸腔和腹腔的梗节，切断它那忘乎所以的触须，锲而不舍地在环环紧扣的胸甲上寻找裂缝，伺机将毒刺插入其中。那些庞然大物手无寸铁，它们猝不及防，只想仓皇逃窜，抑或是用庞大的身躯去抵御那雨点般的袭击。它们被推倒在地，被蜂拥而至的敌人紧紧地抓住不肯放手。它们只好用尚且有力的爪子拼命地把敌人往两边扯，或者它们自行转圈，带领着一大群敌人也疯狂地转圈。但是，这个方法很快就因为精疲力竭而被迫搁置了。须臾之间，它们的外貌已经惨不忍睹了。在我们内心深处，怜悯和正义总是相伴而生，看到如此凄惨的场景，我们的怜悯之情油然而生，希望它们能够得到宽恕。但这种希望注定要落空，因为在工蜂的眼中，只有冷酷无情、意义深远的自然法则，除此之外，别无他物。可怜兮兮的雄蜂，它们的翅膀被撕裂，触角被咬断，双腿也被拧成好几节。它们那炯炯有神的双眼曾经见证过花团锦簇，曾经见证过朗朗夏日耀眼的蓝色光芒和天真无邪的骄傲，如今却因遭遇不幸变得暗淡无光。从它们的眼中，你只能看到弥留之际的痛苦和不幸。一些雄蜂重伤而死，立即就被两三个行刑者拖到荒郊野外的墓地里。还有一些伤势较轻，爬到一个阴暗的角落中躲藏起来。它们挤成一团，屏声息气，被一大群不为所动的工蜂围得水泄不通，直到饿殍而死。还有一些成功地到达蜂房门口，飞向天空，一群工蜂尾随其后。然而，夜幕降临，出于冻馁和饥馑，它们又会返回蜂房，在蜂房门口摇尾乞怜，希望能够给它们提供容身之处。然而，迎接它们的只是一只冷酷无情的门卫。第二天清晨，工蜂出发前会清扫蜂房，此时映入它们眼帘的是那些庞然大物不计其数的尸体。这些游手好闲的雄蜂逐渐被它们淡忘，直到明年春天才会被记起。

三

在养蜂场不同的蜂房内，类似的屠杀活动通常会在同一天进行。丰衣足食、管理良好的蜂房会发出屠杀的信号，几天之后，势小力微的蜂房也会紧随其后。只有那些家徒四壁、弱不禁风的蜂房——蜂王年老体衰，失去了生育能力——才会保留雄蜂，一直持续到严冬将至。因为它们一直期盼着处女蜂的诞生，保留雄蜂就不会失去使处女蜂受孕的希望。然而，迄今为止，处女蜂都没有诞生，冥冥之中的灾难却接踵而至，整个部族——蜂王、雄蜂、工蜂——饥肠辘辘，可怜兮兮地抱成一团，在第一场大雪降临之前，悄无声息地死在蜂箱阴暗晦涩的角落里。

在国富民丰的蜂房内，屠杀雄蜂的命令执行之后，一切工作就会恢复正常。只是热情消减，因为花朵的数量已经屈指可数。盛大的节日和繁花似锦的时光已然流逝，不过，蜂蜜会逐渐囤积起作为秋天不可或缺的供应品，最后一个储藏室也会用不会腐烂的蜂蜡密封起来。建筑工作停滞不前，出生率下降；与此同时，死亡率却在攀升。黑夜愈来愈长，白昼却愈来愈短。凄风冷雨、清晨的迷雾、行色匆匆的暮光，都会设下埋伏，等待着工蜂前来。它们再无机会返巢。如同阿提卡的草蜢一样，焦急地等待着和风丽日的蜜蜂，却又不得不首先面临严冬的威胁。

人类大获丰收，分享了蜜蜂的部分劳动成果。每一个管理良好的蜂房都会给他带来 80 到 100 磅的蜂蜜，首屈一指的蜂房甚至可以生产出 200 磅，这意味着工蜂积时累日地劳作，每天在广袤的花丛中往来穿梭达一两千次。人类再看一眼已经进入蛰伏期的蜂群，他从家财万贯的蜂房内取出过剩的蜂蜜，分配给那些因灾祸频仍而无以为继的蜂房。在这个世事艰辛的世界中，不公平的现象比比皆是，总有一些付出却得不到回报的人。他把蜂房遮盖好，将蜂房的大门半掩，收起无用的框架，让蜜蜂静静地享受漫长的冬眠。它们聚拢在蜂房的正中央，蜷缩成一团，紧紧地贴附着巢室的外壁，巢室里面有对蜂房忠心不渝的骨灰瓮。在鸿飞霜降的日子里，这些骨灰瓮能够分泌出到夏季发生嬗变的物质。蜂王就在这群蜜蜂中间，被她的士兵紧紧包围。第一排工蜂紧贴着密封的巢穴，第二排摞在第一排蜜蜂上面，第三排摞在第二排蜜蜂上面，以此类推，直到最后一层。最后一层的蜜蜂形成了蜂群的包膜，当最后一层蜜蜂感觉到寒风侵肌时，就会进入到蜂群里，接着会有其他蜜蜂来顶替它们的位置。悬浮的蜂群就像是一个暗淡无光的球体，被巢室的墙体分成若干部分。它们总是在不动神色地进行调整，根据它们紧贴的那个巢室的空荡程度上升或下降、前进或后退。和人们的常识恰恰相反，尽管蜜蜂在严冬时分的生活节奏放缓，但并没有完全停滞。这些从骄阳下存活下来的蜜蜂，会步调协调地扇动翅膀，根据外界气温的变化，加快或延缓它们的速度。蜂群内部保持恒温，温暖如春。这种春天的氛围神秘莫测，其实是来自于美妙的蜂蜜，因为蜂蜜本身就是一种可以转化的热量。现在，它们又回到了起始的状态。在蜂房内，它们就像是大量的血液，开始了无穷无尽的循环。住在宽敞明亮蜂房内的蜜蜂，把这种热量传给它的邻居，邻居又接着把这股热量传递下去。它们就这样手拉着手，心口相传，直到传递至蜂群最外围的蜜蜂那里。如此一来，一种命运、一种思想就会融入成百上千的蜜蜂心里，将它们整合为一个整体。这种命运和思想在严冬时分，就代替了阳光和花朵，在蜂房内发挥作用。当风和日暖、春回大地之时，柔和的太阳光透过半掩的蜂房门照射进来。自此，银莲花和紫罗兰再次焕发生机，轻轻地唤醒熟睡中的蜜蜂，告诉它们说，外面的世界碧空如洗，生与死的循环已经倒转，一切都将重新开始。

我见到太阳东升西落，所以，地球是静止不动的，而且所有的一切都应该眼见为实。

The earth does not turn, for I can see the sun move in the sky, rise in the morning and sink in the evening; and nothing can prevail over the testimony of my eyes.

第八章 种族的进化

一

在万物凋零的严冬悄无声息地来临之际，我们要盖上蜂房的盖子。同样，在这本书中，我们向读者展示了蜜蜂那叹为观止的勤勉和神机妙算。在结束这本书之前，我迫不及待地想要了解读者提出的一些异议。是的，他们会说，这一切妙不可言，但它们一成不变，一直都是这个样子。数千年来，蜜蜂一直依循着那卓越非凡的法则起居生活，但数千年来，那些法则却丝毫未变。千百年来，它们修造了奥妙无穷的蜂房，多一分嫌多，少一分嫌少。它们修建的巢室将化学家、几何学家、建筑师和工程师的天赋完美地组合在一起。然而，在石棺之上，在古埃及的石碑和纸草之上，我们发现了关于巢室的绘画；甚至在细节上，和现在的巢室也毫无二致。只需要列举出一个证据，证明它们曾取得过哪怕是微乎其微的进步；只需要拿出一个例子，证明它们曾构思过一些新的特征、试图改变过它们习以为常的路线，我们就会喜不自胜，承认它们不仅具备啧啧称赞的本能，而且还具备和人类大同小异的智力，能够分担一种高等命运——甚至人类对此都茫然无知——而不是毫无意识地等待一种低级的物质。

这种语言并非只有外行人才使用，像克比和斯宾塞这样的昆虫学家也使用这样的语言，目的无非要证明：蜜蜂的本能虽然卓有成效但却一成不变。在其中，除了隐隐约约闪现的几点灵光之外，蜜蜂不具备任何智力。他们说："只要能向我们举出一个例子，说明在环境的重压之下，蜜蜂灵机一动，想出了用黏土和灰泥取代蜂蜡和蜂胶的办法，我们就乐于承认蜜蜂有理性思考的能力。"

在吉卜赛语中，这种辩论被称为"诉诸问题式的辩论"，或者也可以称为"永无休止的辩论"——这种辩论本身就是很危险的。如果应用于人类，会使我们离题太远。仔细观察一下，你会发现，这种辩论源于"纯粹的常识"，而常识一般来说都是有害无利的。"常识"就是这样回应伽利略的："因为我见到太阳东升西落，所以，地球是静止不动的，而且所有的一切都应该眼见为实。"常识的确为思想提供了广阔和必不可少的背景，除非它被一种更高层次的不安所监督，在必要的时候提醒它，它是多么的无知，否则，它就会流于智力水平中较低劣的一面。不过，蜜蜂已经对克比和斯宾塞先生的异议做出了回应。其实，这个异议刚提出来的时候，另一位博物学家安德鲁·奈特就用松脂和蜡调制成一种黏合剂。他发现，用这种黏合剂将树木遭虫害的树皮盖住之后，蜜蜂就对收集蜂胶的工作弃之不顾了，心无旁骛地使用这种未知的材料。它们很快就对这种材料进行了检测和采纳，并且发现，在它们的居所附近，这种现成的材料比比皆是。

实际上，在养蜂业中，二分之一的科学和实验任由蜜蜂发挥其主动精神，而它们积极进取的精神也逢机遘会，转变为名副其实的发现和发明。例如，幼虫和蜂蛹需要耗费大量的花粉，周围的花朵却供不应求。此时，为了帮助幼虫和蜂蛹成长，养蜂人会在蜂房附近撒上一些面粉。在自然状态下，在亚洲山谷的原始森林深处，或许蜜蜂远在第三纪之前就已经存在了；显而易见，它们之前对这种物质闻所未闻。不过，若是小心翼翼地采取措施，引诱一些蜜蜂前来，让它们接触和品尝这些面粉，它们就会发现，面粉的性能和花药中的花粉相差无几。消息在蜂群中不胫而走，运粮者蜂拥而至，搬运这些从天而降、百思莫解的食物。根据它们遗传的记忆，这种食物一定和花朵的花萼有密切的关系。在过去几个世纪的飞行过程中，花萼一直以一种酌金馔玉、浓妆艳抹的姿态迎接它们的到来。

在物种进化过程中，一个世纪仅仅是奔流不息的历史长河中，一个微不足道的水花。

In the evolution of species a century is but as a drop of rain that is caught in the whirl of the river.

二

仅仅在一个世纪以前，休伯的研究成果才为我们之后对蜜蜂的研究提供了重要的推动力。他的发现揭示了一些无可置疑、至关重要的事实，为我们之后的研究积基树本，使我们能够取得丰硕的成果。此后不到五十年中，德齐尔松和朗斯特洛斯设计发明了活动蜂房和格子架，于是，合乎逻辑、处实效功的养蜂场如雨后春笋般被建立起来。之前，整个蜂房就是一个大谜团，只有死亡才能揭开它那神秘的面纱；而如今，它再也不是一个神圣不可侵犯的场所。最后，不到五十年的时间悄然流逝，显微镜和昆虫学实验室都竿头日上，翻然改进，工蜂、蜂王和雄蜂的重要器官的秘密被不差毫厘地揭示出来。我们是否需要质疑，我们的经验和知识一样匮乏？蜜蜂已经存在了好几千年，而我们对它们进行观察也有五六十年的时间了。如果可以证明，从我们首次打开蜂房起，它就故步自封，丝毫未变，那我们是否有权得出结论：在我们打开蜂房看到它第一眼、并且发出质疑之前，它也没有发生任何变化？我们是否知道，在物种进化过程中，一个世纪仅仅是奔流不息的历史长河中，一个微不足道的水花？我们是否了解，在宇宙物质的历史长河中，一千年在最近的三分之二个世纪中，他一定能识别出某种怪诞不经的物质转变，但对于我们的道德、社会、政治、经济或宗教方面的演变则完全摸不着头脑，无法形成任何概念。

He would recognize certain curious material transformations in the course of the last two thirds of the century, but would be totally un able to form any conception of our moral, social, political, economic or religious evolution.

仅相当于一个民族短短几年的历史，会不着痕迹地匆匆而过？

三

但是，并没有证据表明，蜜蜂的习性一成未变。如果我们不带着先入之见去观察它们，也不仅仅局限于我们实际经验证明的微不足道的区域，那么，相反地，我们就会发现情况迥然不同。谁能告诉我们，还有多少变化是我们视而不见的呢？假如，我们周围有一位身高是我们的150倍，体重是我们的75万倍的观察者（这些数字是我们与大黄蜂在身高和体重方面的关系），他听不懂我们的语言，与生俱来的感觉也和我们大相径庭。倘若真有这样一位观察者在对我们研精殚思，那么，在最近的三分之二个世纪中，他一定能识别出某种怪诞不经的物质转变，但对于我们的道德、社会、政治、经济或宗教方面的演变则完全摸不着头脑，无法形成任何概念。

在所有的科学试验中，最有可能的一个，就是目前能够允许我们把家养蜜蜂和“阿尔卑斯蜂”群落联系起来的那个实验。“阿尔卑斯蜂”囊括了全部野生蜜蜂，在其中，我们也许能找到它们的祖先。我们随后就会发现，它们在生理、社会、经济、工业和建筑方面的变风易俗，比人类的进化过程还要离奇。但是目前，我们仅仅把研究领域限定在我们称之为“家养蜂”的范围内。在这个范围内，有 16 个独特的品种，我们已经了如指掌。不过，在这些品种中，不管我们指的是最大的“阿尔卑斯多萨塔蜂”，还是最小的“阿尔卑斯弗洛里亚蜂”，确切地说，它们在本质上都并无差别。唯一的差别就是，它们必须要适应因气候和外界条件引发的细致入微的变化。① 不同物种之间的差别，就像是一个英国人和一个俄国人，一个日本人和一个欧洲人之间的差别。因此，在这些初步的探讨之后，我们将讨论亲眼所见的一切，不需要任何假设。以前这件事从未如此迫切、如此可信过。对于那些并非来自于直接证据的事实，我们只字不提；而对于提到的事实，我们也只是挑选其中举足轻重的部分，做一个快速的浏览。

① 家养蜂的科学分类如下：

纲：昆虫纲

目：膜翅目

科：蜜蜂科

属：蜂属

种：蜜蜂

“蜂”这个条目属于林奈动植物分类法中的分类，这个分类并不是最巧妙的，因为整个蜜蜂科，除了若干寄生虫之外，都是生产蜂蜜的。

我们生活在城镇之中，在蓝天下自由地呼吸，对反复无常的狂风暴雨习以为常，对在凄风冷雨中抛头露面也安之若素。

We dwell in towns free to the sky, and exposed to the caprice of rain and storm.

四

首先，让我们考虑一下蜜蜂最重要、也是最基本的改进。就算对于人类，这也是一项劳师动众、殚财竭力才能完成的改进，它的目的是为整个群落提供一个外围保护。

蜜蜂和我们不同，我们生活在城镇之中，在蓝天下自由地呼吸，对反复无常的狂风暴雨习以为常，对在凄风冷雨中抛头露面也安之若素。而蜜蜂则生活在蜂房内，蜂房完全被一层密不透风的包膜保护。如果在自然状态下，在风和日丽之时，情况并非如此。如果它们只依循最基本的本能，它们就会把巢室建在露天。在西印度群岛，多萨塔蜂并不急于寻找空心树，也不急于寻找岩壁上的洞穴。这个蜂群喜欢悬挂在树枝的弯曲处，巢室被建造成修长型。没有任何东西为蜂王产卵、物资的储备提供庇护，如果说存在某种庇护物的话，那也是工蜂用自己的身体搭建而成的。据说，由于碧空如洗、温暖如春，北方的某些蜂种会被这一现象蒙蔽，偶尔也会恢复这种本能。除此之外，人们还发现有一些蜂群生活在丛林深处。

在西印度群岛，蜜蜂的这种习性似乎是与生俱来的。但即便在这里，蜜蜂的这种习性也不合时宜。相当数量的蜜蜂被迫固守在一个地方——由于制造蜂蜡和照料幼蜂需要一定的热量，它们唯一的工作就是维持巢室所要求的温度。因此，悬挂在树枝上的多萨塔蜂只能修建一个巢室。倘若有一丁点东西能为它们提供庇护的话，它就能建造四到五个、甚至更多的巢室，并相应地使群落人稠物穰。实际上，我们发现，生活在温带和寒带的蜂种早已放弃了这种原始的方法。不言而喻的是，昆虫这种悟性极高的首创精神得到了自然选择的认可和支持，因为自然只钟情于那些人多势众、护卫良好的群落，让它们在严冬时分生存下来。起初，也许只是灵光一闪，是一个和本能截然相反的理念，后来就慢慢地演化为本能的习性。不过，自然中的万丈光芒对于蜜蜂来说，还是非常宝贵的，但是它们却放弃了光明，在昏天黑地的空心树或洞穴中寻找庇护。也许是基于细致入微的观察，也许是基于经验和理性，它们遵循的原则最开始是基于一个大胆的想法。几乎可以说，这个想法对于家养蜂命运的重要性，完全可以同火的发明对于人类的重要性相媲美。

五

毫无疑问，这是一个巨大的进步。这个进步并不因为世代相袭和年久日深就有失真实。林林总总的细节证明，蜂房内存在的孜孜不怠和老谋深算并没有僵化为坚不可摧的固定模式。我们已经提到了它们随机应变的几个例子，例如，用面粉替代花粉，用人造的黏合剂代替蜂胶。我们也已经见识到，蜜蜂会根据自己的需要，把偶尔混乱不堪的居所变成自己熟悉的样子，它在这方面的技巧已达到炉火纯青的程度；在把基蜡建成的蜂房为己所用方面，它也游刃有余；至于搬运那些用途不可思议、但却尚未完成的蜂房，它们的行为方式也相当独具匠心。事实上，它们和人类狭路相逢。

让我们回想一下，在过去的几个世纪里，人类一直在建设城市——不是用石块、砖块和石灰，而是用一种柔韧的物质，这种物质是我们身体中某些特殊的器官历经千辛万苦分泌出来的。然后某一天，一种无所不能的物质将我们放置在一座流光溢彩的城市中，我们觉察出，修造这座城市所用的材料，和我们的分泌物极为相似。至于其他的部分就恍如梦寐了，所有符合逻辑的东西都被歪曲、降格，甚至都没有容身之地。但毫无逻辑总比将它们勉强拼凑起来要好得多，因为那样更让人惶恐不安。事实上，我们习以为常的设计包含其中，而那里的一切又都在我们的意料之内。所有的一切都被一种先行的力量拼凑在一起，这种力量好像要将一切夷为平地，或者将它们限制在固定的模式中，抑或是设置障碍，使之无法完成。那些建筑只是一些突起物而已，高度仅有四五码，我们触手可及。根据建筑物透露的迹象，你可以识别出成千上万面墙，而且可以在喘息之间看出它们的规划和所用的材料。

但如果其他地方出现了显而易见的偏差，必须马上予以修正，严丝合缝，并且和其他部分和谐地连接在一起；对于摇摇欲坠的地方也要给予支撑。这些事情都有希望完成，却要历经千辛万苦，而且危机重重。看起来，这好像是由一种至高无上的智慧设计完成的，因为我们大多数的要求，它都能未卜先知。然而，具体操作起来却相当粗糙——它覆盖的范围太广，反而因此受限。我们的当务之急就变成要把茫无头绪的事情弄明白；对于那些从天而降的赠予，我们务必要琢磨清楚它最起码的意图。我们必须快马加鞭，将通常需要几年时间才能修造完成的建筑，在几天之内完工。我们必须放弃固有的习惯，并从根本上改变我们的劳动方式。毋庸置疑，在对于解决即将出现的问题，对于将天意在冥冥之中提供给我们的帮助的这些方面，如何最大限度地转化为我们的利益，人类给予再多的关注都不为对于外界出现的新情况，主宰蜂房的神灵完全了然于胸，并且尽量做到物尽其用；回顾以往的漫长岁月，它也能对周围层出不穷的危机应付自如。

That the spirit which governs the little republic is fully as capable of taking note of new conditions and turning these to the best advantage, as in times long past it was capable of meeting the dangers that hemmed it around.

过。或多或少，蜜蜂在现代蜂房内从事的就是这样的工作。[①]

六

我之前已经说过，无论蜜蜂多么精明强干，它都要受制于外界环境的变化，这一点是最艰深晦涩的，也是最难予以证明的。至于它们对待蜂王的不同方式以及各个蜂房世代相袭、别出心裁的起飞规律，我无意连篇累牍地详加记述。但相较于这些还没有成为既定事实的事情来说，还有相当多毋庸置疑、固定不变的事实可以证明，并非所有家养蜂品种的政治文明水准都不相上下。而且，在其中的一些品种中，公德心仍在探索自己的道路，也许还在另辟蹊径解决皇室的问题。例如，叙利亚蜂种会供养 120 只甚至更多的蜂王，而意大利蜂则最多只会供养 10 到 12 只蜂王。切尔西谈到了一个叙利亚蜂的蜂房，他在里面发现了 120 只已经死亡的蜂王和 90 只若无其事、安然若素的活蜂王，这种情况绝非罕见。这也许就是匪夷所思的社会进

① 现在，既然提到了蜜蜂的建筑物，我们不妨顺便提一下弗洛里亚蜂的一个稀奇古怪的特性。它们给雄蜂修造的某些巢室，形状是圆柱形而非六边形。显而易见，这种蜜蜂并没有完成从一种形式向另一种形式的转变，它们只是在迷离恍惚之间，采纳了一种更为妥帖的建筑形式。

化的起点或终点。倘若深入研究这一现象，你就会深谙个中妙趣。我们可以加以补充说，就供养蜂王而言，塞浦路斯蜂和叙利亚蜂十分接近。此外，还有一个更加明确的事实说明，蜂房内的习惯和审慎的组织形式并非出自一种原始的冲动，也并不仅仅随着气候的变化和时代的变迁做机械的调整。对于外界出现的新情况，主宰蜂房的神灵完全了然于胸，并且尽量做到物尽其用；回顾以往的漫长岁月，它也能对周围层出不穷的危机应付自如。

七

我们亲眼看见的事实就谈论到这里。必须承认的是，我们提到了一些稀奇古怪的事实，但是，这些事实绝不支持这样的结论：除了人类的智慧和未来之外，其他所有生物的智慧都画地为牢，它们的未来也早已注定。

但倘若我们选择暂时接受进化论的假说，你就会发现世界其实别有洞天。壮观的场景无处不在，动物智慧那变幻莫测、发人深思的明亮之光就会映射我们自己的命运。无论是谁，只要是他对这样的奇观进行深入的观察，即便这样的事实隐晦曲折，他也绝不会否认，在自然之中存在着一种意志，它倾向于将一部分物质提升到更加清微淡远、精益求精的状态下，并且用一种神秘莫测的流质（起初，我们称之为生命，后来称之为本能，最终，我们称之为智慧）循序渐进地洞察这种物质。这样一种组织，强化和促进现存事物的意志，至于它的意图，我们却一无所知。当然，世间没有任何东西是必然的。但无数的事实引导我们相信，从一开始就不断提升自己的这种物质，它的数量在不断增加。我承认，这是一句疲软无力的话，但这也是对引导我们的那股冥冥之中的力量，能够做出的唯一的回应了。这种冥冥之中的力量在我们的生命中意义深远，除非我们确信有相反的情况出现，否则，在我们所有的职责当中，独占鳌头的依旧是对生命的信心。尽管有时候，生命本身也并没有向我们传达任何鼓舞人心的明确信息。

或许，我对那些极力反对进化论的人的所思所想了如指掌。支持进化论的证据如满天繁星、强而有力，但是进化论并非金科玉律，无法让人心服口服。我们一定要小心谨慎，不要盲目地追随盛极一时的真相而迷失了自己。现今，一本书中的许多章节都会充斥着类似于此的真相，此后一个世纪，我们再回顾这本书，它看上去就会和今天我们眼中 18 世纪的哲学著作一样古老，里面的人物都尽善尽美，以至于在尘世间根本无迹可寻。抑或是像 17 世纪的某些著作，粗俗狭隘的神灵观念贯穿其中，这些著作的价值也因此大打折扣。

不过，如果我们不能了解事情的真实状况，那么，当我们偶然来到这个世界时，最好的选择就是，接受那些迫不及待地迎合人类理性的假说。但事实是，这样的假说通常都是错误的。然而，只要我们相信这样的假说是真知灼见，它就可以为一个有用的目的竭尽全力，因为它能够恢复我们的勇气，并激励我们从一个新的角度展开研究。与其不断地完善这些别开蹊径的假设，倒不如言简意赅地说出那些我们一无所知的真相。乍看起来，这是一个聪明睿智的办法。不过，只有白字黑字地写明，“我们永远都不可能了解这个真相”，这个真相才会发挥作用。此外，它还会让我们产生一种心慵意懒的情绪，这种情绪比让人心烦意乱的幻想还要致命。人类向来如此，除了从自己的错误中吸取教训之外，没有任何东西能够引领我们更进一步，或者达到更高的境界。就事实而言，我们所学甚微，但就是这点所学，也要归功于经常贻害无穷、荒诞不经的假说。一般来说，在过去，这种假说远没有今天这么词严义密。或许，做出这样的假设实属瞽言妄举，但它却保持了人类进行研究的热情。对于一个饥寒交迫、踏破铁鞋终于找到一个容身客栈的旅客来说，他坐在哪里，在他身旁守着炉火的是一个盲人还是一个白发苍苍的人，这些都无关紧要。只要是他眼前的火苗依旧在跳跃，他就已经尽力而为了。对我们来说，如果我们不仅传递我们感受到的热情，而且还在这股热情上增添自己的因素，并将它传递出去，这样就很好了。而进化论的假说就像是绝渡逢舟，它的作用无人能出其右；它刺激我们以越来越缜密的方法和越来越高涨的热情，来质疑地球内外存在的一切——深抵海洋，延及天空。我们排斥进化论，但是我们拿什么与之对抗？我们拿什么来代替它的位置？我们完全可以承认自己在科学上的无知，但这会助长我们的惰性。相比于智慧来说，人们更需要好奇心，而这也会对好奇心进行蓄意打击。或者，我们也可以接受物种一成不变和神创论的假设，而这个假设比其他任何假设都难以证明；它每时每刻都在消除问题中活跃的因素，却什么也解释不了。

八

在野生蜂中，大约有 4500 个品种是我们已经有所了解的。

无须赘言，我们不会一一列举所有的蜂种。也许，有朝一日，一种发人深省的研究，一种鞭辟入里的实验，以及迄今为止尚未可知的观察活动——这个观察活动也许要持续几代人的时间——将会在蜜蜂的进化史上谱写光辉的一页。目前我们唯一能做的，就是深入这个蒙着面纱的假想领域，把一切笃定的陈述放在一边，全力追踪膜翅目昆虫的进化过程；看一看它们如何获得一种更高的智慧，如何获得更多的安全感和悠然自得的生活。这个进化过程延续了上千年，我们需要简明扼要地指出这个过程的显著特征。我们正在讨论的这个蜂群就是阿尔卑斯蜂。这个蜂种已经家喻户晓，它的基本特征皎如日星，与众不同，人们通常会给所有的蜂种冠以同一个祖先的名字。[①]

达尔文的一些门徒，包括赫尔曼·穆勒在内，认为一种在世界各个角落比比皆是的小野蜂——叶舌花蜂，才是原始蜂名副其实的代表，它也是我们今天所熟识的所有蜂类的祖先。

命途多舛的叶舌花蜂与蜂箱里那些蜜蜂之间的关系，多少有点类似于穴居人和有幸生活在城市里的人之间的关系。你可

① 我们采用的术语应该保持连贯性，这是至关重要的。采用埃米尔·布兰卡德的等级分类应该不会让人如坠雾中，阿尔卑斯蜂群将蜜蜂所有的科都囊括其中。蜜蜂科则是所有科中规模最大的一科。蜜蜂科又被分为三个属：切叶蜂属、意大利蜂和熊蜂属；其中，意大利蜂包括了所有种类的家养蜂。

能不止一次看见它们在丛林中翩翩起舞，在花园遗弃的角落里嘤嘤其鸣。但你可能意识不到，你不经意间看到的这个蜜蜂，正是值得尊敬的蜜蜂祖先。这个世界上之所以存在种类繁多的花朵和水果，全都得益于它的存在（据估算，倘若没有蜜蜂的拜访，十多万种植物早已不复存在）。甚至我们的整个文明都要归功于它，因为在这些诡秘莫测的蜜蜂身上，所有的事情都错综复杂地纠缠在一起。叶舌花蜂巧捷万端、勾人心魄，在法国，这是一个常见的品种，黑色的躯体上雅致地点缀着白色的斑点。在它大方优雅的外表之下，隐藏着难以置信的困顿。它啼饥号寒，衣不蔽体，而它的姐妹却身着华贵的服饰。和蜜蜂科的其他种类一样，它没有收集花粉的粉囊。出于自身的原因，它们也没有地花蜂的毛簇，更没有胃集蜂的腹部花粉刷。它们必须用娇小的爪子备尝艰辛地从萼部收集一些花粉，而为了将这部分所需要的花粉带回居所，它必须将这些花粉吞下肚子。除了自己的舌头、嘴和爪子之外，它没有任何外物可以凭借。然而，它的舌头太短了，双腿又软弱无力，下颌也有气无力。它不能生产蜂蜡，也不会在树木上打孔或在地上挖洞。因此，它只能在晒干的浆果的柔软木髓上，设计建造出其貌不扬的走廊和不便使用的蜂巢，并在里面存储寥寥无几的食物，留给它未曾谋面的后代。完成了这项粗制滥造的任务之后，它将何去何从，我们无从知晓；它的目的，我们也不得而知。它悄无声息地离开，凄凉地在角落中长眠不起，就像它生前一样阒然无声。

九

在进化过程中会出现数以累计的物种，我们对其中的一些物种避而不谈。我们可以目睹蜜蜂的舌头慢慢变长的过程，以便能够从花冠中提取出更多的花蜜；收集花粉的器官开始形成和随后发展完善的过程——胫骨、踝骨和腹部的毛发、绒面和花粉刷；爪子和下颌的力量日益增强的过程；有用的分泌物的形成过程；专司建筑的天赋竿头日进，在各个方面都幡然改进的过程。如果对这种研究详加记述，大约需要整整一卷本的篇幅；在此，我只能简单地概述其中一章，甚至都不到一章，其实只有短短的一页。在这一页中，我将向大家展示，蜜蜂的生存意志、在对生活精益求精的过程中所付出的瞻前顾后的努力，以及蜜蜂社会智慧的发展和维持。

如我们所见，浩瀚的宇宙中危机四伏，充满着让人不寒而栗的力量，命途多舛的叶舌花蜂毫无怨言地承受着孤寂的命运。

在它所属的物种中，有相当数量的姐妹，它们的技术已经出神入化，而且饮食器官也得到了改进。比如，锦衣华服的阿尔卑斯蜂，或者切叶蜂。后者在切割玫瑰叶时向人们展示了叹为观止的技艺。这个种属完全独来独往，如果说偶尔有某种生物尾随它们而来，而且和它们共处一室，那它要么是敌人，要么更多的时候是寄生虫。

和人类的世界相比，蜜蜂的世界里充满了莫名其妙的幻影。在许多物种当中，都存在着一个神秘莫测、心慵意懒的幽灵。这个幽灵原本和它们选中的寄主十分相似，只是这种由来已久的倦怠使它们陆续失去了劳动技能，它们只能依靠同种属中劳动者的劳动成果才能生存下去。[①]

我们随心所欲地将一部分蜜蜂称之为“独居蜂”。然而，就是在这类蜜蜂之中，社会本能也已经积于忽微。就好像千钧重负窒息了所有的原始生命，但在千钧之下还跳动着一团火苗；就好像勘探，无论是此处还是彼处，在任何不可料及的方向上，

① 举例来说，噪蜂就寄生在大黄蜂身上，斯特莱特蜂则以另一种切叶蜂为生。“至于寄生者和寄主之间时常发生的身份认同问题”，M. J. 佩雷茨在他的著作《蜜蜂》一书当中有相当精彩、十分恰当的论述：“人们不得不承认，这两个蜂属只是同一类型的不同形式而已，而且它们通过密切的姻亲关系彼此紧密相连，唇齿相依。对于信奉进化论的博物学家来说，这种关系并非完全出于想象，而是真实存在的。寄生蜂应该归为采集蜂的一种，只是由于适应了寄生生活而使采集器官萎缩。”

都会出现略带羞涩，甚至有时候是不可思议的爆发。它会冲破千钧重负的压迫，如同火葬用的柴堆，总有一日会燃起胜利之光。

如果这个世界上，除了物质之外别无他物，此时，肯定是它向非物质世界转化最激烈的时刻。生活正在由一种危机四伏、桀骜自持、支离破碎的状态向另一种同气连枝、确定不移、幸福美满的状态转变。必须利用精神的力量将体内四分五裂的东西无与伦比地结合在一起；为了种族的利益，个人必须做出牺牲，用现有的东西取代无影无形的东西。人类自认为是万物之灵，一种本能由此产生，并渗透到我们意识的各个方面。我们需要感到奇怪，蜜蜂没有一眼就意识到我们至今尚未解决的难题吗？起初，这个地球上一切具有生命的物质都被黑暗吞噬，那么，标新立异的思想是如何在黑暗中摸索前进的？这着实引发了我们的好奇心，甚至触动了我们的心弦。这种思想从物质中脱颖而出，但她依然是物质的；这种思想是寒冷、饥饿和恐惧转化而成的一种无形之物。它在危机四伏的漫漫长夜中茫然无措地探索着，严冬正在逼近，一种不明所以的睡眠（濒临死亡）就要来临……

这里再也不是那个粗野蛮横、混混沌沌的世界，再也不是出于饥寒交迫或出于对死亡的恐惧而诉诸本能的世界，这里已然变成一个生机勃勃的世界了。

It is no longer wild and unrecognizable, wrested from instinct by cold and hunger, or by the fear of death; it is prompted by active life.

十

木匠蜂人多势众，能够在干燥的木头上钻洞筑巢，而且它们总是独来独往。不过到了夏末，一个特殊物种当中的少数蜂群——青木蜂，会瑟瑟发抖地挤成一团，钻进水仙花的茎秆中，唇齿相依，共度寒冬。对于木匠蜂来说，这种姗姗来迟的手足之情极为罕见，而和它们血缘关系最为亲近的蜂种来说，这却是一个司空见惯的现象。手足情深的思想正处于萌芽，在木匠蜂这里，它突然戛然而止，而且直到今日，也没有成功越过这条若隐若现的爱之界限。

在其他的阿尔卑斯蜂中，这种思想的探索已经另辟蹊径。石匠蜂是一种建筑蜂，它们的拿手好戏是修建蜂巢外围；而集蜂科的掘地蜂的看家本事则是在地上打洞。于是，它们精诚合作，形成一个大的群落，一起建造蜂巢。不过，这是一个七拼八凑而成的群体，由许多各自为战的小群体组成，彼此之间多有隔阂，并不能协同一致。群体中的每只蜜蜂都闭门自守，只为自己修造巢室，根本无暇顾及邻居的死活。M. 佩雷茨说："它们不过是一群乌合之众，只是因为口味和习性相似聚集在一起，但每只蜜蜂都小心谨慎地遵守着自己的行为准则。实际上，它们只是由工蜂纠合起来的一个群体，只在数量和热情方面能够与蜂房内的蜂群相媲美。由于栖居在同一地点的蜜蜂数量过大，才会出现这样的群体。”

但当我们提及掘地蜂的近亲帕诺吉蜂时，一道光线突然穿透层层迷雾，向我们揭示这个偶然形成的群体中一种新的情绪的形成过程。它们聚集的方式和其他的蜂种并无不同：每一只蜜蜂自顾自地修造自己的地下巢室，但巢室的开口是向所有巢室开放的，从地表通往不同巢室的通道也是共用的。M. 佩雷茨补充说：“因此，提到巢室的修建，看起来好像每一只蜜蜂都各自为战，然而通往不同巢室的通道却是共用的。所以，每只蜜蜂的劳动都能使其他的蜜蜂大受脾益，也减少了单独修建通道的麻烦以及所需要的时间。这个初步的工作是不是大家同心协力完成的？雌蜂是不是在其中充当着瑶池女使的角色？大家是不是轮流休息？如果发现这些问题的答案，那将是一件奥妙无穷的事情。”

不管最后的情形如何，情同手足的思想已经跨越了分隔两个世界的巢壁。这里再也不是那个粗野蛮横、混混沌沌的世界，再也不是出于饥寒交迫或出于对死亡的恐惧而诉诸本能的世界，这里已然变成一个生机勃勃的世界了。然而，手足情深的思想待到春暖花开，它又会重复百无一用的劳动，和它的母亲一样，顾影自怜，赤贫如洗。

(Until) the next spring, in the same solitude and poverty as her mother before her, will recommence the same useless work.

再一次停止了它的脚步，而且在上述这个例子中，它不肯再多走一步。不管怎样，它并没有心灰意冷，它还会寻求其他的途径。这种思想又在大黄蜂这个蜂群中蔓延，并在那里发展成熟。它在不同的氛围中发挥得淋漓尽致，且第一次创造出具有决定意义的奇迹。

十一

众所周知，大黄蜂是一种绒毛繁多、聒噪不堪的生物。虽然表面上看起来，它面目狰狞、凶神恶煞，但它对人类并无一害。起初，大黄蜂是过独居生活的。阳春三月，严冬已过，受孕的蜜蜂开始筑巢。根据所属的种类，它要么在地下筑巢，要么在丛林中筑巢。它绝世独立，在春满人间之时孤芳自赏。它选好一个地点，清理干净，开始挖洞，在洞穴旁边铺设地毯。随后，它就着手建造奇形怪状的蜡制蜂巢，将蜂蜜和花粉存放其中。它在巢室里产卵并孵卵，为新生儿提供照料和营养。不久之后，它就得享天伦之乐：蜂巢内外都是辛勤工作、为它提供帮助的女儿们。随后，它的女儿们也能产卵了。蜂房的建筑得以改进，蜂群的声势日益浩大，蜂房内的生活也日益安闲自得。女创立者依旧是蜂房的灵魂，是蜂房内无可替代的母亲。它发现自己成为一个王国的君主，而这个王国可能就是我们蜜蜂王国的典范。令人遗憾的是，这个典范至今尚未成型。

即便是大黄蜂处于黄金时代，它们的规模也被局限在一定的范围之内。它们的法则含糊不明，执行时又不能雷厉风行，不时就会出现原始野蛮的暴行——例如自相残杀和杀婴行为；建筑物奇形怪状，因而造成原料的浪费。不过相较于帕诺吉蜂的蜂巢，这两种巢室的本质区别在于，一种是世代相传，永久的居所；另一种则是权宜之策，暂时的家园。因为实际上，大黄蜂的巢室在秋季就会倾覆，巢室中三四百个居民也会遭受灭顶之灾——没有留下任何生活过的轨迹，甚至连努力生存的痕迹也一并被抹杀。不过，会有一只雌蜂幸存下来，待到春暖花开，它又会重复百无一用的劳动，和它的母亲一样，顾影自怜，赤贫如洗。然而，蜂房内手足情深的思想已经意识到自己的力量，虽然在大黄蜂中，这种思想还是未能突破我们所设定的范围，但是它却对自己的行为习惯忠贞不渝，对自己选择的道路也会坚持到底。顷刻之间，它就会承受一种循环往复的轮回，为每一次的胜利而激动万分。在另一个蜂群中，这种思想则表现得无所不能、几近完美。这个蜂群——包括热带蜂属的无螯针蜂和南美无刺蜂——是这个物种的最后一个群体，也是家养蜂之前的那个蜂群，因此，这种思想在这个物种中达到了尽善尽美的状态。

十二

这个蜂群的组织形式已经和现代蜂房一样完好无缺——一只独一无二的母蜂，不能生育的工蜂和雄蜂，甚至在某些细节上更臻于完美。举例来说，雄蜂并非整日无所事事，它们会分泌蜂蜡。通往巢室的入口守卫更加森严；和现代蜂房相比，为了确保万无一失，它还追加了一道门，在夜风渐起、寒气袭人之时，可以把这道门紧闭。暑气逼人时，还有一道帘子，可以保持空气畅通。

但这个蜂房仍然羽翼未丰，日常生活缺乏保障，更谈不上什么欣欣向荣了。相较于现代蜂房，它还是略逊一筹。无论何处，只要是引进现代蜜蜂，热带蜂就会在它们面前消失。在这两个种族中，手足情深的思想都获得了突飞猛进的发展，只有一处稍有不同：在热带蜂属中，这种思想并没有进一步的发展；而在大黄蜂的一些后代那里，这种思想却获得了长足的进步。

在劳动分工的机械组织方面，在讲求实效、精打细算方面——简单地说，在城市建筑方面，热带蜂属都是以铢称镒，无法与大黄蜂相提并论。谈到这一点，我还需重复本人在本书第三章第三节说过的话，另外，还需稍作补充。在现代蜂房中，所有的巢室都可以用来抚养幼蜂和储存物资，并且每个巢室都和蜂房一样经久耐用。在热带蜂中，巢室专门被用做蜂蛹的摇篮，不过在孵化任务完成之后，巢室就被摧毁了。①

在上述的蜂种中，对于这种思想，我们给出了一个不求甚解、尚不完备的阐述，但这种思想却在家养蜂这里获得了尽善尽美的形式。在这些物种中，这些活动是否自始至终都受到抑制呢？这条连接线是否只存在于我们的想象中呢？在这个尚未穷理尽性的领域，我们不应迫不及待地建立一个体系。我们得出的结论先备而不用，但可以优先成为传达最高希望的一个结论。因为，倘若我们必须做出抉择，偶尔闪现的灵光就会宣称：我们梦寐以求的那个结论，往往被证明是真知灼见。另外，我

① 热带蜂是否恪守这一原则，即蜂房内只有独一无二的蜂王或母蜂，我们没有确切定论。布兰卡德的说法很合乎情理：由于热带蜂没有螫刺，不会像现代的蜂王一样，随时准备去袭击对方。因此，在同一个蜂房内，可能会存在多个母蜂。但由于母蜂和工蜂极为相似，也由于在我们的气候条件下，无法饲养热带蜂。因此，尚不能得出确切的结论。

们不应该忘记，在很多领域，我们依然一无所知，我们只不过才开始睁眼看世界。上千种可供操作的实验，我们还丝毫没有涉及。举例来说，如果我们圈养一只叶舌花蜂，迫使它和自己的同类共栖一室，有朝一日，它们能否越过绝世孤立的思想铁幕，和掘地蜂其乐融融地生活在一起？或者面对掘地蜂时，它能否流露出手足情深的感情？如果我们把掘地蜂放在异常环境中，它们会不会从共用通道发展为共用巢室呢？倘若大黄蜂的母蜂被迫共度严冬的山寒水冷，它们能否相互谅解，能否实现劳动分工呢？热带蜂是否目睹过蜡基巢室？它们会接受这样的巢室吗？它们会加以利用吗？它们会根据这个异乎寻常的建筑来调整自己的习性吗？虽然我们提出的问题是针对这些微不足道的生物的，但却包含了关于我们最大秘密的金玉良言。我们无法回答这些问题，因为我们的经验实在少之又少。从瑞蒙开始，野生蜂的习性开始引人注目；如今，150 年的时间飞逝而过，瑞蒙从中窥探到的知识却微乎其微。从那以后，我们又观察了一些其他的野生蜂，大概有成百上千种。然而，迄今为止，只有一些行色匆匆、愚昧无知的旅行者注意到我们的观察。我们的研究一直停滞不前，直到《研究报告》一书的作者发表了他那弥足珍贵的作品。金光闪闪的大黄蜂，在太阳怡情悦性的但是人类为了保证自己获益，毁掉的恰恰就是这些深谋远虑、丰衣足食、在新环境中得心应手的蜂群。

But it is precisely these prudent, opulent, acclimatized hives that man has always destroyed in order to possess himself of their treasure.

窃窃私语中，尽情舞动。1730 年，它们在查伦敦的花园中，享受着蜂蜜大餐。明天的它们将和今天毫无二致，没有丝毫变化。待到孟夏来临，它们一样会在文森斯的密林中喁喁私语，而查伦敦花园和文森斯密林也不过咫尺之遥。从瑞蒙到我们所处的时代，也仅仅一眨眼的工夫。人类生老病死，世代相袭，在自然思想史上，也不过一秒钟而已。

十三

我们目不转睛地注视着那个思想，它在家养蜂那里表现得淋漓尽致，但这并不说明，蜂房完美无缺，毫无瑕疵。不过，六边形巢室真是它们的得意之作，绝对是尽善尽美。即便是世间所有的天才云集，召开一次秘密会议，也无法使这件作品更加完美。就这种完美程度而言，任何一种生物，包括人类在内，即便是在他们领域中取得的最高成就，也不能和蜜蜂在蜂房内取得的成就相提并论。倘若来自另一个世界的人从天而降，询问地球上生活最符合逻辑的完美生物，我们只能拿出平淡无奇的蜂巢来了。

如此完美的水平并非一以贯之，我们已经提及了一些瑕疵和缺点，这些瑕疵和缺点有时显而易见，有时则神秘莫测。例如，雄蜂锦衣玉食却无所事事，这会给蜂房带来灭顶之灾；孤雌生殖、婚飞的危险、过分频繁的起飞，冷酷无情，以及个体对社会所做的牺牲已经到了令人咂舌的程度，这些都会给蜂房带来毁灭性的打击。它们还有一个怪癖——倾向于储存大量的花粉，远远超出它们的需要。因为花粉不久就会变质硬化，蜂巢的表面就会凹凸不平，阻碍交通。此外，第一次起飞和第二只母蜂受孕之间，间隔时间过长等等。

在这些谬妄无稽的错误中，在我们的气候条件下，唯一能引发灭顶之灾的莫过于重复起飞了。但在此，我们必须谨记，在家养蜂长达数千年的自然选择过程中，人类屡次从中作梗，从法老时代的埃及人到我们这个时代的养蜂人。养蜂人的行为总是和蜜蜂的欲望与利益背道而驰。人丁最兴旺的蜂房莫过于在初夏之后，只进行一次起飞的蜂房。它们已经完成了母性的职责，确保了血统的维系和蜂王必不可少的更换，使蜂房的未来得到了保证。由于蜂群人稠物穰，发育及时，因此在寒秋到来之前，它们有足够的时间修建固若金汤的居所，储备充足的物资。毫无疑问，倘若任其发展，这些蜂房里的蜜蜂和它们的后裔将是唯一能够度过寒冬的蜂群。而由不同本能支配的其他群落，总免不了在严冬倾覆的危险。因此，慢慢地，北方的蜂种就接受了限制起飞的原则。但是人类为了保证自己获益，毁掉的恰恰就是这些深谋远虑、丰衣足食、在新环境中得心应手的蜂群。迄今为止，在日常的养蜂活动中，人类仍然只允许那些孱弱的蜂群存留下来。蜜蜂的血统退化，第二次或第三次起飞的蜂群，它们的食物勉强能供应它们度过寒冬；或者人类不忍看到这悲惨的场景，施舍给它们几滴蜂蜜。

这样导致的结果或许就是，蜂群愈加孱弱，频繁起飞的倾向已经转变为遗传特征。时至今日，几乎所有的蜂群，尤其是黑蜂，都存在频繁起飞的问题。“移动养蜂”的新方法已经推行了好多年，这种方法有利于纠正这种危险的习性。我们偶尔会深思，人为选择对大多数家养动物产生了多么迅速的作用，比如牛、狗、鸽子、羊和马；我们自然而然会相信，在不久的将来会出现一个新的蜂群，它们完全放弃起飞的习性，全身心地投入到采集花粉和酿造蜂蜜的活动中。

十四

除了上述谬误之外，蜂群中还存在着其他的瑕疵。但蜂群中也存在着一种智慧，这种智慧对于共同生活的目标有着清晰的认识。难道这种智慧不能规避这种瑕疵吗？提到这些瑕疵，我们好像有说不尽的话。它们有时源自蜂箱内某种变幻莫测的东西，而我们对这种东西还不得而知；有时则源于起飞以及随之而来的失误，而这个原因，人类必须要承担一部分责任。我们已经对之前的情况了如指掌，就把判断的权利赋予每个人吧，只要他们认为合适，就任由他们自己承认或否认蜜蜂的智慧吧。我并不急于为蜜蜂做任何辩护。对于我来说，在大多数情况下，它们的行为都极易理解，但即便是它们率性而为，我的好奇心也丝毫不会减弱。看到一个大脑本身就具有大智大勇，并且凭此和冻馁、饥馑、死亡、时间、空间和孤寂做斗争，和生命中蜂拥而至的敌人做斗争，这实在是一件奇妙无穷的事情。倘若有一种生物，它大显神通，既保持了自身意义深远而又错综复杂的存在，又丝毫没有超越本能的界限，没有做任何偭规越矩的事，这也是一个奇妙无穷的发现，而且还是一件不同凡响的发现。把习以为常和不可思议的东西放归到它们在自然本来的位置上，那它们的价值就会发生变化；实际上，它们齐名并价。我们发现，它们的名字被篡改了，吸引我们注意力的并不是它们，而是那些让我们迷惑不解的事情。这些事情使我们的活动得以恢复、秩序井然，并且赋予我们的思想、情感和文字以一难道我们没有发现，就我们自身而言，长期以来，意识和智力也存在于谬误和瑕疵之中，我们对此也只能望洋兴叹，提不出任何解决措施？

Do we not find, among ourselves, that consciousness and intellect long will dwell in the midst of errors and faults without perceiving them, longer still without effecting a remedy?

种崭新和更加合情合理的形式。在蜂房内部，存在着一种不假借外物的智慧。

十五

此外，我们的智慧并非绝对公平的法庭，可以传唤蜜蜂前来受审，并历数它们的缺点。难道我们没有发现，就我们自身而言，长期以来，意识和智力也存在于谬误和瑕疵之中，我们对此也只能望洋兴叹，提不出任何解决措施？如果世间存在着一种生物，它生来的使命就是呼唤和组织符合纯粹理性的共同生活，那么，这种生物一定是人类了。看一下人类取得的成就，然后拿我们社会中的谬误和蜜蜂在蜂房内犯下的错误做一个比较。例如，倘若我们是正在审视人类的蜜蜂，我们观察到，一个在其他方面好像都显示出独一无二理性的生物，在进行劳动分工时，却纵曲枉直、荒诞不经，我们怎么能不黯然神伤呢？我们会发现，地球作为人类共同生活独一无二的来源，只有十分之二到十分之三的人口在从事力小任重、痛苦不堪的劳作。我们还会发现，有十分之一的人整日无所事事，但他们却霸占了第一批劳动者绝大多数的劳动成果。而另外十分之七的人口注定生来就生活在半饥饿的状态中，他们夜以继日地从事着稀奇古怪的工作，身心俱疲却毫无所获，反而使那些无所事事之人的生活更加错综复杂，更加百思莫解。我们应该得出这样的结论：这些生物的理性和道德感源于一个和我们截然不同的世界，至于它们所依循的原则，我们也迷惑不解。但是，我们不要再过分纠结于这种瑕疵，虽然它们的存在没有什么价值，但它们一直存在于我们的意识之中。一个世纪接一个世纪，它们当中偶尔会出现一个，在片刻之中，睁开它那惺忪的双眼，发出一声困惑的呻吟；那支撑着脑袋的胳膊已经酸痛无比，现在得以伸展一下；转换一下位置，接着躺下去，再一次沉沉入睡；直到那单调沉闷的睡眠再次产生新的不适，它才会再次醒来。

十六

在承认阿尔卑斯蜂的进化，或者至少是蜜蜂科的进化，抑或是认为它们进化的可能性要远大于停滞的可能性之后，我们来考虑一下，这种历时久远的进化发展的一般方向。看起来，蜜蜂进化的方向和人类并无二致。显而易见的是，这种进化倾向于减少斗争、增加安全感、缓解种族内部的不幸、增强蜂房一个人在流光溢彩的城市中生活，即便是他本人生活困顿，也比他闻达于世却生活在一个日益衰落的城市中幸福得多。

Individuals are happier in the bosom of a prosperous city, even though they suffer themselves, than when individually prospering in the midst of a languishing state.

的权威和舒适程度，以及创造有利的时机。为了达到上述目的，它会义无反顾地牺牲个体的利益，以整个蜂群的力量和幸福，来换取它们的离群索居；而这样的独立又是那样的不切实际，那样的惊心悲魄。似乎自然也赞成修昔底德赞扬伯里克利的话：“一个人在流光溢彩的城市中生活，即便是他本人生活困顿，也比他闻达于世却生活在一个日益衰落的城市中幸福得多。”伯利克里的观点为在繁荣昌盛的城邦中辛勤劳作的奴隶提供保护。同时，那些没有责任心、社会关系又不稳定的人，却遭到社会的抛弃，被丢给了那些不可名状、无影无形的敌人。这些敌人在宇宙中随波逐流、稍纵即逝，生活在太空阴暗闭塞的角落里。现在来讨论自然的计划，或自问人类是否应该追随这种计划是不合时宜的，但有一点确定无疑：无论无穷无尽的物质是否允许我们洞悉这种思想的表象，这个表象都会沿着这条道路坚定不移地走下去，而这条路的尽头在何处，我们也不得而知。

能够注意到自然的深忧远虑，并且将这种思虑深深地印刻在进化一族的观念之中，以及从物质敌对的惰性中赢得一切，对于我们来说就足够了。自然记录下了每一次力争上游的努力，设计出了专长于一域的仁慈律法来对抗不可避免的反作用，而对于这样的律法，我们同样不得而知。不可否认的是，这个过程在大多数闪耀着智慧光芒的动物中都存在。也许，这个过程只是出于一股原始的推动力，除此之外，没有别的目的，也不知道将要何去何从。但至少在这个世界上，撇开此类影影绰绰的事实之外，没有任何东西能够指明一种明确的意志。我们看到一些生物以这样的方式得以进化，虽然步履维艰但从未停滞，只此一点，就值得大书特书。即使在席卷一切的黑暗中，蜜蜂仅仅为我们揭示了这些神秘莫测的螺旋光束，我们也不会后悔为了研究它们的一举一动和温和谦恭的习性所付出的时间。它们的一举一动以及谦恭的习性看起来和我们如隔千山万水，但和我们傲睨万物的激情以及心高气傲的天命又只有咫尺之遥。

十七

也许这些事情都毫无意义，我们自身能够揭露的螺旋光束和蜜蜂揭露的那些相比，丝毫不落下风。点亮它的目的仅仅是为了打发百无聊赖的黑暗。因此，某些惊心动魄的事件可能会从外部蜂拥而至，或许是来自另一个世界，或许是源于一种前所未有的现象。我们要么赋予这个事件以确定无疑的意义，要么就彻底摧毁它。然而，我们必须从容自若地沿着我们既定的路线走下去，就好像没有任何异常的事情发生在我们身上。我们是否知道，将来，比如来自于比我们的星球更古老、更光辉灿烂的星球上的某个启示、抑或是某个消息，会彻底颠覆我们的本性，推翻我们的法律，抑制我们的激情，批判我们生活中最根本的真理。对于我们来说，最明智的做法就是倾其所有去研究这些激情、法律和真理，它们必须和我们的思想融为一体，协调一致。此外，它们必须对强加于我们的命运忠贞不渝，它们会征服我们生命内外出现的阴暗晦涩的力量，而且在某种程度上还会增强这种力量。

或许，这些在新的启示中无一幸免。不过，那些坚持不懈、最终完成原属于人类任务的灵魂，一定会正身率下，迫不及待地为这个启示留一个绝佳的位置。倘若他们因此得知，对未知事物无动于衷或俯首听命，这才是他们名副其实的职责；对于这种无动于衷和俯首听命，他们应该比其他人理解得更为透彻，能够更好地对此加以利用。

十八

也许，我们应该尽量避免这种推测。对于眼前必须完成的任务，我们要有自己的看法，不要让整体湮灭无闻的可能性模糊这种看法。最重要的是，我们不能寄希望于偶尔出现的风云际会。迄今为止，虽然我们能臆想出希望，但最终，我们还得独立自主、自力更生。这个星球上，任何一个大有裨益和影响深远的成就，都要归功于我们微不足道的努力。只要我们愿意，在异乎寻常的事件发生之后，我们总能等到或好或坏的结果。这样做的前提是，这种预期不能阻碍我们完成人类的任务。在此，像自然素来所为的那样，蜜蜂给我们上了生动的一课。在蜂房内部，莫名其妙的干涉真实存在着，蜜蜂被一种力量玩弄于股掌，它可以随时覆巢毁卵，也可以随时使整个族群发生翻天覆地的变化——这种力量随时都可以改变它们的命运。相比于人类来说，蜜蜂受到的束缚是清晰可见的。因此，它们依旧恪尽职守，完成原始而深刻的职责。在它们之中，恰恰是那些恪尽职守的蜜蜂能够在超自然的干涉中全身而退，并且在其中大受脾益。

时至今日，这股超自然的力量也提升了它们整个种族的命运。确实，要发现一个种族不可克服的职责，远没有我们想象的那样困难。其他的生物都会对身体的某些组织俯首听命，而在这些显而易见的组织中，我们也能窥探到这种职责。正如写在蜜蜂舌头、胃和嘴上的金科玉律：蜜蜂必须酿蜜。我们的眼睛、耳朵、神经、骨髓以及脑袋里的每一个脑回上，都镌刻着一句话：我们必须服从大脑的懿旨，但我们并没有必要揭示这个懿旨所服务的目标。蜜蜂并不知道，它们能否食用自己酿造的蜂蜜。谁会从我们形成的大脑懿旨中渔利，我们也不得而知。当我们的生命终结时，这股遍布于宇宙各个角落的智慧之流是否将消失于无形，抑或是继续奔流不息？正如蜜蜂在花丛间穿梭往来、孜孜不倦地采集花粉、大大超过了自己以及后代需要的范围一样，我们穿梭于事实之中，为高深莫测的热情寻找精神食粮。因为，我们已经确知自己完成了基本的职责，已经做好了迎接祸夕旦福的准备，那么，让我们在自己的感情和激情之上，在我们目睹的一切之上，在我们的所思所想之上点燃热情之火吧。我们听到的一切，我们触及的一切，从本质上来说，都源于每一种活动中的发现、经验和观察。一个时刻随之到来，所有的事物都会自然而然地转向积极的一面。人类的职责具有简单的欲望，而这种转变的精神就为这种欲望尽诚竭节。如若怀疑这种竭智尽力的行为是否有可能并无目的可言，反倒会使这种职责更加清晰可辨，使它寻求的那种热情更加纯一不杂、行之有效、公正无私、无拘无束。

Nature Story

Maurice Maeterlinck

图书在版编目（CIP）数据

自然物语 /（比）莫里斯·梅特林克著；周旭，齐玉译. -- 北京：北京时代华文书局，2018.3
ISBN 978-7-5699-2118-2

Ⅰ. ①自… Ⅱ. ①莫… ②周… ③齐… Ⅲ. ①散文集－比利时－现代 Ⅳ. ①I564.65

中国版本图书馆CIP数据核字（2018）第001739号

诺奖得主人文译丛：

自然物语

ZIRAN WUYU

著　　者 | [比] 莫里斯·梅特林克
译　　者 | 周　旭　齐　玉

出 版 人 | 王训海
丛书策划 | 邵鹏军
责任编辑 | 周连杰
特约编辑 | 廖　丹
装帧设计 | 格林文化
责任印制 | 刘　银

出版发行 | 北京时代华文书局　http://www.bjsdsj.com.cn
北京市东城区安定门外大街136号皇城国际大厦A座8楼
邮编：100011　电话：010-64267955　64267677
印　　刷 | 三河市祥达印刷包装有限公司　0316-3656589
（如发现印装质量问题，请与印刷厂联系调换）
开　　本 | 880mm×1230mm　1/32　印　　张 | 10.25　字　　数 | 206千字
版　　次 | 2018年7月第1版　印　　次 | 2018年7月第1次印刷
书　　号 | ISBN 978-7-5699-2118-2
定　　价 | 52.00元

版权所有，侵权必究